신마협도

권용찬 신무협 장편 소설

ORIENTAL FANTASY STORY & ADVENTURE

dream
books
드림북스

신마협도 *12* (완결)

사필귀정(事必歸正)

초판 1쇄 인쇄 / 2011년 3월 10일
초판 1쇄 발행 / 2011년 3월 21일

지은이 / 권용찬

발행인 / 오영배
편집장 / 허경란
편집 / 신동철, 문보람, 오미정, 윤상현
본문 디자인 / 신경선
펴낸 곳 / (주)삼양출판사 · 드림북스

주소 / 서울특별시 강북구 송천동 322-10호
대표 전화 / 02-980-2112 팩스 / 02-983-0660
편집부 전화 / 02-980-2116 팩스 / 02-983-8201
블로그 / blog.naver.com/dreambookss

등록번호 / 제9-00046호
등록일자 / 1999년 3월 11일

값 8,000원

ISBN 978-89-542-4110-6 04810
ISBN 978-89-542-3561-7 (세트)

* 지은이와 협의하에 인지는 생략합니다.
* 잘못된 책은 구입한 곳에서 바꾸어 드립니다.

신마협도

사필귀정(事必歸正)
모든 일은 결과적으로 옳은 이치대로 돌아간다는 뜻.

무자

第五十二章 007

第五十三章 047

第五十四章 127

第五十五章 169

第五十六章 233

第五十七章 271

第五十八章 315

後 371

第五十二章

　이룡대를 따라 움직이는 일곱 명의 천문당원들을 지휘하는 이는 삼조장 거독윤이었다.

　요즘 그의 기분은 편치가 않았다. 일조장 고변책과 이조장 정능개가 죽었으니 당연히 자신이 일조장이 되어 가장 최측근으로서 홍문한의 명령을 받아 천문당을 통괄할 거라 생각했는데, 지금껏 아무런 변화도 없기 때문이었다.

　아니, 그전보다 더 나쁜 처지라고 봐야 했다. 얼마 전까지는 뒤늦게 들어온 상관미조에게 밀렸고, 그녀가 죽고 나서도 천문일호와 천문이호보다 못한 신임을 받고 있으니까.

　'아무래도 당주님은 일조장과 이조장의 죽음으로 기존의

지휘 체계를 불신하게 된 것 같단 말이야.'

상관미조가 부당주가 되기 전, 홍문한 다음으로 가장 많은 정보력과 지휘력을 부여받은 조장이 두 명이나 죽으면서 천문당의 영향력과 움직임이 이전보다 현격하게 하락하는 후유증을 겪었으니 충분히 그럴 수 있었다.

당주는 당원들의 직급을 모두 평준화시키면 누구 한 사람이 죽더라도 크게 영향을 받지 않게 될 거라고 생각하는지도 몰랐다.

하지만 거독윤은 그런 상황을 원치 않았다. 조장이 되기 위해서 얼마나 많은 노력을 했는데 그 모든 고생이 거품처럼 사라져버리다니.

'그럴 수는 없지.'

그래서 이번 원정이 중요했다.

지난 패권 싸움에서 그와 죽은 조장들이 남다른 활약을 하여 조장으로 발탁되었던 것처럼 이번에도 큰 활약을 펼쳐 당주의 신임을 얻으면 되는 것이다.

'하지만……'

답답했다.

전력의 고하가 너무나도 분명하여 순식간에 끝나버릴 게 거의 확실한 이번 싸움에서 무슨 방법으로, 어떻게 능력을 보여줘야 한단 말인가.

'병신 같은 놈들. 부당주를 죽이는 것보다 힘을 키우는 데

더 집중할 것이지.'

이런 처지가 되다보니 적들이 조금 더 강해지지 않은 게 원망스러울 지경이었다.

'가만, 그런데 왜 이렇게 소식이 없지?'

거독윤은 문득 의아함을 느꼈다.

아무리 별일이 없다고 해도 홍문한의 꼼꼼한 성격을 감안하면 벌써 두 번 이상은 일룡대의 천문당원들이 다녀갔어야 정상이기 때문이었다.

한 번 의아한 생각이 들자 다른 의문들도 계속 생겨났다. 연달아 분타들을 공격해 괴멸시킬 정도로 대범하고 공격적이던 반룡복고당이 지금은 아무런 반응도 보이지 않고 있다는 등의 의문들 말이다.

"앞쪽에 길이 막혔다!"

거독윤은 갑자기 행렬의 움직임이 멈춤과 동시에 앞쪽에서 들려온 외침을 듣고 퍼뜩 상념에서 깨어났다. 그리고 그를 부르는 백룡대 대주 강첨의 음성에 인상을 찌푸렸다.

"삼조장, 앞으로 와라!"

'개자식!'

직급의 고하 차이는 있으나 엄연히 소속이 다를뿐더러 백룡대와 천문당이 거룡성 내에 미치는 영향력을 감안하면 거독윤이 느끼는 불쾌감과 불만은 당연했다.

그러나 강 대주는 이룡대의 지휘권을 가졌고, 최대한 협조하라는 홍문한의 지시도 있었기 때문에 부름에 응하지 않을 수 없었다.

같은 편도 알지 못하게 은신하고 있던 거독윤은 모습을 드러내고 강 대주 등의 중진과 호법들이 밀집되어 있는 선두 무리 쪽으로 다가갔다.

"부르셨소?"

"길이 막혔다."

거독윤은 강 대주가 눈짓으로 가리키는 앞쪽 길로 시선을 돌렸다.

'나무?'

이룡대가 이동 중이던 길은 양쪽으로 낮은 산자락을 둔 외길이었는데, 그 길 중앙에 굵고 커다란 나무 세 그루가 쓰러져 있었던 것이다.

'이상하군.'

좌우에 널린 것이 나무이니 그중 몇 그루가 쓰러져 길을 막는다고 해도 이상할 건 없었다. 하지만 쓰러진 형태를 보면 자연스럽지가 않았다.

보통 강풍, 폭우에 휩쓸리거나 번개에 맞아 쓰러지는 경우가 많은데 지금 보이는 나무들은 그 어디에도 해당되지 않아 보였던 것이다.

'확실히 이상하군.'

누군가 고의로 나무를 쓰러트려 길을 막은 것으로밖에 볼 수 없는 광경이었다. 게다가 마치 길을 막으려는 의도를 드러내고 싶어서 안달이 난 것처럼 어설픈 솜씨였다.

'반룡복고당의 짓인가?'

가능성은 높았다. 만약 그런 것이라면 능력을 드러낼 수 없는 상황 때문에 불만이 가득했던 그에게는 매우 잘된 일이었다.

'하지만……'

왜 자신을 부른 것이란 말인가?

거독윤은 그래서 어쩌라는 거냐는 시선으로 강 대주를 쳐다봤다.

"당원들을 데리고 가서 이상한 점이 있는지 살펴보고, 나무를 치워라."

"……!"

명령이나 마찬가지인 강 대주의 말에 거독윤의 인상이 일그러졌다. 복면을 하고 있어 망설임 없이 지을 수 있는 표정이었다.

'누가 나타나도 겁날 게 없다는 듯이 굴던 놈이 왜 새삼스럽게……'

물론 의문을 갖는 게 나쁠 건 없고, 조심해서 해로울 일은 없다. 그러나 나무까지 치우라고 하다니.

무시하는 걸까?

아니면 요 근래 홍 당주 때문에 쌓인 불만을 자신에게 대신 풀어보자는 심산인 걸까?

어쩌면 둘 다 해당될 수도 있고, 그 이상으로 기분 더러운 의도가 숨겨져 있을지도 몰랐다.

'두고 보자.'

어떤 이유이건 간에 지금 강 대주는 그에게 모욕감을 준 것이다.

그래서 거독윤은 내심으로 나중에 몇 배로 되갚아주겠다고 다짐하며, 겉으로는 별문제 없다는 듯 담담한 음성으로 알겠다고 대답을 했다.

'몇 명을 데려갈까. 흠, 다 데려가자. 확실히 의심스런 점이 보이기는 하니까.'

거독윤은 손을 위로 들었다. 각자 은신한 채로 이곳을 주시하고 있을 일곱 명의 당원들을 불러 모으기 위한 신호를 보낸 것이다.

하지만 그처럼 모습을 드러내는 게 아니라 은신을 유지한 채 그의 주변으로 위치를 바꿀 뿐이었다.

나무에 길이 막힌 지점은 현재 위치에서 십여 장 정도 거리.

거독윤은 일정한 보폭으로 움직여 거리를 줄여갔다.

"……."

나무 앞에 당도해 감각을 예민하게 다듬고 주변을 살폈지만 기척은 느껴지지 않았다.

쪼그려 앉았다. 나무가 어떻게 쓰러진 것인지를 알아보기 위해서였다. 자칫 적에게 빈틈을 드러낼 수 있는 자세였지만, 수하들이 주변을 감시하고 있기에 걱정은 하지 않았다.

'밑동을 날카로운 것으로 잘라냈군.'

확실히 사람의 소행인 것이다.

쿵 쿵!

'응?'

거독윤은 좌우에서 난 소리에 고개를 돌리고 크게 놀랐다. 나무 위에 은신한 채 주변을 감시하고 있던 수하 두 명이 땅으로 떨어진 것이다.

'살수?'

자신의 이목을 감쪽같이 속이고 이동해서 두 명을 소리 없이 죽인 자들이라면 달리 설명할 방법이 없었다. 게다가 최고 수준의 실력을 가진 살수들이라고 봐야 했다.

'두 명일까? 아니면…….'

예상 이상으로 많을까?

허나 최고 수준에 오르는 게 아무나 가능하지 않다는 걸 감안하면 숫자가 많다고 해도 실질적으로 위협이 될 만한 자는 세 명을 넘지 않을 게 분명했다.

거독윤은 뒤로 물러나며 손을 올렸다. 나머지 수하들에게 조심하라는 신호를 보낸 것이다.

하지만 그는 수하들이 아니라 자신의 안위부터 걱정해야만 할 상황이었다.

휘리리릭!

어딘지도 모를 곳에서 던져진 두 개의 륜이 좌우로 오가
며 빠르게 날아왔다.

'저따위 것으로!'

거독윤은 내심 코웃음을 치며 빠르게 바닥을 차고 위로
뛰어올랐다.

'어디냐?'

공중에서 몸을 회전시켜 나뭇가지에 내려선 거독윤은 방
금 그가 서 있던 곳을 지나쳤다가 되돌아오는 륜의 궤적을
쫓아 시선을 움직였다.

헌데 바로 그때, 뒤에서 조롱 섞인 음성이 속삭이듯 들려
왔다.

"먼저 은신부터 했어야지, 수하들을 너무 믿고 있는 거 아
냐?"

거독윤은 돌아볼 생각도 않고 허리를 굽히고, 가지 아래
로 뛰어내렸다. 뭔가 서늘한 기운이 머리 위를 지나가는 것
이 느껴졌다. 간발의 차이로 피한 것이다.

'병신새끼, 말하면서 공격하다니.'

거독윤은 비웃음을 지으며 공중에서 몸을 회전시키고 암
습자가 있을 방향으로 여섯 개의 비수를 한꺼번에 던졌다.

파파파파파팍!

암습자는 이미 사라졌고, 비수는 모두 나무에 박혀 들어

갔다.

복면에 가려져 있는 거독윤의 얼굴이 굳어졌다.

'빠르다.'

그리고 너무나 은밀했다.

암습하기 전에 장난치듯 말을 한다는 건 살수답지 않은 짓이었지만, 실력 하나만은 최고였다.

'나보다 뛰어난 자다. 그리고……'

죽은 조장들까지 포함하여 천문당원들 중 누구도 미치지 못할 실력임이 분명했다.

'우리끼리 그냥 대적하다간 전멸이다.'

강 대주의 도움이 필요했다.

"모두 물러…… 윽!"

거독윤은 갑자기 오른 발목을 휘감는 힘에 놀라 말을 멈추고 말았다.

채찍이었다.

그리고 그 주인은 오른쪽 나무 중턱에 달라붙어서 그를 향해 웃고 있었다.

'염병!'

재빨리 비수를 꺼내들어 발목 쪽을 향해 내리그었다. 당겨지기 전에 잘라버릴 생각인 것이다. 하지만 그가 잘라내기 전에 채찍이 저절로 풀려버렸다.

잘되었다는 생각보다 의문이 먼저 들었다. 그리고 그 의문이 생겨나자마자 곧바로 해답을 얻었다. 어느새 그의 눈앞에 또 다른 암습자가 나타나 그의 목을 향해 한 쌍의 초겸을 휘두르고 있었던 것이다.

채쟁!

'막았다!'

거독윤은 환성을 지르고 싶은 것을 간신히 참아내고 오른다리에 힘을 주었다. 상대의 복부를 차기 위해서였다. 공중에서 떨어지는 상태라 충분한 힘을 실을 수는 없겠지만, 최소한 다음 공격을 차단할 수는 있을 테니까.

'......!'

복면에 가려진 거독윤의 낯빛이 창백해졌다. 온 힘을 다했음에도 오른 다리가 들리지 않기 때문이었다.

시선을 내려 확인할 필요도 없었다. 발목이 또다시 채찍에 휘감긴 것이다.

'젠장!'

등줄기에 소름이 돋았다. 그리고 날카롭게 갈린 쇠의 차가운 느낌이 목에 닿았다. 양쪽에서 하나씩, 한 쌍의 초겸이 목을 후려치며 생겨나는 느낌이리라.

서걱!

*   *   *

거독윤의 머리가 몸과 분리되어 떨어지는 광경을 보면서
도 강 대주는 침묵하고 있었다. 너무도 순식간에 일어난 일
이라 놀란 것일까?

만약 그렇다면 다른 이들도 비슷한 심정으로 할 말을 잃
고 있기에 비난받을 일은 아니었다. 하지만 바로 정신을 차
린 은룡대 대주 옹고구는 강 대주의 반응이 나타나길 기다
리고만 있을 수 없었다.

"강 대주, 저러다 다 죽겠소!"

여기 있는 천문당원들 중에 실력이 최고인 거독윤이 제대
로 저항 한 번 못 해보고 죽었으니 나머지 천문당원들도 당
할 수밖에 없지 않겠는가.

"어서 공격 명령을 내리……?"

은룡대 대주는 말을 하다 말고 뒤를 돌아보았다. 뒤쪽에
서 다급한 외침이 들려왔기 때문이었다.

"뒤에서 적이 나타났습니다!"

옹 대주는 수하를 뒤로 보내 적의 규모를 알아오도록 지
시했고, 수하는 금세 되돌아왔다.

"숫자는 얼마나 되느냐?"

"그것이……."

수하는 잠시 망설이다가 두 명이라고 대답했다.

"둘?"

옹 대주는 자신이 잘못 들었다고 생각해 다시 물었지만,

수하는 분명히 두 명이며 그중 한 명은 동자승이라고 대답해서 더욱 어이없게 만들었다.

"머리 떨어져 있어 자세히는 볼 수 없었지만, 한 명은 맨손이었고 동자승으로 보이는 자는 손에 철봉을 들고 있었습니다."

"봉을? 그럼 그 동자승이 소림에서 왔다는 거냐?"

"그것까지는 저도 잘……."

직접 보고 오기는 했지만 질문에 대답할 수 있을 리가 없는 것이다.

'어쩌면 방심하게 만들고 유인하기 위해서 고의로 두 명만 모습을 보인 것인지도 모르지.'

옹 대주는 계속 아무 말도 않고 있는 강 대주를 쳐다보며 말했다.

"내가 은룡대를 이끌고 뒤를 맡으리까?"

강 대주는 갑자기 말 머리를 움직여 뒤로 돌아서서 모두 주목하라고 소리쳤다. 그리고 따로 명령을 하기 전까지 백룡무사들을 제외하고 꼼짝도 하지 말라고 했다.

"백룡대는 날 따라 뒤로 가서 적당들을 공격한다."

무슨 의도인지 몰라 가만히 보고만 있던 옹 대주는 깜짝 놀라 물었다.

"앞쪽의 놈들은 그냥 놔둘 생각이오?"

"척 봐도 천문당원들이 상대할 자들인 것 같으니, 그들에게 그냥 맡겨두시오."

"하지만······."

"옹 대주, 이룡대의 지휘는 내게 맡겨졌소. 모든 결정은 내가 내리고, 결과에 대한 책임 또한 내가 질 것이오. 그러니 더 이상 왈가왈부하지 말기 바라오. 난 우리 사이에 상하의 규율을 따지고 징벌을 논하는 일이 없었으면 하오."

옹 대주는 멍한 표정을 짓다가 수긍했다는 듯 고개를 끄덕였다.

그는 강 대주의 의도가 무엇인지 이제는 확실히 알게 된 것이다.

'천문당원들을 모두 죽게 만들 셈이구나.'

지금의 결정은 단순히 천문당원들의 죽음을 방조하는 것에서 끝나는 게 아니라 천문당에 대한, 그리고 홍문한에 대한 적대감을 표출한 것이라고 봐야 했다.

어떤 상대도 두려울 것 없는 것처럼 굴던 그가 이상할 정도로 조심스런 태도를 보이며 전방의 탐색을 거독윤에게 지시한 것도 이런 상황이 벌어지길 바랐기 때문일 수도 있었다.

'홍 당주에게 쌓인 불만이 겉으로 보이는 것 이상으로 컸던 모양이야.'

그렇지 않고서야 홍문한의 귀에 들어가면 크게 난리가 날 결정을 내릴 리가 없는 것이다.

옹 대주는 반룡복고당과 싸우기도 전에 자중지란이 일어나는 것 같아서 마음이 편치 않았다. 게다가 오행궁의 무리가 이 광경을 지켜보고 있는 상태라 더더욱 그러했다.

'고래로 거대 세력이 무너지는 건 외부의 적 때문이 아니라, 내부를 제대로 관리하지 못해서라고 하던데…….'

하지만 지금의 그는 조용히 지켜보는 것 외에는 아무것도 할 수 없었다.

*   *   *

'반응이 너무 없는데?'

견일은 천문당원이 한 명밖에 남지 않을 때까지도 공격해 오지 않는 거룡성의 무리들을 돌아보며 고개를 갸웃했다. 도망치지 못하게 퇴로를 차단하고 최대한 빠르게 천문당원들을 제거하고 있기는 했지만, 지원하겠다고 한다면 충분히 당도하고도 남을 시간이 흐른 상태였다.

사실 이 계획을 세우면서 천문당원의 절반을 제거하기만 해도 성공한 거라고 생각했었다. 그런데 삼조장까지 포함하여 모두 제거하기 직전이니, 만족감과 더불어 의문이 들 수밖에.

'우리가 없는 사이에 천문당과 무력대 사이에 알력이 표면화된 건가?'

그가 당원이던 시절에도 일반 무력대와 천문당 사이에 보이지 않는 거리감이 있었다.

무공 실력에 있어서 상대도 되지 않을 천문당원들이 더 강력한 영향력을 행사하고 남다른 대우까지 받는다는 것에 대해서 무사들의 불만이 있기 때문이랄까.

물론 그 외에도 여러 가지 이유가 있었다. 일인지하 만인지상의 권력을 행사하는 홍문한에 대한 중진들과 대주들의 질시도 그에 해당되는 문제였다.

하지만 성주의 확고한 지지와 천문당의 영향력 때문에 표면화되지 못하고 밑바닥에 깔려 있는 게 고작이었다.

'언제고 그 문제로 썩어문드러질 때가 올 거라 예상은 했었지.'

하지만 홍문한이 건재할 때는 문제가 겉으로 불거지진 않을 거라고 생각했었다.

'그렇다면 홍 당주를 든든히 받쳐주던 성주의 지지가 약해졌다는 건가?'

견일은 생각하기를 그쳤다.

이유가 무엇이든 간에 만약 거룡성이 내홍을 겪기 시작했다면 자신들에겐 매우 잘된 일이니까.

지금만 해도 예상 이상으로 빠른 시간 안에 끝낼 수 있게 되었지 않은가.

'서문 공자와 막내가 빼도 박도 못하게 포위되기 전에 얼

른 처리하고 떠야겠다.'

견일은 견이와 견삼의 움직임에 보조를 맞추며 마지막 남
은 천문당원을 은밀하고도 빠르게 포위해 갔다.

*　　　　*　　　　*

저녁 무렵 합비에 당도한 반악은 부용설을 보기 위해 곧
장 승선포정사사로 숨어들어가 관사들이 밀집되어 있는 곳
으로 이동했다.

우참위 부정철의 거처는 그의 지위와 영향력을 감안하면
어울리지 않을 정도로 작고 소박한 규모의 장원이었다. 사
실 그와 같은 관리가 승선포정사사 내에 있는 관사에 머물
고 있다는 것부터가 일반적이지 않다고 할 수 있었다.

고위관리들 대부분이 크고 화려한 거처를 원하기도 하지
만, 독립적인 생활을 해야 사람들이 쉽게 드나들 수 있고 뇌
물을 받기도 수월할 테니까.

그렇다면 부정철은 흔하지 않게 청렴한 인물인 걸까?

꼭 그렇다고 볼 수는 없었다. 뇌물을 받는 방법은 셀 수
없을 만큼 여러 가지이고, 관사에 머물고 있다 해서 사람들
과 왕래하기가 어렵다고 볼 수도 없으니까.

게다가 부정철이 지난날 부용설의 일로 거룡성을 찾아갔
다가 막대한 뇌물을 거부감 없이 받아들고 돌아온 건 청렴

과는 거리가 먼 행동이 아니던가.

허면 부정철은 어떤 관리인 걸까?

알 수 없었다. 그리고 반악은 그가 어떤 인물인지 궁금하지 않았고, 관심도 없었다.

지금 그의 관심사는 오직 부용설뿐이었다.

'어떻게 된 거지?'

반악은 크지도 않아 살펴보는 데 오래 걸리지 않는 장원을 은밀히 둘러보고 어리둥절했다. 지금쯤 도착해 있으리라 생각했던 부용설이 보이지 않았기 때문이었다.

혹시 일이 있어 출타한 것인가 해서 한참 동안 장원 내의 사람들이 나누는 대화에 귀를 기울여 보기도 했지만, 그녀가 이곳에 왔다는 내용은 전혀 들을 수가 없었다.

'내가 너무 일찍 온 건지도…….'

괜한 걱정이라 치부하고 고민을 접으려고 했지만 불안이 사그라지지를 않았다.

'용설이 오고 있을 만한 길을 되짚어서 가봐야겠군.'

우선 일성파를 찾아가 남하하고 있는 거룡성 무리의 위치를 파악하고, 팔공산의 상황을 알려 의리파와 구화산 총단에 연락이 닿도록 조치를 취한 다음에 바로 움직일 생각이었다.

'응?'

앉아 있던 지붕에서 일어나 떠나려던 반악은 입구로 들어서는 중년인을 발견하고 다시 앉았다.

'관복을 입고 있는 걸 보면 저 사람이 용설의 오라비인 모양이군.'

반악은 잠시 고민했다. 그리고 결심을 굳히고 지붕 아래, 가장 어두컴컴한 위치 쪽으로 뛰어내렸다. 조용하지만, 집 안으로 들어가려는 부정철이 그의 존재감을 느끼고 돌아볼 수 있을 만큼 약간의 기척을 내면서.

"거기 누구냐?"

부정철은 경계심을 드러내며 노려보았고, 반악은 손가락으로 입을 가리며 조용하라는 시늉을 하고 밝은 곳으로 걸어 나왔다.

"용설 때문에 찾아온 사람이오."

"자네가 반악인가?"

반악은 놀랐다. 일면식도 없는 사이에 부정철이 어찌 자신의 이름을 알고 있단 말인가.

"어떻게 알았소?"

"얼마 전 설이가 보낸 편지에 자네 이름과 용모에 대한 짧은 설명이 있었지. 따라 들어오게."

"급한 일이 있어 서둘러 떠나야 하오."

"차 한 잔 마실 시간도 없는가?"

반악은 고개를 내저었고, 부정철도 더는 권하지 않았다.

'남매라서 그런가? 닮았네.'

가는 턱선, 눈매 등의 외모뿐만이 아니라 차가운 느낌이 강한 표정과 말투, 태도가 처음 부용설을 만났을 때의 인상과 비슷했다.

"온다던 설이는 보이지 않고, 자네만 나타난 걸 보면 내게 따로 할 말이 있는 모양이군."

부정철의 말을 통해 확실히 부용설이 도착하지 않았다는 걸 알 수 있었다.

"할 말이 뭔가?"

"혹시 그녀가 이곳으로 오려는 이유에 대해 알고 있소?"

"모르네."

아마도 부정철이 걱정을 할까 봐 현재의 상황에 대해선 알리지 않은 모양이었다.

그래서 반악은 반룡복고당과 거룡성의 다툼, 부용설이 얽히게 된 사연들, 지금은 하북삼귀 중에 마지막 한 명 때문에 안위를 염려하고 있다는 내용을 간략하게 설명했다.

"그래서 부탁을 하고 싶소. 내가 다시 돌아올 때까지 그녀를 잘 지켜주시오."

이야기를 들으면서 점점 표정이 굳어지던 부정철이 코웃음을 쳤다.

"자네가 그리 말을 하지 않아도 설이를 지키는 건 내가 해야 할 일이야. 그 이귀라는 놈도 내일 당장 추포령을 내려 잡아들일 것이네."

반악은 쓸쓸한 미소를 지었다.

이귀 상조면은 추포령을 내린다고 해서 잡아들일 수 있을 만큼 만만한 인물이 아닌데, 부정철은 너무 쉽게 생각하고 있는 것이다.

무림인의 능력과 잔혹성을 제대로 알지 못해서 나오는 자신감이랄까.

하지만 그만의 잘못은 아니었다. 대부분의 관리들이 부정철과 같은 생각을 하고 있기 때문이었다.

"그리고 자네도 앞으로는 설이 앞에 나타나지 말도록 하게."

"내가 왜 그래야 하오?"

이런 반응을 예상하지 못한 듯 부정철은 잠시 말이 없다가, 곧 냉랭한 음성으로 대꾸했다.

"설이가 위험하게 된 게 누구 때문인가?"

"……."

"만나지 말게."

"싫소."

"……!"

"내겐 용설이 필요하오. 그리고 용설에게도 내가 필요하고. 당신이 오라비라 해도 우리 사이를 막을 수는 없소."

너무나 단도직입적으로 감정을 드러내자 부정철은 다시금 말문이 막혔다.

하지만 포기할 수 없다는 듯 반박했다.

"설이가 자네 때문에 다치게 된다 해도 만나야겠다는 건가?"

"가정은 필요 없소. 난 용설이 다치도록 놔두지 않을 거요."

"상황이 이렇게 되었는데도 그런 말이 나오나?"

"다시 말하지만 당신은 어떤 말로도 날 설득할 수 없소."

"지금 당장 관병들을 불러서 감옥에 가둘 수도 있네."

반악은 코웃음을 치려다가 간신히 참았다.

"용설이 내 이름과 용모만 알려주고 다른 것은 이야기해주지 않았소?"

"……?"

"난 강한 사람이오. 무림에서 고수라 불리는 이들 중에서도 손에 꼽을 만큼 말이오. 관병들 따위는 백 명이 한꺼번에 몰려와도 걱정하지 않을 만큼 강하오. 그러니까 당신이 무력을 동원한다고 해도 날 감옥에 가둘 수도, 용설을 만나는 걸 막을 수도 없다는 거요."

부정철은 가슴이 답답했다.

너무나 오만한 말을 이렇듯 당당하고 자신 있게 말을 하다니. 게다가 어떤 말도 먹히지 않아서, 마치 벽에다 말을 하고 있는 것 같지 않은가.

'아니, 그만큼 설이를 좋아한다는 걸 수도 있겠군.'

부정철은 저도 모르게 한숨을 내쉬었다. 두 사람의 관계는 이미 자신의 손을 벗어난 것 같다는 생각이 들었기 때문이었다.

"그럼 한 가지만 자네에게 묻겠네."

"물어보시오."

"설이를 위해서라면 무림을 떠날 수 있는가?"

무림을 떠난다.

반악은 순간 대답할 말을 찾지 못했다.

'내가 무림을 떠난다고?'

한 번도 생각해본 적이 없는 일이었다.

'나에게……'

무림은, 그리고 무림인은 무슨 의미인가.

무림인으로 살았기에 악명을 얻었고, 가슴에 칼이 박힌 것처럼 고통스런 배신을 겪어야만 했다. 하지만 끔찍한 장애가 있는 육체와 혈혈단신에다 빈털터리인 그가 이제껏 살아남을 수 있던 것도, 환골탈태할 수 있었던 것도 무림인이기 때문이 아니던가.

무림은 약육강식의 원칙이 가장 노골적으로 작용하는 세상이지만, 다르게 보면 능력과 노력으로 최고가 될 수 있는 순수한 세상이기도 한 것이다.

'그러나……'

무림이든, 중원이든, 세외이든 간에 그 중심은 자신이었고, 그렇기에 다른 모든 것이 존재할 수가 있었다.

'그리고 지금 내가 사는 세상에는 용설이 없으면 안 된다.'

부용설을 위해서라면, 그녀와 함께라면 무림을 떠날 수 있다. 그녀와 더 행복하고 안정적인 삶을 살아 갈 수 있다면 그럴 수 있다.

다만 복수를 끝내지 않고 떠날 수는 없기에 지금 당장 실행에 옮길 수 없을 뿐이다.

부정철이 말했다.

"만약 자네가 그러겠다고만 한다면 자네에게 어울릴 만한 적당한 자리를 마련해 주겠네."

반악은 생각도 못한 제안에 살짝 놀라며 되물었다.

"나보고 관인이 되란 거요?"

"무림인들 중에도 관에 투신하는 이들이 있다고 들었네. 특히 동창이나 금의위 쪽에서 무공이 고강한 인재들이 필요하다더군."

동창과 금의위, 그리고 군부에도 무림인들이 진출하는 경우가 적지 않은데, 대표적으로 세속주의가 강한데도 불구하고 늘 구파의 하나로 꼽히는 종남파가 있었다.

"어떤가?"

예전이었다면 일언지하에 거절했을 것이다. 하지만 지금은 부정철의 말이 흥미롭게 들렸다.

무림을 떠난다는 건 말처럼 쉬운 일이 아니었다. 나이가 들어 무림을 은퇴할 생각으로 금분세수를 하는 경우도 있지만, 그 자신만 은퇴하면 뭘 하는가. 그에게 원한을 가진 자들의 복수심은 조금도 씻기지 않았는데.

거대 세력의 꼼꼼한 비호를 받으며 살지 않는 이상에는 그가 좋건 싫건 간에 결국 은원을 가진 이들의 방문을 받을 수밖에 없는 것이다.

하지만 관인이 되면 이야기가 달랐다. 특히 힘을 가진 동창, 금의위, 그리고 군부에 속하게 된다면.

"생각해보겠소."

일단 거룡성의 문제를 해결하고, 부용설과 이야기를 나눠보고 결정할 문제이기 때문이었다.

하지만 부정철은 그 대답이 마땅치 않다는 표정이었다. 그의 입장에서는 생각해볼 것도 없이 받아들여야만 한다고 여기는 것이다.

"난 이만 가봐야겠소. 용설에게 내가 왔었다는 이야기는 하지 마시오."

부정철은 아직 할 말이 많이 남아 있다는 표정이었지만, 반악은 그래서 더 서둘러 자리를 떠났다.

반악이 한 번의 도약으로 뛰어넘어 사라진 높다란 담장을 멍하니 바라보던 부정철은 고개를 내저었다.

'설이가 저런 사내에게 마음을 줄 줄이야.'

이해할 수 없었다.

그가 알고 있는 여동생과는 너무나 어울리지 않는 사람이 었으니까.

'하지만…….'

부용설이 행복하다면 그가 막을 이유는 없었다.

그리고 다른 한편으로 반악처럼 솔직하게 감정을 드러내고, 고집스럽게 소신을 지킬 수 있는 사내라면 부용설이 상처 입을 일은 없을 거라는 생각도 들었다.

'설이가 고른 사내니까, 믿어볼 수밖에.'

부정철은 체념 어린 한숨을 내쉬며 건물로 들어갔다.

*　　　*　　　*

반악은 승선포정사사를 빠져나와 중심가로 향했고, 강학청에게서 들은 특별하고 은밀한 방법을 이용해서 일성파와 접촉하기 위한 신호를 곳곳에 보냈다.

그리고 이후 나타난 의리파 사람을 시작으로 연달아 세 번을 더 만나서 이동을 거듭한 끝에 마 두목과 대면할 수가 있었다.

원래 마 두목은 수하들을 데리고 육중포가 이끌고 있는 의리파에 합류하려고 했었다. 하지만 아들 마평진이 그의 부상이 완전히 낫지 않았다는 이유를 들어 완강히 반대했고, 결국 그는 남고 대신 아들을 보냈다고 한다.

"반 소협, 다시 보게 되어 반갑소이다."

반악은 밝은 표정으로 인사를 하는 마 두목에게 짧게 마주 인사를 건네고 찾아온 용건을 말했다.

"그게 정말이오?"

"그렇소. 내가 직접 보고 온 것이오."

마 두목뿐만이 아니라 그의 측근 수하들도 반악의 설명을 듣고 매우 놀란 반응을 보였다.

그럴 수밖에 없으리라. 그만큼 오행궁의 배반은 갑작스러운 것이었으니까.

"팔공산의 일이 최대한 빨리 구화산 총단으로 전해질 수 있도록 해주시오."

"알겠소이다."

"그리고……."

반악은 의리파의 활동 상황과 현재 거룡성 무리의 위치에 대해서 물었다.

"내가 마지막으로 소식을 받았을 때 거룡성의 본진이 소호를 넘어가고 있는 중이라고 했으니, 지금쯤 세 무리 모두 강기슭에 거의 도착해 있을 것이오."

"벌써 그 정도까지 이동했단 말이오?"

"워낙 급박한 상황이라 자세한 내용을 전해 받지는 못했지만, 그들을 막는 게 생각대로 잘되지 않는 모양이오. 적들은 사상자가 생기는 것도 개의치 않는데다가, 이동 속도가 이상할 만큼 빠르다고 하더이다."

마 두목의 얼굴엔 근심이 어려 있었다. 하나뿐인 아들과 많은 수하들을 보냈는데 적들의 대응이 심상치 않다고 하니 염려가 될 수밖에 없는 것이다.

'그렇다면 놈들이 도강을 하기 전에 천문당을 처리하기도 어렵게 되었군.'

견일 등이 두 곳을 오가며 천문당원들을 제거하기에는 시간이 너무 촉박할 것이기 때문이었다.

'우선 육 동주를 만나봐야겠어.'

"그만 떠나야겠소."

"식사라도 하고 가시오. 월 루주의 얼굴은 보고 가야 하지 않겠소."

월은의 이름이 나오자 반악은 잠시 고민했지만, 곧 고개를 내저었다.

"그럴 상황이 아니오."

거룡성의 문제도 있지만, 부용설이 올 만한 길을 살피며 가야 하기 때문에 여유 부릴 시간이 없는 것이다.

"말을 준비해드리리까?"

"괜찮소. 그리고 월 루주에게는 급하게 떠날 수밖에 없었다고 잘 이야기해주시오."

반악은 알겠다고 대답하는 마 두목을 뒤로하고 곧장 비밀

은신처를 나와 남쪽을 향해 서둘러 달려갔다.

* * *

무위 근방.

육중포를 비롯한 청우, 청모 형제. 그리고 부친을 대신해 삼십여 명의 수하들을 이끌고 온 일성파 소두목 마평진은 높다란 언덕 꼭대기에 모여 앉아 저 아래로 이동해가는 거룡성의 무리를 심각한 표정으로 내려다보고 있었다.

"백부님, 이렇게는 어렵겠습니다."

육청우의 말에 육중포는 동감한다는 듯 고개를 끄덕거렸다.

머릿속에 떠오르는 모든 방법을 동원해 길을 막았지만 거의 통하질 않았다. 심지어 독가루를 길목에 뿌려보기도 했지만 이렇다 할 효과를 얻지 못했다.

본진을 상대로 성과를 내지 못했기에 다른 두 무리 쪽으로 이동할 엄두도 내지 못하는 것은 당연지사.

육중포 등은 새삼 자신들의 한계를 절감하게 되었다.

"그렇다고 저들이 이동하는 걸 그냥 보고만 있을 수도 없으니……."

"사부님, 제게 한 가지 생각이 있습니다."

육중포 등의 시선이 모정배에게 모아졌다.

그는 다른 두 은당원과 달리 지금껏 의견 한마디 내지 않고 묵묵히 시키는 일만 해오다가 처음으로 입을 연 것이다.

"이야기해보거라."

"이동 중에 저들을 막는 것은 포기해야 합니다."

"……?"

"대신 저들보다 먼저 강가로 가서 근방의 배를 모두 선점해버리는 겁니다."

　육중포는 기발한 생각이라는 듯 무릎을 치며 탄성을 터트렸다.

"아예 강을 건너지 못하게 만들자는 뜻이구나!"

"그렇습니다."

　하지만 마평진이 문제를 제기했다.

"근방에 있다는 배들을 모두 선점하려면 엄청난 인력과 비용이 드는데 감당이 되겠소? 그리고 근방에 배가 없으면 저들은 다른 곳으로 이동할 것이고, 결국 우리가 손쓸 수 없게 될 것이오."

"돈과 사람이 충분하지는 않지만 하루 이틀 정도 배를 선점할 정도는 됩니다. 그리고 저들이 다른 곳으로 이동하면 시간이 지연되는 것이니, 그게 바로 우리의 소임을 완수하는 것이 아니겠습니까."

　모정배의 차분한 설명에 마평진도 수긍한 듯 고개를 끄덕거렸다.

"저들보다 먼저 강가에 도착하려면 서둘러야 하니, 이만 일어나세."

의견 일치를 이룬 육중포 등은 모두 일어나 아래에서 지시를 기다리며 대기하고 있을 당원들이 있는 언덕 아래로 급히 뛰어 내려갔다.

*　　　*　　　*

반악은 오른쪽으로 드넓게 펼쳐진 소호의 전경을 한 번 봤다가, 고개를 반대로 돌려 남쪽의 관도를 쳐다보고, 다시 뒤로 돌아서서 자신이 온 길을 멍하니 바라봤다.

'없다.'

부용설을 찾지 못했다.

땅이 아무리 넓어도 각 지역을 편하고 빠르게 오가는 길은 정해져 있기에 그녀가 합비로 오는 중이었다면 중간에 만날 가능성은 충분했다.

게다가 반악은 이곳으로 오는 동안 보인 객잔, 마을 등을 샅샅이 살피기까지 했으니, 그 가능성은 더욱 높아야 하는 게 아닌가.

'아예 다른 길로 간 걸까?'

어쩌면 자신의 말을 듣지 않고 려강에 들렀는지도 모를 일이었다. 만일 그렇다면 시간도 엇갈리고 길도 완전히 달라지니 그녀를 찾을 수 없던 것도 이해할 만했다.

'하지만 그게 아니라면……'

합비에서부터 마음 한편에 응어리졌던 불안감이 더욱 커졌다.

'그녀가 잘 있다는 걸 확인해야만 한다.'

그러나 넓은 안휘에서 사람 하나를 찾는다는 건 쉬운 일이 아니었다. 그녀가 움직일 만한 방향이 어느 정도 예측 가능하다고 해도.

흔적을 쫓는 일에 뛰어난 전문가가 필요한 것이다.

'견삼.'

추적술이 특기인 견삼이라면 충분히 가능할 것이다.

그렇게 되길 절대 바라지는 않지만, 만약 그녀가 위급한 상황에 처했고 예상 범위 밖의 지역으로 끌려갔다고 해도 견삼이라면 찾아낼 수 있을 것이다.

'견삼이 어디에 있는지 알려면……'

의리파의 도움이 필요했다.

반악은 온 힘을 다해 경공을 펼쳐 남쪽으로 달리기 시작했다.

*　　　*　　　*

네 명의 천문당원들을 제거한 견일 등은 그들을 향해 몰려오는 삼룡대에게 포위당하지 않기 위해서 재빨리 뒤로 물러나 몸을 감추고 은밀함을 유지하면서 다른 곳으로 자리를 옮겼다.

"놈들이 사라졌다!"

조금 전까지 견일 등이 있던 곳에 당도한 백여 명의 무사들은 매서운 시선으로 주위를 둘러보았지만, 결국 아무도 찾아낼 수 없었다.

삼룡대의 지휘를 맡은 적룡대 대주 손패는 뒤쪽으로 보낸 흑룡대가 너무 빨리 돌아오자 의아해하며 대주 임열포에게 물었다.

"덤비라고 소리치던 두 놈은 어찌 되었소?"

"우리가 놈들을 포위하기도 전에 잽싸게 사라졌소. 애초부터 싸울 생각이 없었던 모양이오."

눈살을 찌푸리던 손패는 어느새 그의 옆으로 모습을 드러낸 천문이호를 쳐다봤다.

"놈들에게 속은 것 같네. 우리가 아니라 자네들을 노렸던 모양이야. 뒤에 나타난 두 놈도 우리가 한곳에 집중하지 못하도록 하기 위한 미끼였어."

천문이호도 같은 생각이라는 듯 고개를 끄덕였다.

"손 대주님, 본진이 있는 쪽으로 가시는 게 좋겠어요."

옆에서 듣고 있던 임열포가 왜 견일 등을 계속 추적해 잡지 않고 그냥 가야 하냐고 의문을 표했다.

천문당원 네 명이 죽은 것은 전체 규모에 비해 자잘한 피해라고 볼 수도 있겠지만, 어쨌든 공격을 당했는데 아무것도 하지 않고 떠날 수는 없지 않겠냐고 말이다.

게다가 본진과 합류하는 시기는 각 무리별로 강을 건너고 나서였다.

수백 명이 함께 강을 건너기도 쉽지 않을뿐더러 홍문한이 구화산과 반나절 거리에 위치한 청양 인근이라면 세 무리가 하나로 모여 있기도, 반룡복고당을 공격하기도 용이하다고 판단했기 때문이었다.

그런데 몇 명 죽은 거 가지고 큰일이라도 난 것처럼 놀라서 일룡대와 합류를 해야 한다니.

"이대로 떠난다면, 그것도 본진과 합류한다면 성주께서 크게 질책하실 게 분명하오."

"하지만 그래도 가야 해요."

임열포는 인상을 찌푸렸다. 천문이호가 홍문한의 측근이라고 하지만 아무런 직급도 없는 일개 당원에 불과했다. 게다가 여자인 그녀가 대주들끼리 논할 문제에 끼어들고, 자신의 말에 반박까지 하다니.

하지만 손패는 그와 생각이 다른 모양이었다.

"이유를 말해 보게."

"당원들을 암습한 자들은 우리와 같은 종류의 수련을 쌓았고, 분명 반룡복고당의 사주를 받고 온 자들입니다. 그리고 천문당원들만을 목표로 삼았어요. 즉, 그들의 의도는 세 무리로 나뉘어 이동하는 우리들이 서로의 움직임에 맞추어 일사불란하게 반응하지 못하도록 연결 고리를 끊고, 각각 고립시키고자 하는 겁니다. 아마도 저와 남은 당원들을 모두 죽일 때까지 포기하지 않을 것이고, 우리 삼룡대의 당원들만 공격당한 것도 아닐 거예요. 보이는 것 이상의 위험스런 상황이 생길 수 있다는 것이죠. 그러니 적들의 의도대로 되지 않게 즉시 일룡대와 합류해야만 합니다."

"그러니까 네 말은 천문당원들의 피해가 우려되어 일룡대로 가서 숨어야 한다는 거잖아."

임열포는 천문이호를 못마땅하게 여겨서인지 바로 비아냥거리며 반박했다.

하지만 천문이호는 아무런 반응도 보이지 않았다. 그냥 손패만 쳐다봤다. 마치 임열포가 아무리 떠들어보았자 결정권자가 아니니 신경 쓸 필요도 없다는 듯이.

임열포의 얼굴이 굳어졌다.

'건방진 계집 같으니. 강 대주한테 들은 말이 맞았어. 천문당원들은 거룡성의 물을 흐리는 미꾸라지 같은 것들이야.'

그는 칼의 손잡이를 만지작거리며 천문이호를 베어버릴까, 하는 고민까지 했다. 홍문한의 영향력을 비롯한 여러 사정을 생각하면 평소 그답지 않게 대범한 고민이었다.

이때 손패가 입을 열었다.

"본진으로 간다."

"손 대주님! 고작 계집 따위의 말을 듣고……."

"임 대주, 내 말이 그리 가볍게 들리는가?"

임열포는 움찔하며 입을 다물었다. 그리고 손패의 날카로운 시선이 칼을 만지작거리는 그의 손으로 내려오자 얼른 손을 뗐다.

"기분 상하게 해드렸다면 죄송합니다. 결코 그럴 의도는 없었습니다."

"그렇다면 함부로 입을 놀리지 말게. 난 흑룡대주 따위에게 만만하게 보일 만큼 약하지 않아."

임열포는 기분이 나빴지만 내색조차 할 수 없었다. 손패의 말대로 둘 사이에는 직급과 실력 등을 비롯한 모든 면에 있어서 분명한 차이가 있었으니까.

임열포가 꼬리를 내리자마자 손패는 무사들에게 명령을 내렸고, 삼룡대는 곧바로 본진과 합류하기 위해 빠르게 이동을 시작했다.

*   *   *

"저러면 곤란한데 말이야."

견일은 뒤도 안 돌아보고 빠르게 사라져가는 삼룡대를 쳐다보며 난감하단 표정을 지었다.

견이와 견삼도 같은 생각이라며 고개를 끄덕였다.

"그러게. 우리를 잡겠다고 난리를 칠 줄 알았는데, 안 되겠다 싶으니까 별로 고민도 안 하고 가버리네."

"쌍둥이라도 천문일호와 달리 천문이호는 여우같은 구석이 많고 냉철했지. 상황 판단이 빨라."

"덕분에 우리가 골머리 썩게 생겼잖아. 빌어먹을 년."

"본진으로 가려는 거겠지?"

"방향을 보면 그런 것 같다."

이때 염서성과 서문유강이 세 사람이 있는 곳으로 다가왔다.

"저렇게 가버리면 남은 자들을 처리하는 게 힘들지 않겠소?"

"힘든 정도가 아니라, 아주 어렵게 되었어."

"몇 명이나 남았소?"

"총단에 남은 당원들이 상황을 파악하고 오지 않는다고 하면 모두 네 명."

"얼마 안 남았는데, 아쉽네."

"저들이 이런 식으로 대응하면 우리도 어쩔 수 없지. 그리고 고작 네 명이잖아."

"몇 명 안 남았어도 주인님이 아시면 제대로 마무리하지 못했다고 실망하실 텐데? 화를 내실 거라고."

"요즘 많이 부드러워지셨잖아. 이런 정도는 그냥 넘어가 실지도 몰라."

"나도 그랬으면 좋겠지만, 어떻게 될지는 모르지. 오히려 지금껏 억눌렸던 성질이 폭발할지도 모른다고."

견일 등과 염서성의 표정이 심각하게 굳어졌다.

임무의 실패보다 반악을 실망시키는 게 더 두렵다는 표정 들이었다.

서문유강은 그들의 반응을 보며 내심 고개를 갸웃거렸다.

'이들이 반 소협을 충성심으로 따르는 건지, 복종심으로 따르는 건지 알 수가 없군.'

그러나 한 가지는 분명했다. 견일 등은 결코 반악을 배반 하지 않는다는 걸 말이다.

견일이 말 한마디 않고 있는 그에게 물었다.

"서문 공자, 이 상황을 해결할 방법 같은 거 있소?"

"미안하오. 나에겐 떠오르는 게 없구려."

"이런 일에 익숙한 우리도 생각나는 게 없으니, 서문 공자 라고 별수 있겠소. 그럼, 의리파가 있는 곳으로 돌아갑시 다."

"주인님도 그쪽으로 오실까?"

"글쎄."

"천문일호를 처리하겠다며 혼자 남으시고 아무런 소식도 없으니 답답하네."

"주인님이야 혼자서도 산을 뒤집어엎을 분이신데 걱정할 게 뭐가 있냐. 그리고 의리파로 돌아가는 건 너무 이르다. 놈들이 본진 쪽으로 가는 것인지, 아니면 다른 생각이 있는 것인지 확실히 확인을 한 뒤에 돌아가도 늦지 않아. 혹시 또 모르지. 놈들을 쫓는 중에 나머지를 칠 만한 기회가 생길지도."

"그런가?"

"나도 견이의 생각에 동의한다."

"좋아, 그럼 일단 놈들을 계속 쫓아가자. 서문 공자의 생각은 어떻소?"

"다른 의견은 없소."

"그럼, 서두릅시다."

견일 등은 즉시 말들을 묶어놓은 곳으로 움직였다.

第五十三章

구화산 반룡복고당의 총단.

남녀노소를 불문하고 모든 당원들이 거룡성과 맞서 싸울 준비를 하기 위해 분주한 하루하루를 보내고 있었다. 그런데 의리파를 통해서 날아온 소식 하나가 그런 당원들의 움직임을 한순간에 멈춰 세워버렸다.

"거룡성의 총단이 오행궁에 의해 무너졌다는 거요? 어떻게 그럴 수가 있단 말이오?"

당원들은 너무나 급작스럽고 놀라운 소식인지라 처음엔 믿지 못하고, 소식을 가져온 이에게 진짜냐고 계속 되묻기만 했다.

하지만 그 소식의 출처가 반악이란 것을 듣게 되자 더 이상 따져 묻지 않았다. 반룡복고당 내에서 당주 외에 가장 큰 지지와 믿음을 받는 이가 전해준 소식이라는데 믿지 않을 도리가 없지 않겠는가.

당원들은 모두 각자에게 부여받은 임무를 중지한 채, 이 급변한 상황 앞에서 당주와 중진들이 어찌 대처하고, 계획은 또 어떻게 바꿀지에 대해 알고자 이목을 곤두세웠다.

*　　　*　　　*

회의실.

장원 밖으로 나가 있던 중진들까지 돌아와 모여 있었지만, 내부는 무거운 침묵이 감돌고 있었다.

허나, 그러한 침묵이 마음에 들지 않는지 금융쌍도가 입을 열었다.

"허허, 오행궁이 이렇듯 대담하게 검은 속내를 드러낼 줄이야."

"그러게 말이야. 그놈들이 설마 이런 상황에서 칼을 빼들 줄은 몰랐어."

금융쌍도는 헛웃음을 지으며 어이없고 허탈하다는 반응을 드러냈다.

그렇게 바랐던 일이 그들의 손이 아닌, 거룡성의 협력자인 오행궁에 의해 벌어졌으니 황당해하는 게 당연했다.

두 사람이 침묵을 깨자 둑이 무너진 듯 중진들이 하나둘 입을 열기 시작했다.

"끼리끼리 모인다고, 신의가 없는 자들이 손을 잡았으니 언제고 일어날 사단이었습니다."

"그렇습니다. 오행궁의 사이한 성향을 감안하면 충분히 그러고도 남을 자들입니다. 전혀 이상할 게 없지요. 원래부터 거룡성 밑에 얌전히 있을 문파가 아니었어요."

중진들은 마치 다 예견된 일이라는 듯, 오래 전부터 알고 있었다는 듯 오행궁의 간사하고 악독한 성향을 성토하고, 거룡성은 그렇게 당하는 게 순리라면서 목소리를 높였다.

그러나 지각을 가진 일부 중진들은 오행궁의 행동을 그렇듯 단순하게 보지 않았다.

'오행궁의 성향이 간악한 것은 맞으나, 함부로 속내를 드러내 움직일 자들은 아니다.'

오행궁은 안휘의 패권이 거룡성에 거의 넘어간 상태에서도 냉철히 시기를 잘 살피다가 딱 적절한 순간에, 그것도 항복이 아닌 협력한다는 취지를 내세워 전력과 명분을 모두 유지한 문파였다.

아무리 거룡성이 집을 비워둔 채 떠났다고 해도 다짜고짜 비수를 꺼내들 만큼 즉흥적인 무리들이 아닌 것이다.

만약 남하하던 거룡성의 무리가 소식을 듣고 오행궁을 더욱 큰 위협 세력으로 간주하여 되돌아오면 존립을 내걸고 싸워야만 할 테니까.

'분명 거룡성과 단독으로 싸우게 되더라도 이길 자신이 있기 때문이었을 거야.'

다만 그 이길 자신감이 어디서 기인한 것이냐는 의문에 해답을 구하지 못할 뿐이었다.

오행궁은 분명 강한 세력이지만 거룡성에 비해서는 한 수 아래가 분명하고, 그 차이에 변화가 있었다는 이야기는 최근까지도 들은 적이 없지 않은가.

'혹시 오행궁의 수뇌진에 변화가 생긴 걸까?'

알 수 없었다. 가능성만 따지자면 너무나 많은 의문들이 생겨날 수 있으니까.

그래서 하 당주는 금응쌍도를 시작으로 이러저러한 이야기들이 회의실 안을 시끄럽게 오가는 동안에도 조용히 지켜보고만 있는 것이다.

함부로 결론을 내릴 수 있는 문제가 아니기 때문이었다.

또한 강학청이 구화산 위쪽의 지형을 살피다가 소식을 듣고 돌아오는 내내 그 의문의 해답을 얻기 위해 고심을 거듭한 것도 그러한 이유로 인해서였다.

하지만 그도 이렇다 할 해답을 얻지는 못했다. 오행궁의 사건은 그만큼 기존의 정보와 상식을 뛰어넘는 일이기 때문이었다.

"강 문공, 기다리고 있었네. 이리로 와서 앉게."

강학청이 회의실 안으로 들어오자 하 당주가 비어 있는 자신의 옆자리를 가리켰다.

당주가 그만큼 강학청을 중히 여긴다는 의미였다.

"오면서 이 상황에 대해서 생각해둔 바가 있을 터. 바로 본론으로 들어가 이야기해 보게나."

강학청은 그를 주목하는 중진들을 한 번 쭉 둘러보고 말했다.

"우린 최대한 빠르게 준비를 갖추고서 북상을 해야 합니다."

"……!"

중진들은 놀란 표정을 지었고, 그중 한 명이 자신이 제대로 이해하며 들었는지 확인하기 위해 물었다.

"강 문공의 말은 우리가 먼저 강을 건너서 남하하고 있는 거룡성의 무리를 공격해야 한다는 것이오?"

"그렇습니다."

또 다른 중진이 뒤이어 물었다.

"오행궁의 배반으로 우리에겐 시간이 생긴 것이 아니오. 지난번 반 소협과 묵 소저가 타 지역을 돌며 맹약을 맺은 것도 거룡성이 함부로 남하할 생각을 못하게 시간을 벌기 위함인 걸로 알고 있소이다. 그런데 그 귀한 시간이 생기게 되었는데 강남을 완전히 영향권 안에 두고 전력을 키우는 게 아니라, 강을 건너 공격을 하자고 하니 솔직히 의아스럽고 우려가 드오."

"맞소이다. 지난번 강 문공도 그렇게 이야기하지 않았소. 병가에서 이르기를 성을 공격하는 건 최하의 방법이고, 열 배의 병력이 되었을 때나 포위하라 했다고. 그러니 우리에 게도 승산이 있다고. 헌데 지금은 우리가 그러한 이점을 버리고 공격을 해야 한다니, 앞뒤가 맞지 않는 말이잖소. 솔직히 지금 우리가 북상해서 공격을 하면 승산이 있겠소?"

다른 중진들도 공격하기보다 강남의 영향력을 높이고, 세력을 키우는 쪽에 치중하자고 말했다.

강학청은 모두의 말을 다 듣고 나서 다시 입을 열었다.

"모두 맞는 말씀이십니다. 또한 그렇게 할 수도 있습니다. 하지만 위기는 곧 기회라고 했습니다. 반 소협의 말에 의하면 남하하고 있는 거룡성의 무리는 오행궁이 배반한 사실을 아직 모르고 있다 합니다. 물론, 오행궁이 아무리 철저하게 차단을 했다고 해도 소문은 나게 되어 있고, 결국 상관 성주도 알게 되겠지만 며칠 동안은 알지 못하고 있을 것입니다. 그리고 그때까지는 세 무리로 나뉘어 있겠지요. 즉, 적은 지금 세 무리로 나뉘어 있기 때문에 우리가 하나씩 따로따로 집중적으로 공격을 하면 승산은 충분하다는 겁니다. 게다가 지금 당장 완전한 승리를 목표로 하자는 것도 아닙니다. 일단 한 무리부터 시작하고, 기회가 되면 또 한 무리를, 할 수 있다면 나머지 한 무리까지. 총단을 떠나 있는 무리에게 가능한 만큼의 타격을 주자는 것입니다. 그렇게 되면 모두 없애지는 못한다고 해도 근거지도 잃고 전력도 약화된 거룡성은 오행궁과 우리 반룡복고당 사이에서 이러지도 저러지도 못하는 처지가 되겠지요. 더불어 우리는 강남에 기반을 마련했으니, 약해진 거룡성을 감시하며 이전보다 여유를 가지고 안정적으로 전력을 키우는 데 집중할 수도 있을 것입니다. 그리고 충분한 힘이 모였다고 판단될 때 전력을 다해 공격해서 우리의 염원을 마무리하면 되는 겁니다."

"……."

"방법은 그 한 가지만 있는 건 아닙니다. 병가에서 이르기를 적을 잡으려면 먼저 임금을 잡으라 했습니다. 즉, 세 무리를 공격할 때 성주가 있는 무리를 먼저 노리는 것입니다. 성주를 죽이면 다른 두 무리는 공격하지 않아도 구심점을 잃고 스스로 붕괴되어 갈 것이고, 오래지 않아서 우리의 염원을 이룰 수 있을 것입니다."

중진들은 강학청의 의견을 곱씹으며 잠시 생각에 잠겼다가 이내 하나둘씩 나쁘지 않은 생각인 것 같다는 말들을 하기 시작했다.

가만히 듣고 있던 하 당주가 입을 열었다.

"분명히 위험스런 계획인 게 맞소. 적지 않은 피해가 생길 것이고, 어쩌면 실패할 가능성도 염두에 두어야 할 것이오.

하지만 지금처럼 거룡성을 궁지로 몰 기회는 흔하지 않소이다. 우리가 반룡복고당을 이룬 이후 단 한 번도 없었던 기회가 생긴 것이오. 그래서 난 강 문공의 말대로 북상을 해야 한다고 생각하오."

"당주님의 말이 맞소이다."

"지금과 같은 호기가 언제 또 올지 모르는 일이지요."

"갑시다. 위로 올라가 거룡성 놈들의 숨통을 끊어버립시다."

중진들은 너 나 할 것 없이 일어나 싸우자고 소리쳤다.

이후 당주는 공식적으로 출정을 결정하고, 각 수장들은 회의실을 나서서 각자의 무리로 돌아가 북진에 대한 이야기를 전한 뒤 출정 준비를 하기 시작했다.

다음 날 아침 일찍, 수백의 무리가 구화산 반룡복고당의 총단을 나와 북쪽으로 이동했다.

*   *   *

장강의 지류를 앞에 둔 작은 어촌 마을.

소박한 규모의 마을은 삼십여 명의 마을 주민들 외에는 방문객도 거의 없어 평소에도 조용하고 평화로운 곳이었고, 특히 겨울엔 추운 날씨 때문에 주민들의 움직임이 적어지는지라 더더욱 한산했다.

헌데 그런 어촌 마을에 갑자기 낯선 손님들이 찾아왔다.

인상이 꽤나 험악한 사내들이었는데, 갑자기 마을로 들어와 촌장이 생전 손에 쥐어본 적도 없고, 앞으로도 없을 큰돈을 건네며 마을의 모든 배를 빌려달라고 한 것이다.

촌장은 몇 명 되지도 않는 마을의 원로들을 불러 논의를 했고, 길게 고민할 것도 없이 제안을 받아들이기로 결정을 내렸다.

일단 지금은 어업이 중단된 상태였고, 설사 사내들이 배를 빌려 그대로 사라진다고 해도 상관없을 만큼 많은 돈을 받는데다, 사내들의 인상들이 하나 같이 빌려주지 않으면 크게 난리를 칠 것처럼 험악해서 후환이 두렵기 때문이었다.

사내들이 다섯 척의 어선을 몰고 떠난 뒤, 촌장은 다시 배를 되돌려 받게 되면 받은 돈의 일부로 잔치를 열자고 제안했고, 마을 사람들 누구도 반대하지 않았다.

반대는커녕 주민들은 그날을 기다리며 잔뜩 기대감에 부풀었다. 냉랭한 겨울 날씨 때문에 몸과 마음이 딱딱하게 얼어 있었는데, 오랜만에 밝게 웃고 떠들며 즐거워할 일이 생긴 것이다.

그러나 촌장과 마을 사람들의 환한 표정은 한 시진도 되지 않아서 사라졌다. 그리고 배를 빌려준 것에 대해서도 후회하게 되었다.

*　　　*　　　*

　스릉.

　눈 깜짝할 사이에 빠져나온 칼이 정확히 촌장의 목젖을 겨누었다.

　칼의 주인인 보룡대 대장 맹강배는 사납고 냉랭한 음성으로 되물었다.

　"배가 한 척도 없다고?"

　겁에 질린 촌장은 칼날 때문에 감히 고개를 끄덕이지 못했고, 대신 눈을 깜빡였다.

　맹강배의 시선은 촌장 뒤로 모여 있는 노인들에게 향했고, 그들은 떨리는 음성으로 촌장의 말대로라고, 반 시진 정도 전에 낯선 사내들이 마을을 찾아와 큰돈을 내고 모든 배를 빌려갔다고 말했다.

　맹강배는 뒤로 고개를 돌려 성주를 쳐다봤다.

　성주의 얼굴은 배가 한 척도 없다는 말을 들었을 때부터 딱딱하게 굳어 있는 상태였다.

　"홍 당주, 이게 어떻게 된 일인가?"

　성주의 물음에 홍문한은 대답하지 못했다.

　이번과 같은 대답을 들은 것이 이번까지 합쳐 세 번이었다. 첫 번째 어촌에서는 우연일 뿐이라고 담담하게 대꾸했지만, 지금 아무 말도 못하는 건 이젠 어떤 대답도 궁색한 변명으로 밖에 들리지 않을 것이기 때문이었다.

홍문한은 애써 무덤덤한 표정을 지으려고 애를 썼지만, 내심으로 짜증스러움이 들끓고 있었다.

'놈들이 이런 식으로 방해를 할 줄이야.'

근방에 있는 어촌 몇 개면 백여 명 정도가 탈 수 있을 정도의 배를 구할 수 있다고 확신했는데 계획이 완전히 어그러진 것이다.

지난날 남궁세가를 기습하기 위해 강을 건널 때도 같은 방법을 썼고, 아무런 문제도 없이 성공을 거두어 기습의 효과를 극대화시켰기에 너무 안이하게 생각한 모양이었다.

'무사들이라도 먼저 보내 배를 확보해야 했는데……'

핑계를 댄다고 한다면 수족처럼 부릴 천문당원이 아무도 없었고, 적들의 크고 작은 방해로 일어난 문제를 해결하고 빠르게 이동하는 데 치중하느라 배에 대해선 신경 쓰지 못한 것이다.

하지만 이미 일어난 일이고, 후회보다는 해결을 모색하는 데 집중해야 할 때였다.

'어떻게 해결을……'

일단 긍정적으로 봐야 할 부분은 적들이 배를 선점하는 시기와 자신들이 어촌을 찾아온 시기의 간격이 처음보다 현격하게 짧아졌다는 점이었다.

첫 번째 어촌에서는 두 시진이 조금 못 되는 간격이 있었으니까.

'반 시진 정도의 차이라고 하면 소규모로 빠르게 움직여서 놈들을 앞질러 배를 찾아낼 수 있을 것이다.'

하지만 곧 생각을 접었다. 만약 적들이 이런 대응을 노리고 있다가 기습을 하면 피해가 클 것이기 때문이었다.

'어쩔 수 없이 큰 선착장으로 갈 수밖에 없는 건가.'

처음부터 중형선 급의 수송선을 탈 수 있는 선착장으로 가지 않은 것은 이전에도 지금과 같은 방법으로 성공했던 경험 때문이기도 하지만, 신경 써야 할 점이 너무 많아서라는 이유가 더 컸다.

우선 그러한 선착장엔 포쾌와 포두 등이 상주해서 꽤 엄하게 검색을 하는지라 윗선까지 포함하여 막대한 뇌물을 써야 하고, 많은 시간을 공들여 그런 수고를 했음에도 몇 가지에 있어선 계속 제약을 받는데다, 자신들의 이동과 움직임을 비롯한 일련의 과정이 반룡복고당에 훤히 노출될 수도 있다.

그 외에도 번거롭고 짜증나는 문제들이 한두 가지가 아니었다.

'하지만 이젠 그런 문제를 따질 때가 아니지.'

상관 성주의 신임을 회복하고, 빠르고 확실하게 강을 건너는 게 더 급하고 중요한 것이다.

그래서 홍문한은 대답을 강요하듯 쳐다보는 성주에게 자

신의 실수를 인정하고, 이제라도 큰 선착장으로 가서 배를 구해야 한다고 말하려 했다.

헌데, 그가 막 입을 열려고 하던 그때 저 멀리서 삼룡대의 무리가 빠른 속도로 다가오고 있는 게 시야에 들어왔다.

상관 성주는 그의 앞으로 다가와 포권을 취하는 손 대주를 향해 굳은 표정을 지으며 물었다.

"어찌된 일이냐?"

손 대주는 적의 기습을 받은 일, 본진과 합류하는 게 낫다고 판단한 이유에 대해 차분히 보고했다. 그리고 설명을 끝내자마자 한쪽 무릎을 꿇고 머리를 숙였다.

"벌을 내리신다면 제가 모든 책임을 지겠습니다."

삼룡대와 함께 돌아온 천문이호와 입모양만 움직여 대화를 나누고 있던 홍문한은 걱정스런 시선으로 성주를 쳐다봤다. 이런 때일수록 관대함을 보여야 하는데 조금 전의 일로 기분이 틀어져 있어 과민한 반응을 보일 수도 있기 때문이었다.

그러나 다행스럽게도 상관 성주의 대처는 적절했다.

"거룡성을 대표하는 무력대의 수장으로서 부족한 모습을 보였으니 응당 벌을 받아야 할 것이다. 하지만 그 시기는 반룡복고당을 괴멸시키고 난 후로 미룬다. 적과의 싸움이 시작되면 속죄하겠다는 마음가짐으로 선봉을 맡으라."

"존명!"

손 대주는 힘차게 대답하고 옆으로 물러났다.

상관 성주는 홍문한을 불렀다. 그리고 불편한 심기를 표출하듯 냉랭한 음성으로 물었다.

"언제까지 참고 기다려줘야 하지?"

"삼 일만 기다려주십시오."

"너무 길어. 더구나 이 근방에서 배를 구할 수 있으리란 보장도 없잖아. 그냥 중형 수송선을 구할 수 있는 영령 선착장으로 가야겠다."

"영령 선착장으로 이동하는 데만 이틀, 이백여 명의 무리가 검문을 받지 않고 배에 오를 수 있도록 관인들을 만나 설득하는 데 하루, 강남에 도착하면 다시 같은 과정이 반복되고, 모든 움직임이 반룡복고당의 이목에 잡힐 수 있습니다. 그걸 감안하면 약간 늦어지더라도 이 근방에서 작은 어선들을 구해 강을 건너는 것이 낫다고 생각됩니다."

홍문한의 설명을 들은 상관 성주는 잠시 동안 생각에 잠겼다가 고개를 끄덕였다.

"마지막으로 기다려주겠다. 그러나 기간은 이틀이다. 그 안에 배를 구해 도강 준비를 끝내라."

"알겠습니다."

"그리고 적들에게 배를 빌려준 마을과 주민들은 우리를 곤란케 한 만큼 합당한 대가를 치르게 해."

홍문한은 깜짝 놀랐다.

"성주님, 그 명령은 재고해주십시오. 무림과 상관이 없는 양민들에게 위해를 가하게 되면 관이 개입할 수도 있고, 이후 거룡성을 바라보는 민심에도 악영향을 끼치게 될 것입니다. 그렇게 되면……."

"그만!"

성주의 매서운 일갈에 홍문한은 입을 다물었다.

성주는 그를 주시하는 무사들을 쭉 둘러보며 말했다.

"거룡성은 세간의 평을 두려워하지 않는다! 거룡성은 관의 개입 또한 상관하지 않는다! 거룡성은 안휘에서 최강이기에 두려워할 것이 없고, 그 어떤 곳보다 높이 있기에 내려다보기만 하면 되는 것이다! 내 생각에 이견을 가진 자가 있는가! 거룡성이 굴욕을 당하고도 참아야 한다고 생각하는 자는 앞으로 나서라!"

무사들은 침묵했다. 하지만 기가 죽은 게 아니었다. 입만 다물고 있을 뿐, 오히려 패기 어린 눈빛을 번뜩이고 있었다.

"대주들은 들으라!"

대주들은 일제히 성주의 앞으로 나아가 한쪽 무릎을 꿇고 머리를 숙이며 하명을 기다렸다.

"거룡성의 적을 돕는 자들이 어떤 대가를 치러야 하는지를 안휘 무림 전체가 똑똑히 알게 하라!"

"존명!"

큰 소리로 대답한 대주들은 즉각 일어나 성주의 명령을

수행할 자들을 각자의 무력대에서 선별하기 시작했다.

'성주님에게는 이제 내 말이 통하질 않는구나.'

홍문한은 자신의 능력으로 성주를 설득할 수 없다는 걸 분명히 깨닫게 되었다.

안휘 무림 모두 알게 하라고 했으니, 대주들에게 증거를 남기지 말라거나 도적들에게 당한 것처럼 꾸미라는 등의 조언도 할 수 없었다.

'힘으로 패권을 잡았지만, 그 패권을 유지하는 데는 신망도 필요한 것인데…….'

아무리 거룡성이 사파문이라고 해도 마찬가지였다. 힘만으로는 전통을 세우고 최강의 자리에 오래 머무를 수가 없는 것이다.

'이번 일에 관이 개입하지 못하도록 무마시킬 생각만 해도 가슴이 답답해 오는구나.'

홍문한은 내심 한숨을 쉬며 천문이호 등을 자신의 주변으로 불러 모았다. 그가 원치 않는 상황이고, 성주의 마음을 돌리기도 어렵게 되었지만 그냥 가만히 넋 놓고 있을 수는 없었으니까.

최소한 그가 할 수 있는 일을 해야만 하는 것이다.

"내가 대주들에게 이야기하여 각각 열 명의 발이 빠른 무사들을 지원받을 테니, 너희들은 그들을 데리고……."

*　　　*　　　*

가장 먼저 사람들이 죽어나갔고, 다음으로 허름한 집들에서부터 시작된 불길이 빠르게 퍼져나가며 어촌 마을 전체를 집어삼켜버렸다.

거룡성 무사 삼십여 명이 다녀간 마을은 한 식경도 되지 않아서 그렇게 풍비박산이 난 것이다.

그리고 육중포 등은 마을에서 멀찍이 떨어진 곳에 모습을 감추고서 멍한 표정으로 불타는 광경을 바라보고 있었다.

"이게 도대체……."

마을을 주시하고 있던 의리파 당원으로부터 적들이 심상치 않은 움직임을 보이고 있다는 말을 들었을 때도 이런 일이 일어날 줄은 전혀 예상하지 못했다.

"개자식들, 아무리 화가 난다고 해도 선량한 양민들을 죽이다니."

육중포의 사문은 사파문이고, 그는 사파인이었다. 하지만 그는 예전부터 사파라고 해도 어느 정도 지켜야 할 선이란 게 있다고 믿고 있었다.

무림과 연관되지도 않고 저항할 능력조차 없는 양민들을 죽이고 마을을 잿더미로 만드는 건 선 밖에 있는, 결코 해서는 안 되는 짓인 것이다.

"백부님, 놈들은 우리를 잡을 수가 없으니 대신 양민들에게 화풀이를 하기로 작정을 한 모양입니다."

이 마을은 지금 거룡성의 무리가 머물러 있는 곳에서 가장 가까운 곳이었다. 그렇다면 이곳을 공격한 무사들이 다른 마을들까지 찾아가 공격 할 가능성은 매우 높았다.

'우리 때문에 벌어진 일이야.'

육중포는 분노와 죄책감을 동시에 느끼고 있었다. 육 씨 형제들은 이런 상황을 그냥 보고만 있을 수 없지 않느냐고 꽉 움켜쥔 주먹으로 가슴을 두드렸다.

분위기가 원치 않는 방향으로 돌아간다고 생각한 마평진이 고개를 내저으며 말했다.

"예상치 못한 일이었소. 우리가 의도해서 생긴 일도 아니니 육 동주께선 그만 마음을 푸시오."

"의도하지 않았다고 해도 잘못은 잘못인 거요."

"그렇다고 돌이킬 수 있는 일도 아니질 않소. 우리가 할 수 있는 일은 아무것도 없소이다. 막아보겠다고 저들을 공격했다가 종적이 드러나 쫓기게 되면 그 뒷감당을 어찌 하려고 그러시오. 누구보다 육 동주께서 잘 아시겠지만 우린 저들의 상대가 되지 않소. 도리어 전멸을 당하게 될 거요."

"……."

"우리에겐 지금 해야 할 일이 많소. 죽은 이들에겐 미안한 일이지만, 지금 당장은 우리 앞가림도 벅찬 상황이오. 그러니 사죄하고 복수한다는 마음으로 온 힘을 다해서 거룡성을 물

66

리친 뒤에, 이곳으로 다시 돌아와 위혼제를 열어 어촌 사람들의 넋을 위로해주도록 합시다."

육중포는 한숨을 내쉬었다. 그도 마평진의 말이 틀리지 않다는 걸 알고 있었다.

냉정히 자신들의 상황을 따지자면 그의 말이 옳았다.

'하지만⋯⋯.'

상관도 없던 어촌 사람들을 죽게 만들고 거룡성을 물리친다면 기뻐할 수 있을까?

수단 방법을 가리지 않고, 자의가 아니었다고 해도 남을 희생시켜 이기는 게 옳은 일일까?

이때 반 시진 전 일행과 합류하고 이곳까지 같이 온 견일이 물었다.

"육 동주, 이제 어쩔 생각이오? 놈들을 막을 거요, 아니면 그냥 모른 척하고 계속 배를 선점하는 데만 집중할 거요?"

견일의 음성은 냉랭했다. 얼굴은 살짝 굳어 있기까지 했다.

왜?

지금 이 상황이, 어촌 사람들의 죽음을 어쩔 수 없다는 이유로 모른 척하자는 이 분위기가 너무 마음에 들지 않기 때문이었다.

'나도 예전에는 다를 바 없는 놈이었으니, 화가 난다는 것 자체가 웃기는 일이란 건 알고 있다.'

지금도 크게 달라지지 않았고, 스스로 좋은 사람이라 말할 수도 없었다. 자신의 이익이 우선이고, 때론 수단을 가리지 않고 결과를 얻으려 하고 있으니까.

'그러나 이건 아니잖아.'

싸워야 할 땐 싸워야 했다. 앞뒤 보지 말고, 아니다 싶으면 그냥 덤벼들어야 하는 것이다.

'나도 선악이 모호하고 종잡기 힘든 주인님을 닮아가는 건가?'

그럴지도 몰랐다.

견일이 보아온 반악은 그런 사람이었다. 성질 더러운 인간 같으면서도 은근히 상관도 없는 이들을 돕고 배려하며, 개인의 이익을 가장 우선적으로 따지는 듯하면서도 얻을 것도 없는 일에 발바닥에 땀이 나도록 뛰어다녔다.

그리고 그런 일들에 자신들을 부려먹으며 고생시킨 인간이었다.

하지만 그렇게 억지로 참여하면서 견일의 몸과 마음에도 새로운 것들이 배어버렸다. 좋은 일이란 건 할 때는 여간 귀찮은 게 아니지만, 하고 나면 뿌듯해지고 기분 좋게 잠들 수 있게 된다는 걸 알아버린 것이다.

'나 같은 놈도 그걸 알아버린 거다. 원한 것도 아닌데 느껴버린 거야. 이럴 때는 나서서 싸워야 한다는 걸.'

그런데 이들은 바로 포기해버리려 하고 있었다. 눈앞에

보이는 저 처참한 광경이 다른 마을에서도 생겨날 거고, 더 많은 사람들이 죽어나갈 걸 알면서도 어쩔 수 없다며 외면 하려 하는 것이다.

견일은 다그치듯 다시 물었다.

"확실히 결정하시오. 어떻게 할 거요?"

견이가 그의 옆으로 서며 말했다.

"싸우겠다면 내가 앞장서서 최소 다섯 명 이상은 책임지 겠소."

견일은 그를 보며 히죽 웃었다. 마치 너처럼 냉정한 놈도 변해버린 거냐, 라는 표정을 지으면서.

그러자 견삼도 그 옆으로 나서고, 염서성과 서문유강도 따라 나오며 말했다.

"육 동주가 결단만 내리면 우리 다섯이 선봉에 서겠소. 놈 들은 삼십 명이 조금 넘는다고 했으니, 우리가 각각 다섯 씩, 최소 스물다섯은 책임질 수 있게 되는 거요. 당신들이 남은 열 명 정도만 맡아 주시오."

견일 등이 이렇게 나오자 육 동주도 마음이 바뀌기 시작 했다. 이들이 노력해 준다면 성공 가능성은 충분하단 생각 이 드는 것이다.

하지만 그래도 단호하게 생각을 바꾸기가 힘들었다. 은당 원들과 마평진 등은 여전히 우려와 걱정을 떨치지 못하고 있기 때문이었다.

그리고 그들의 불안감은 당연했다. 눈앞에 있는 삼십여 명은 어떻게 처리한다고 해도 그로 인해 꼬리가 잡혀 포위라도 당하면 전멸할 수밖에 없었으니까.

"육 동주답지 않게 뭘 그렇게 고민하는 거요?"

갑자기 들려온 음성에 모두의 시선이 일제히 뒤쪽으로 돌아갔다.

언제 왔는지도 모르게 나타난 반악이 자신들을 향해 걸어오고 있었다.

반악은 말했다.

"육 동주는 생각하기보다 행동하는 사람이잖소. 헌데 지금은 너무 생각을 많이 해 머리 위에서 연기가 나는 게 아닐까 걱정스러울 정도요."

말 그대로 이해하자면 육중포가 똑똑하지 못하다고 놀리는 말로 들릴 수 있었다.

하지만 그 말을 듣고 육중포는 전혀 기분 나빠하지 않았다. 오히려 크게 웃었다.

"하하하! 요즘 의리파를 키우느라 골머리를 썩는 일이 많았더니, 그동안 내가 몸을 쓰는 게 더 익숙한 인간이었다는 걸 깜빡하고 있었소!"

웃고 나니 뭔가 무거운 것을 내려놓은 듯이 표정이 많이 여유로워진 육중포는 은당원들과 마평진 등을 쳐다보며 말했다.

"우린 이기기 위해 이 개고생을 하는 게 아니다! 거룡성과 싸울 수 있다는 걸 보여주기 위해 하는 거다! 그러니 우린 싸운다!"

간단하면서도 가슴을 울리는 말이었다.

그래서 우려와 걱정으로 반대를 고수했던 은당원들과 마평진도 그의 결정에 반대를 할 수가 없었다.

마평진은 몇 마디 말로 상황을 순식간에 정리해버리고, 거룡성에 갔다가 본 상황을 육중포 등에게 이야기하는 반악을 쳐다보며 생각했다.

'월 루주가 반 소협에게 마음을 빼앗긴 이유를 이제는 알 것 같구나. 나도 저럴 수 있을까?'

잠시 생각해보았지만 곧 고개를 흔들었다.

지금의 그는 보여줄 수 없는 모습이었다. 그리고 앞으로도 저럴 수 있다는 자신감이 생기질 않았다. 능력과 선택의 문제가 아니라, 세상과 사람을 바라보는 시각 자체가 다르다는 생각이 들었기 때문이었다.

마평진은 괜스레 기분이 우울해지는 것 같아서 반악을 외면하고 앞으로 진행할 세부적인 계획을 듣기 위해 육중포에게 다가갔다.

*　　　*　　　*

반악은 견삼만을 따로 불러내 부용설에 대한 이야기를 해 주었다.

"내가 방향을 잘못 잡아서 만나지 못한 걸 수도 있지만, 혹시 모르니까 처음부터 꼼꼼히 그녀의 종적을 찾아봐라."

"알겠습니다."

견삼은 바로 출발하기 위해서 말을 묶어 놓은 곳으로 돌아섰다.

"잠깐."

"……?"

"만약 그녀가 위험한 상황에 처했고, 그 상황이 네 능력으로 해결할 수 없는 것이라면……."

반악은 말을 끝내지 못했다.

원래는 괜히 나서지 말고 최대한 빠르게 돌아와 자신에게 알리라고 말하려 했던 것이지만, 가만 생각하니 그녀를 위험한 상황에 그냥 남겨두고 오라는 의미였기에 차마 할 수 없었던 것이다.

그렇다고 목숨을 걸고서라도 뛰어들어 부용설을 구하라고 명령 할 수도 없는 일이었다. 예전에는 남의 목숨 따위 신경도 쓰지 않았기에 망설임 없이 명령할 수 있었지만, 지금의 반악은 그런 말을 하지 못했다.

이젠 자신만이 아니라, 타인의 입장에서도 생각하는 사람이 되었으니까.

"주인님."

"……."

"반드시 찾아서 주인님께 데려오겠습니다. 그러니 절 믿고 기다려주십시오."

견삼은 곧바로 떠났고, 반악은 끝까지 아무 말도 못한 채 그가 사라지는 것을 바라보고만 있었다.

"저 녀석, 인사도 않고 그냥 가네."

견일 등은 견삼이 아무 말도 없이 그냥 떠나버린 것에 황당해했다. 반악이 평소와 달리 그들까지 배제하고 따로 불러 명령을 내렸기에 내막을 알고자 하는 생각은 하지도 않았지만, 최소한 간다는 말은 하고 가야 하지 않겠는가.

괜스레 섭섭한 마음이 드는 것이다. 그들도 예전이었다면 결코 느끼지 않았을 감정이었다.

"염서성, 이리 와봐라."

반악이 이번에는 염서성만을 콕 집어서 부르자 견일과 견이는 실망스런 표정을 지었다. 왠지 자신들이 소외당하는 기분이 들었다고 할까.

하지만 지금껏 반악이 해줘야 할 말을 굳이 숨기거나 한 적은 없었기에 그 이상의 섭섭함을 느끼지는 않았다. 그들은 언젠가부터 반악을 완전히 믿고 따르게 된 것이다.

염서성은 견일과 견이의 시선에서 묘한 부담감이 느껴져 고개를 갸웃하며 반악에게 다가갔다.

"무슨 일이십니까?"

"너 아직도 옥존에게 복수할 생각을 가지고 있냐?"

"당연하지요. 한시도 결심이 흔들린 적이 없습니다. 전 반드시 놈에게 복수할 겁니다. 헌데, 갑자기 그건 왜 물어보시는데요?"

"그를 봤다."

"예?"

"옥존을 봤다고."

염서성의 얼굴이 굳어졌다.

"어디서요?"

"알면 찾아가려고?"

염서성은 잠시 대답이 없었다. 그리고 한숨을 내쉬며 고개를 내저었다.

"찾아가면 뭘 합니까. 지금 실력으로 만나서 복수를 외쳤다가는 그대로 황천행인데. 전 그렇게 멍청하지 않습니다."

"그럼 말을 해주지 않아도 되겠군."

"하지 마십시오. 알면 살심이 끓어올라 놈을 찾아가고 싶어질 것 같습니다."

"알았다."

반악은 염서성뿐만이 아니라, 아무에게도 옥존에 대한 이야기를 하지 않을 생각이었다.

'그자에 대한 이야기를 들어서 좋을 게 없지.'

일단 반룡복고당이 오행궁과 싸울 가능성도 높지 않지만, 천하에서 꼽히는 고수가 적이 될 수도 있다는 말을 들으면 사기가 하락할 수도 있기 때문이었다.

"반 소협, 이리로 와보시오."

반악은 앞으로의 계획을 들어보라며 부르는 육중포와 은 당원들이 있는 곳으로 걸어갔다.

*　　　*　　　*

삼십여 명의 무사들을 이끌고 두 번째 마을로 향하고 있던 은룡대 부대주 오척경의 얼굴은 뭔가 살짝 마음에 들지 않는다는 듯 딱딱하게 굳어 있었다.

'기분 정말 더럽네.'

그는 손에 들고 있는 칼을 반쯤 뽑아보았다. 깨끗이 닦아낸 줄 알았는데 칼날에 혈흔이 조금 묻어 있는 게 보였다.

탁!

그는 신경질적으로 칼을 집어넣었다.

'이젠 익숙해져서 느낌도 없다고 생각했는데……'

오늘 그는 첫 살인을 한 이후 십여 년 만에 사람을 죽인 것으로 인해 기분이 나빠졌다.

왜?

여자와 아이를 죽였기 때문이었다. 그리고 성인이라지만

눈 감고도 상대할 수 있을 정도로 저항할 능력이 거의 없는 사내들을 죽인 것도 썩 좋은 기분은 아니었다.

'싸움이나 전투 중에 일어난 거라면 이렇게 기분이 더럽지는 않을 텐데……'

아무리 여자와 아이라고 해도 죽이지 않으면 내가 죽을 수밖에 없는 급박한 상황에서라면 이런 기분이 생길 리가 없는 것이다.

한창 패권 싸움 중에 있었을 때, 남궁세가나 그 외의 문파들을 공격하면서 남녀노소를 가리지 않고 별다른 죄책감 없이 죽일 수 있었던 것도 처한 상황이 그럴 수밖에 없었다는 확고한 이유가 있었기 때문이었다.

하지만 어민들의 자의적인 잘못이라 할 수도 없는 일에 분풀이하듯 살육을 벌이는 건 아무리 거부할 수 없는 명령이었다고 해도 내키지 않는 일일 수밖에.

게다가 아직 끝나지도 않았다. 이 더러운 기분을 다독일 틈도 없이 처리할 마을이 하나 더 있고, 앞으로 몇 개나 더 생길지 알 수가 없는 것이다.

오척경은 각 대에서 몇 명씩 차출되어 그를 따라온 무사들을 돌아봤다. 별다른 동요가 보이진 않았다. 하지만 거의 대부분 표정이 굳어 있었다.

겉으로 표현하진 않았지만, 그들도 오척경과 마찬가지로 기분이 좋지 않으리라.

'이게 모두 반룡복고당 놈들 때문이다. 왜 다 끝난 싸움에 불씨를 지피고, 주제도 안 되는 것들이 뭘 주워 먹겠다고 바짓가랑이를 붙잡고 지랄이냐고.'

오척경은 눈동자 가득 분노를 담으며 칼을 꽉 움켜쥐었다.

명령을 내린 성주와 대주들을 원망할 수도 없으니, 애초에 여기까지 오도록 만든 원흉에게 책임을 돌릴 수밖에 없지 않겠는가.

'구화산에 도착하면 어떤 놈이 내 앞을 막든 간에 아주 작살을 내주마.'

솔직히 지금 마음 같아선 별의별 잡스런 방법을 다 동원해 이동을 방해하며 귀찮게 하고, 그게 잘 안되니까 배를 선점해 숨김으로써 결과적으로 자신들에게 어민들을 살육하도록 등을 떠민 자들을 쫓고 싶었다.

'놈들을 찾아내서 이 더러운 기분을 느끼게 만든 만큼 대가를 치르게 하면 조금은 기분이 나아질지도 모르지……'

"마을이 보입니다."

오척경은 수하의 말을 듣고 상념에서 깨어났다. 그리고 더욱 무거운 표정으로 십 장여 앞, 저 아래로 보이는 작은 어촌 마을을 뚫어질 듯 쳐다봤다.

이제 또 보고 싶지 않은 피를 봐야 할 시간이 된 것이다.

오척경은 약해져버린 자신의 의지를 북돋우기 위해 수하

들을 돌아보며 소리쳤다.

"처리하는 시간은 반 각. 칼을 휘두르는 데 조금이라도 머뭇거리거나, 쓸데없이 두 번 이상 칼질을 해서 시간을 낭비하는 자가 있다면 내가 용서치 않을 것이다! 내 말 알아듣겠느냐!"

"예, 부대주님!"

"가서 모두 쓸어버리자!"

오척경은 앞장서서 달리기 시작했고, 무사들도 우르르 그의 뒤를 쫓았다.

*　　　*　　　*

"……?"

기세 좋게 달려와 마을 입구에 들어선 오척경과 무사들은 어리둥절해졌다. 사람의 모습은 고사하고 인기척도 느껴지지 않을 만큼 썰렁했던 것이다.

"왜 이리 조용해?"

"아무도 안 보이잖아."

"물고기 잡으러 나갔나?"

"그럴 리가 없지. 배가 없어서 못 나가잖아."

"혹시 우리가 오는 걸 알고 도망쳤나?"

"마을을 쓸어버리고 바로 왔는데, 여기 놈들이 어찌 알고 미리 도망가?"

무사들은 예상치 못한 상황에 당황했는지 너 나 할 것 없이 한마디씩 하며 시끄럽게 떠들어댔다.

"모두 입 다물어!"

오척경이 버럭 화를 내자 무사들은 얼른 입을 다물고 그의 눈치를 살피며 명령이 떨어지길 기다렸다.

그러나 오척경도 그들만큼이나 당혹스러워하긴 마찬가지였다. 단지 지위와 체신을 생각해서 속내를 드러내지 않을 뿐이었다.

'이상하다. 우리가 오는 걸 미리 알 리가 없고, 설사 알았다고 해도 그 짧은 시간에 도망치긴 어려웠을 텐데. 혹시 우리가 여길 왔다 가고 나서 곧바로 떠난 건가?'

하지만 어민들이 약간의 위협을 받았다고 해서 오랫동안 살아온 마을을 그렇게 빨리 포기하고 떠날 가능성은 높지 않았다.

'그것도 모든 걸 그냥 두고 떠나지는 않지.'

그 어디에서도 짐을 싸거나 물건을 챙긴 흔적이 보이지 않았다는 게 의심을 갖게 만들었다.

오척경은 한눈에 들어오는 마을을 잠시 노려보고는 무사들에게 명령을 내렸다.

"집 안에 숨어 있는 게 분명하다. 뒷간 구멍도 빼놓지 말고 샅샅이 뒤져봐. 그리고 찾아내면 밖으로 끌고 나올 필요도 없이 그 자리에서 죽여버려!"

"알겠습니다!"

무사들은 네다섯 명씩 뭉쳐서 흩어졌고, 칼을 빼든 채 허름한 문을 걷어차며 집 안으로 들어갔다.

한동안 집 안을 헤집으며 생기는 잡소리들이 사방에서 들려왔다. 그리고 이어서 허탈한 표정의 무사들이 집 밖으로 나오며 말했다.

"아무도 없습니다."

오척경의 얼굴이 일그러졌다.

'염병할, 진짜 도망친 건가? 도대체⋯⋯.'

오척경은 내심 욕을 연발하다가 이상한 점을 하나 발견했다.

중간에 위치한 집으로 들어간 네 명의 무사들이 밖으로 나오지 않고 있었던 것이다. 그렇다고 안에서 사람을 찾는다고 뒤적거리는 소리가 들리는 것도 아니었다.

그냥 조용했다. 마치 아무도 들어가지 않은 빈집 그대로인 것처럼.

뭔가 문제가 생겼음이 분명했다.

'그 개자식들이 저 안에 있는 거다!'

이동을 방해하고, 배를 먼저 선점하고, 그에게 원치 않는 피를 보게 원인을 제공한 자들이 마을 사람들을 미리 빼돌린 게 분명했다.

그리고 아직도 떠나지 않고 남아 있다는 건 싸움을 피하지 않겠다는 의미일 것이다.

오척경은 비틀린 미소를 지었다. 놈들이 싸울 의도로 남은 것이라면 그로서는 환영할 만한 일이었으니까.

"저 집을 포위해."

명령이 떨어지기 전부터 이상한 낌새를 눈치채고 있던 무사들은 즉각 반응하여 순식간에 집을 빙 둘러쌌다.

"거기 있는 거 아니까, 나와!"

오척경은 여전히 조용하기만 한 집을 향해 소리쳤다. 하지만 반응이 없었다.

그는 무사들에게 불을 지르라고 지시했다. 그런데 바로 그때 누군가 집 밖으로 나오는 게 보였다.

얼굴이 반반한 이십 대의 젊은 사내였고, 허리에 투박한 모양의 박도를 차고 있었다.

반악이었다.

그는 마치 손님을 맞이하는 집주인처럼 걸어 나와 오척경에게 말을 건네기까지 했다.

"예전에도 지금과 비슷한 상황을 겪은 적이 있었지. 너희들에게도 도움이 되는 이야기니까 잘 들어봐."

"……"

"그때도 너희들처럼 나쁜 놈들이었고, 버려진 관제묘 안에 있는 날 죽일 속셈으로 밖으로 불러내더라고. 자신들이 우세하다고, 나 같은 사람은 가볍게 처리할 수 있다고 자신 감에 차 있었지. 결국 그 녀석들이 어떻게 됐는지 알아?"

"……."

"보다시피 난 멀쩡하게 살았고, 녀석들은 다 죽었지. 그리 고 지금도 그때처럼 결과는 다르지 않을 거야."

오척경은 저도 모르게 마른침을 삼켰다. 이야기의 내용 때문이 아니라 반악의 분위기가 절대적인 자신감이 없다면 결코 보일 수 없는 것이기 때문이었다.

'젠장, 준비한 숫자가 꽤 많은 모양이구나.'

저 작은 집에 사람이 들어가 있어봤자 기껏해야 스무 명 안쪽이라고 생각했는데, 그 이상인 모양이었다.

'아니면 다른 곳에 숨어서 신호를 기다리고 있거나…….'

오척경은 슬며시 시선을 움직여 주위를 더욱 꼼꼼하게 살 폈다. 하지만 마을 어디에서도 인기척이 없었다. 수하들이 집을 모두 뒤져보았지만 이 집을 제외하고 아무도 찾지 못 했던 걸 감안하면 마을 안에 매복하고 있을 가능성은 높지 않았다.

'마을 밖이구나.'

그렇다면 우선 눈앞에 있는 놈들을 빠르게 제거하고 물러 나야 할 것이다. 물론 마을 밖에 있을 적들의 전력에 따라 피하지 않고 맞서 싸울 수도 있었다.

오척경은 칼을 빼들었다. 그를 따라 무사들도 모두 칼을 빼들며 명령이 내려지길 기다렸다.

"안에 들어간 내 수하들은?"

"곧 만나게 될 거다. 내가 너희들도 그들이 간 곳으로 보내줄 테니까."

반악은 오척경을 향해 검지를 까딱였다. 어서 덤비라고 자극하는 것이다.

"건방진 새끼!"

오척경은 씹어뱉듯이 소리치며 그를 향해 뛰어나갔고, 무사들도 뒤를 쫓아 우르르 달려들었다.

"네놈의 머리를 시궁창에 처박아주마!"

살기 어린 음성으로 소리치며 이 장의 간격 안으로 접근한 오척경은 시선을 흐트러트릴 의도로 좌우를 빠르게 오가며 전진했고, 간격이 일 장에 이른 순간 세 번의 칼질을 통해 아홉 개의 그림자를 만들어 반악의 전신을 뒤덮어버렸다.

스악―

섬뜩한 기음과 함께 가득히 펼쳐지던 도영들이 둘로 갈라지고, 당황하여 얼굴이 창백해진 오척경의 얼굴이 그 사이로 드러났다.

"컥!"

박도를 따라 길게 늘어지며 뻗어나간 새하얀 도강은 도영에 이어 칼을 잘라내고, 오척경의 가슴 깊숙이까지 상처를 만들어냈다.

풀썩!

오척경은 갈라진 가슴과 입에서 붉은 선혈을 샘물처럼 뿜어내며 힘없이 무너졌다.

"……."

뒤따라 달려들던 무사들은 그대로 멈춰 서서 오척경의 시신을 멍하니 쳐다봤다.

이기고 지고의 문제가 아니라, 이처럼 빨리 당할 줄은 상상도 못했기 때문이었다.

그들은 슬며시 뒷걸음질 쳤다. 수의 우세를 떠나 은룡대 부대주 씩이나 되는 실력자를 일도에 죽일 수 있는 고수를 상대로 싸울 마음이 생길 리 없는 것이다.

하지만 그들은 곧 자신들이 이러지도 저러지도 못하는 상황에 처하게 됐음을 알고 크게 당황했다.

육중포를 필두로 한 의리파, 일성파까지 해서 도합 오십여 명에 가까운 무리가 어느새 모습을 드러내고 달려와 퇴로를 막았고, 앞에는 반악과 그의 좌우로 나타난 견일, 견이, 염서성, 서문유강이 길을 차단해버린 것이다.

사실 육중포 등이 막고 있는 뒤쪽은 머릿수만 우세일 뿐 대부분이 하오배들이라 거룡성 무사들이 작정하고 달려들면 오래지 않아 뚫고 나갈 수 있었다.

그러나 반악 때문에 심리적으로 위축되고 결단을 내릴 지

84

휘자를 잃은 상태라, 감히 그럴 생각조차 못한 채 더욱 좁게 모여 서서 방어 자세만 취했다.

반악은 무사들이 싸울 의지를 잃었다고 여겼고, 이전의 그였다면 결코 하지 않았을 제안을 했다.

"무기를 버리고 항복해라. 그럼 목숨만은 보전하게 해주겠다."

무사들은 반감보다 고민하는 기색을 보였다. 이제 다 죽었구나, 하고 생각했는데 살려주겠다고 하니 마음이 흔들린 것이다.

무사들 중에 지위가 조장급에 올라 있고 나름 배포도 있으면서 살고 싶은 욕망이 큰 무사가 조심스럽게 물었다.

"진짜 죽이지 않을 거요?"

"난 약속한 것은 반드시 지킨다. 항복하면 살려주겠다."

무사들은 서로 시선을 교환하고, 자그마한 말로 속삭였다. 아마도 항복하느냐 안 하느냐, 어느 쪽이 더 이로우냐 아니냐에 대해서 이야기하는 것이리라.

하지만 그들의 논의는 길게 이어지지 않았다. 결론이 나서가 아니라, 논의가 필요하지 않은 방향으로 상황이 급변했기 때문이었다.

가장 먼저 그러한 변화를, 아니, 위험을 감지한 이는 오감과 육감이 이곳에 있는 그 누구도 감히 따라올 수 없을 만큼 예민한 반악이었다.

"육 동주, 이쪽으로 오시오!"

육중포는 어리둥절했다. 계획 이상으로 잘 흘러가는 마당에 왜 퇴로를 열고 자리를 옮겨야 한단 말인가.

그러나 다시 한 번 자신이 있는 쪽으로 오라고 말하자 의문을 억누르고 무리와 함께 거룡성 무사들을 크게 돌아 반악이 있는 곳으로 움직였다.

반악이 아무 이유 없이 반복해서 부를 리는 없기 때문이었다.

'뭐지?'

거룡성 무사들은 육중포처럼 어리둥절해 하기보다는 의구심을 갖고 반악을 쳐다봤다.

무기를 버리고 항복하려고 하는데 갑자기 뒤를 열어주고 있으니, 그냥 보내주려고 하는 것보다는 뭔가 다른 속셈이 있다는 의심이 들 수밖에 없는 것이다.

'혹시 방심하게 만들어서 기습하려는 건가?'

하지만 그들도 얼마 있지 않아 반악의 달라진 태도가 무엇 때문인지 알게 되었다. 저 뒤쪽에서 수많은 무리가 몰려오는 것이 보였기 때문이었다.

"우리 편이다!"

그 선두에는 말을 탄 상관 성주까지 있었다.

방금 전까지 창백해 있었던 무사들의 얼굴에 화색이 돌았다. 그리고 그들은 입가에 미소를 지으며 물러나려고 하는 반악 등을 매섭게 노려보았다.

"개자식들, 이제 너희들은 다 죽었어!"

무사들은 서로 눈빛을 교환하고는 함성을 지르며 반악 등을 향해 우르르 달려갔다. 성주와 동료들이 도착할 때까지 반악 등이 도망치지 못하도록 시간을 끌어야 했으니까.

반악은 겁을 먹은 양 떼 무리에서 며칠 굶은 늑대 무리로 돌변해서 몰려오는 거룡성 무사들을 굳은 표정으로 바라보며 소리쳤다.

"먼저 가시오!"

그가 혼자 남아서 물러날 시간을 벌겠다는 뜻이었다. 이전의 반악이었다면 결코 할 수 없는 행동인 것이다.

그러나 육중포는 자신들만 물러날 수는 없다고 거부했다. 그러자 반악은 금방 뒤쫓아가겠다며, 늦장을 부리면 오히려 자신까지 위험해진다며 그를 다그쳤고, 육중포는 어쩔 수 없이 육 씨 형제와 당원들을 이끌고 먼저 물러나고 있던 일성파 무리를 뒤쫓아 달렸다.

하지만 반악의 다그침에도 끝까지 물러나지 않은 사람들도 있었다.

반악은 철봉을 들고 그의 옆에 선 서문유강에게 말했다.

"먼저 가라고 했잖소."

"걱정 마시오, 조금만 있다가 갈 거니까."

"……"

반악의 시선은 서문유강을 지나쳐 견일과 견이, 그리고 염서성에게 향했다.

시선을 느끼고 반악을 향해 고개를 돌린 세 사람은 히죽 웃으며 동시에 말했다.

"저희도 조금만 있다 갈 겁니다."

"……."

더 묻지 않고 이 장 안으로 접근한 거룡성 무사들을 향해 고개를 돌린 반악의 입가에 옅은 미소가 생겨났다.

'내 주위에는 쓸데없이 고집 센 녀석들만 모였군. 이런 녀석들은 무림에서 오래 살기 힘든데 말이야.'

그렇다면 누군가 든든한 방패막이가, 죽지 않는 길로 안내할 길잡이가 되어서 오래 살게 만들어주어야 할 것이다.

반악은 기세 좋게 달려왔다가 막상 그를 눈앞에 두자 움찔하며 멈춰 선 거룡성 무사를 향해 몸을 날리며 말했다.

"오래 살고 싶으면 내 주변에서 떨어지지 말고 싸워!"

*　　　*　　　*

"하하하, 내 말이 딱 맞았군. 놈들이 그냥 보고만 있지는 않을 거라고 했잖아."

성주는 크게 웃으며 홍문한에게 어떠냐고 묻는 시선을 던졌다.

하지만 홍문한은 그의 시선에 반응이 없었다. 그는 한창 싸우고 있는 무리 쪽을 눈을 크게 뜨고 쳐다보는 중이었다.

'저놈은!'

홍문한은 반악을 한눈에 알아보았다.

'반룡복고당의 당원이니 다시 마주치게 될 거라고 예상은 했었지만, 설마 이곳에서 보게 될 줄은 몰랐군.'

홍문한의 태도를 이상히 여긴 성주는 그의 시선이 한 사람에게 고정되어 있다는 걸 알고는 물었다.

"아는 자냐?"

"예. 저놈은 지난번 려강에서 낭패를 당했을 때 우릴 가장 크게 괴롭혔던 놈입니다."

반악을 보는 성주의 눈동자가 날카로워졌다.

"저놈이 남궁세가의 후인이라고 주장하던 그놈이라고?"

"그렇습니다."

"그렇다면 잘된 일이군. 이번 기회에 남궁가를 완전히 뿌리 뽑아버릴 수 있겠어."

상관 성주는 득의의 미소를 지으며 적룡대 대주 손패와 법풍악을 불러 공격하란 명을 내렸다. 무슨 일이 있어도 반악은 반드시 죽여야 한다고 강조하면서.

*　　　*　　　*

옆으로 휘둘려오는 칼을 쳐내고 순간적으로 열린 틈으로 박도를 밀어넣어 거룡성 무사의 가슴을 깊숙이 찔렀다가 뺀 반악은 뒤쪽을 돌아보았다.

육중포 등은 제법 멀리 도망치긴 했지만 아직까진 충분히 거리를 벌렸다고 볼 수 없었다. 이대로는 금방 따라잡혀 포위될 수도 있는 것이다.

'시간이 조금 더 필요하다.'

하지만 문제는 더욱 많은 적의 무리가 자신들을 공격하기 위해 다가오고 있다는 점이다.

반악은 결심을 굳히고 견일 등에게 말했다.

"잠시 안쪽에 다녀올 테니, 여기서 기다리고 있어!"

견일 등은 무슨 소리를 하는 건가 의아해 했지만, 곧 반악이 땅을 박차고 대여섯 명을 연달아 두 번 뛰어넘는 걸 보고 의미를 깨달았다.

몰려오는 적의 무리 속으로 뛰어 들어가 혼란스럽게 만들고 돌아오겠다는 뜻인 것이다.

'정말 앞뒤를 재지 않는 분이라니까.'

견일 등은 아무리 상황이 급박하고 절정의 무공 실력을 지녔다고 해도 저 많은 수의 무리 속으로 뛰어들 생각을 하고, 또한 거침없이 실행하는 반악의 대담함에 혀를 내둘렀다.

'하긴, 저런 행동이 주인님다운 거니까.'

그들은 내심 미소를 지으며 반악이 떠난 공백을 메우기 위해 서로 간의 간격을 좁히고 싸워나갔다.

*   *   *

려강에서 반악의 고강한 무공 실력을 직접 눈으로 확인했던 손 대주는 앞으로 뛰어나가 반악을 상대하려고 하는 법 대주를 다급히 막으며 말했다.

"법 대주, 놈과 단독으로 상대해서는 아니 되오! 공간이 넓지가 않아서 수월하게 진을 펼치기는 어렵겠지만, 우린 다수의 이점을 살려 오밀조밀한 포위망을 형성해 싸워야 하오!"

법 대주의 얼굴이 굳어졌다.

"저놈 하나를 처리하는 데 많은 손은 필요 없소!"

"그 마음을 모르는 것은 아니나, 냉정하게 생각하지 않으면 목숨을 잃을 수밖에 없소이다. 법 대주도 나와 내 수하들이 지난번 려강에서 낭패를 당한 일에 대해서 들었을 것이 아니오."

"손 대주는 내 실력이 놈에게 미치지 못한다고 말하는 거요?"

법 대주는 신경질적으로 물으며 성주가 있는 뒤쪽을 힐끔 돌아보았다.

'저놈이 남궁세가의 후인이라는 이유 때문에 성주님의 관심이 남다르다. 그러니 이번에 내 능력을 성주님께 인식시키려면 저놈을 내 손으로 죽여야 해.'

"손 대주가 싸울 생각이 없는 건 상관없지만, 내 앞길까지 막진 마시오!"

손 대주는 성주의 시선을 신경 쓰는 법 대주의 태도를 보고 이리도 고집을 피우는 이유를 알아챘다.

'한심스럽군.'

대주란 자가 이런 상황에서 사욕이나 부릴 생각을 하고 있다니.

'하지만…….'

그렇다고 해서 이대로 그냥 보낼 수는 없다. 반악에게 죽임을 당할 게 불을 보듯 분명하니까.

물론 법 대주 한 명의 안위만 생각해서 막는 게 아니었다. 그가 죽으면 가까이는 그의 수하들의, 크게는 무리 전체의 사기가 하락되는 문제를 야기할 수 있어 방관할 수 없었던 것이다.

손 대주는 다시 그의 앞을 막아서며 물었다.

"법 대주는 하북삼귀를 홀로 상대해 이길 수 있소?"

이길 수 있을 리가 없었다. 냉정히 평가하자면 혼자 상대한다는 것부터가 무리였고, 특히 일귀의 경우에는 일대일로 붙는다고 해도 이길 자신이 없었다.

"아무래도 법 대주는 려강에서 있었던 싸움에 대해서 제대로 듣지 못한 모양인데, 왜 법 대주가 저자를 혼자 상대할 수 없는지 확실히 이해할 수 있도록 설명해드리리다. 저자는 하북삼귀의 둘을 상대로도 너끈하게 우위를 점할 정도의 고수고, 일귀는 당시 상황을 지켜본 천문당원의 말에 의하면 몇 수 버티지도 못하고 죽임을 당했다고 했소."

법 대주의 얼굴이 살짝 붉어졌다.

새삼 자신의 무공수준을 깨달아서 부끄러워하는 게 아니었다. 손 대주의 의도가 무엇이건 간에 수하들이 보고 듣는 앞에서 적보다 부족한 실력을 지적받았기 때문에 기분이 상한 것이다.

'빌어먹을 자식, 자기는 얼마나 잘났다고 내 체면을 사정없이 구겨?'

법 대주는 도리어 오기가 생겼다. 이렇게 되면 자존심 때문이라도 반악을 죽이겠다는 결심을 포기할 수 없었다. 아니, 오기가 생기지 않았다고 해도 포기하지 않았을 것이다.

그의 권력욕은 손 대주가 생각하는 것 이상으로 컸으니까.

'하지만 결과가 뻔히 보이는 싸움에 쓸데없이 목숨을 걸 필요는 없겠지.'

그는 자신의 무력대에 속한 적룡무사들을 돌아보며 소리쳤다.

"나를 중심으로 진을 펼치고 저놈을 포위한다!"

손 대주는 내심 비웃음을 지었다.

자신의 말을 듣지 않을 것처럼 목소리를 높였지만, 결국 자신의 말을 따른 것이기 때문이었다.

'어쨌든, 이젠 혼자 나서서 싸운다고 하지는 않겠지.'

칼을 뽑아든 손 대주는 몇 번의 도약으로 빠르게 다가오다가 사 장여 앞에서부터 천천히 걸어오고 있는 반악을 노려보며 말했다.

"법 대주, 나와 내 수하들이 놈의 퇴로를 차단하리다."

하지만 법 대주에게서 나온 대답은 냉랭한 거부였다.

"필요 없소. 나와 내 수하들로도 충분하오."

다행이도 상황을 인지하기는 했지만, 그로 인해 기분이 완전히 틀어진 모양이었다.

손 대주는 답답하다는 듯 말했다.

"법 대주의 공을 빼앗으려는 게 아니니 괜한 오해는 마시오. 난 단지 놈이 도망칠 수 없도록 퇴로만 차단할 것이니, 서로 역할을 분할하여……."

"난 손 대주와 협공할 생각이 조금도 없으니, 뭘 하든 하고 싶은 대로 하시오."

제안을 야멸치게 뿌리친 법 대주는 기합을 내지르며 반악을 향해 몸을 날렸고, 그의 수하들도 그리 넓지 않은 공간을 딱 틀어막고서 사냥감을 몰이하듯 밀고 올라갔다.

홍문한은 법 대주가 손 대주를 무시하고 움직이는 걸 보고 눈살을 찌푸렸다.

"법 대주가 무리하게 욕심을 부리는군요. 아무리 상대가 한 명이라도 결코 쉽게 상대할 수 없는 고수인 것을. 게다가 다수가 움직일수록 유기적인 협력을 유지해야 힘을 발휘할 수 있는 것인데……."

"상관없어."

"예?"

"한동안 너무 평화로웠어. 거룡성에는 지금 저런 욕심이 필요해."

"……."

홍문한은 그제야 깨달았다. 경쟁시키기 위해 고의로 성향이 다른 두 사람을 동시에 내보냈다는 걸. 남은 무력대까지 적극적으로 움직여 돕지 않는 것도 그 때문이리라.

'성주의 이런 생각이 좋다고 해야 할지, 나쁘다고 해야 할지 혼란스럽구나.'

본보기를 보여야 한다며 어촌을 공격하라고 명령한 것도 마찬가지였다.

책사 역할을 하는 그에게조차 속내를 드러내지 않은 채 구상한 계획이란 것도 문제지만, 결과적으로 적들을 끌어들이기 위해 삼십여 명의 수하들을 희생시켜도 괜찮다는 극단적 성정을 보여주었다.

물론 바로 달려와 구해내겠다고 하면 전혀 문제될 것이 없었다. 그러나 성주는 너무 빨리 모습을 드러내면 겁을 먹은 적들이 싸울 생각도 않고 도망칠 수 있다는 이유를 들어서 늦장을 부렸고, 피해가 극심해질지도 모를 결과가 나올 때까지 말 그대로 방관한 것이다.

지금도 저렇게 반악에게만 힘을 쏟는 사이에 어촌을 공격하기 위해 파견된 무사들 중 벌써 절반이나 무너진 상황이 아닌가.

반악을 예외로 둔다고 해도 적의 숫자는 네 명밖에 되지 않지만, 무공 실력은 그 몇 배를 감당할 수 있는 고수들인 것이다.

이런 식이면 나머지 절반도 얼마 버티지 못하고 몰살을 당할 게 분명한데, 성주는 남은 무력대에게 그들을 도우라는 명령조차 내리지 않고 있다.

아무리 나태해진 분위기를 쇄신하기 위해 무한경쟁을 유도한다고 해도, 이런 상황은 결국 가장 앞에서 싸우며 피해가 큰 무사들 사이에 불만거리로 떠돌게 될 거고, 수뇌들에 대한 불신이 밑바탕에 깔리면서 사기를 떨어트리는 결과를 초래할 수 있는 것이다.

'적을 잡기 위해서는 수하들을 과감하게 희생시키는 계획

을 세울 정도로 냉철한 군주가 되었으니 좋아해야 마땅하지
만⋯⋯.'

과거에는 상관 성주가 조금 더 그런 성향을 가지게 되길
바랐지만, 지금은 이런 변화가 반갑지 않았다.

왜?

만만치 않은 적과의 큰 싸움을 앞두고 희생을 당연시하는
수장의 급격하고 극단적인 변화는 오히려 부정적인 분위기
를 조성할 수가 있기 때문이었다.

'조금 더 여유로울 때, 반룡복고당이 본격적으로 저항 움
직임을 보이기 전에 변화를 시도했다면⋯⋯.'

이런 걱정을 할 필요가 없었을 것이기에 홍문한의 안타까
움은 더욱 컸다. 미리 이런 변화를 주도하지 못한 자신의 잘
못도 있기 때문에 다른 이를 탓할 처지도 아닌 것이다.

'이미 이리되어버렸으니 후회한들 어쩌겠는가.'

하지만 더 안타까운 점은 성주와 자신의 사이가 서먹함을
넘어서 냉랭한 기류까지 흐를 정도이기에 함부로 간언을 했
다가는, 그것도 질책에 가까운 간언을 했다가는 다시 회복
하기가 어려울 것이라 조언을 할 수도 없다는 점이었다.

'그러나⋯⋯.'

그냥 보고만 있을 수 없었다. 할 수 있는 데까지는 해봐야
하는 것이다.

"성주님, 무력대를 따로 움직여 도주한 적의 무리를 쫓게

하는 것이 어떻겠습니까?"

"딱 보니 잡졸들에 불과한 놈들일 뿐인데, 시간과 인력을 낭비해서까지 잡을 필요는 없어."

"그렇다면 저 뒤쪽으로 무력대를 움직여서 저항하는 네 명을 제압하는 데 힘을 쓰는 것이 어떨까요? 저자들을 제압하면 남궁세가의 후인이란 자도 마음이 조급해질 테고, 그럼 더 빠르게 제거할 수 있을 것 같습니다만."

성주는 대꾸가 없었다. 법 대주와 적룡무사들이 반악을 포위해 공격하는 걸 지켜보며 필요성을 따지는 걸까?

하지만 바로 대답을 듣지 못하는 이유가 무엇이건 간에, 조금이라도 빨리 무력대를 움직일수록 피해가 줄어든다고 생각하는 홍문한으로서는 속이 타들어가는 심정이었다.

"저 네 명이 있는 쪽으로 흑룡대를 보내고, 손 대주에게 법 대주를 도우라고 해."

성주는 웬만하면 그냥 알아서 싸울 수 있게 놔두려고 했으나, 가만히 지켜보니 반악을 잡기는커녕 크게 피해만 입고 놓칠 분위기였던 것이다.

"즉시 전하겠습니다."

마음이 급했던 홍문한은 흑룡대 대주 임열포에게 즉시 움직이라고 지시를 내린 뒤, 직접 적룡무사들이 있는 곳으로 말을 몰아갔다.

자신이 직접 성주의 명령을 전해야 법 대주가 조금 더 심각하게 받아들이고, 싫더라도 손 대주와 협력할 수밖에 없을 것이기 때문이었다.

*　　*　　*

반악은 두 개의 칼을 연달아 쳐내고 한 명에게 치명적인 도상을 입힌 뒤 뒤를 힐끔 돌아보았다.

'이제 슬슬 물러나야겠다.'

이 정도로 시간을 끌었으면 의리파 무리가 충분히 멀리 물러났을 테니까.

게다가 상관 성주가 지금은 초반이라 참고 있어도 인내심이 한계에 이르게 되면 모든 전력을 집중시켜 자신과 견일 등을 죽이려 할 것이 분명했다.

반악은 좌우로 찔러오는 칼을 흘리듯이 밀어내고, 뒤로 두 걸음 물러났다. 그리고 다시 빠르게 세 걸음 물러나 견일 등을 향해 소리쳤다.

"충분히 놀았으니, 그만 가자!"

그러자 법 대주가 고함을 지르며 그의 앞을 막아서고 칼을 휘둘렀다.

"가려거든 그 머리는 두고 가라!"

반악은 허리를 뒤로 젖히며 박도를 당기듯이 쳐올리고 다시 밀어내듯 내리치며 막았고, 법 대주의 칼은 박도에 딱 붙어서 바람 앞의 갈대처럼 앞뒤로 크게 흔들렸다.

법 대주의 얼굴이 벌겋게 달아올랐다. 보통 상대적으로 기교가 떨어지는 하수가 고수에게 당하는 접술에 걸린 것이기 때문이었다.

그는 박도에 딱 붙어 마음대로 움직여지지 않는 칼을 떼어내기 위해 힘껏 끌어당기며 좌우로 소리쳤다.

"공격하지 않고 뭣들 하고 있어!"

끼어들 틈을 찾지 못하고 두 사람 주위를 빙빙 돌기만 하던 적룡무사들은 여전히 틈을 찾지 못했지만 이를 악물고 접근해 들어가며 칼을 휘둘렀다.

하지만 반악은 더 이상 상대해줄 생각이 없었기에 순간적으로 접술을 풀고 법 대주의 복부를 발끝으로 걷어차며 뒤로 쭉 물러났다.

그리고 곧장 바닥을 차고 높이 뛰어올라 포위를 벗어나려고 했다. 하지만 바로 그때, 반악의 시야에 한 사람의 모습이 들어왔다. 성주의 명을 전달하기 위해 손 대주의 옆으로 다가온 홍문한의 모습이.

반악은 물러나겠다는 생각을 바꾸었고, 땅을 박차며 복부를 움켜잡고 비틀거리는 법 대주를 향해 쭉 밀고 들어갔다.

*　　*　　*

어느새 스무 명에 가까운 무사들을 쓰러트리며 한창 기세 좋게 싸우던 견일 등은 반악의 외침을 듣고서 아쉬움을 뒤로하고 뒤로 빠지기 시작했다.

이제 십여 명 밖에 남지 않은 거룡성 무사들은 물러나는 그들을 천천히 쫓았다. 성주가 지켜보는 상황이라 넋 놓고 보고만 있지는 않았지만, 다시 싸울 마음이 없었기에 쫓는 시늉만 하는 것이다.

이미 자신들이 어찌할 수 없는 상대들이고, 쫓아가봤자 죽는 길밖에 없으며, 성주는 도와줄 생각도 않는 상황에서 목숨을 걸고 쫓아갈 이유는 없었으니까.

그래서 빠르게 물러나던 견일 등이 갑자기 멈춰 서자 그들은 당황했고, 내심으로 원망과 욕을 퍼부었다.

'개자식들, 왜 안 가고 서는 거야! 꼭 끝장을 봐야겠다는 거냐!'

무사들은 싸우고 싶지 않았지만 어쩔 수 없이 견일 등을 향해 다가갈 수밖에 없었다.

하지만 그들은 곧 뭔가 이상하다는 걸 깨달았다. 견일 등은 그들을 보고 있는 게 아니라, 그들의 뒤쪽을 보고 있었던 것이다.

무사들은 돌아보고 싶은 걸 억지로 참았다. 이런 상황에서 시선을 돌렸다가 기습을 당해 죽는 것보다, 궁금증을 참고 살아남는 게 더 중요했으니까.

하지만 뒤에서 들려오는 소음이 더욱 어수선해지고, 견일 등이 그들을 향해 달려와 그대로 뛰어넘어버리자 결국 뒤를 돌아보지 않을 수 없었다.

"……!"

뒤의 상황은 말 그대로 아수라장이었다.

물러나자고 소리쳤던 반악이 도리어 앞쪽으로 전진하며 수많은 동료들에 둘러싸인 채 난장판을 벌이고 있었던 것이다. 그리고 그가 목표로 삼아 움직이고 있는 방향에는 손 대주가 있었다.

갑자기 손 대주에 대한 살심이 끌어 오르기라도 한 것일까?

물론 아니었다. 반악의 목표는 손 대주가 아니었다. 그 옆에 말을 타고 있는 사람 때문에 저런다는 걸 확연하게 느낄 수 있었다.

"놈이 홍 당주님을 노린다!"

무사들은 진심으로 내키지가 않았지만 가만히 보고만 있다가 나중에 질책을 받을 것이 두려웠기에 더욱 혼란스런 상황으로 치닫고 있는 뒤쪽을 향해 달려갔다.

*   *   *

홍문한은 **빽빽**하게 포위를 당한 상황에서도 그와의 거리를 조금씩 좁혀오고 있는 반악을 의문이 실린 시선으로 바라보았다.

'저놈은 지난번 려강에서도 저랬었지.'

진가장 장주 때문에 물러나긴 했지만, 그때 반악이 그를 향해 보여준 집착은 적대하는 무리의 수뇌이기 때문이란 이유로 보기엔 이상할 정도로 강렬한 것이었다.

'나에게 직접적인 원한이라도 맺고 있다면 이해가 되겠지만……'

물론 반악은 스스로를 남궁세가의 후인이라 자처했고, 그렇다면 분명 원한을 맺은 사이인 것은 맞다.

하지만 저 표정과 눈빛은 그러한 원한 정도가 아니었다. 자신을 죽일 수 있다는 약간의 가능성만 보고 다시금 위험을 무릅쓸 만큼은 절대 아닌 것이다.

그래서 홍문한은 반악을 죽이기보다 사로잡고 싶었다. 남궁세가의 무공을 어디서, 누구에게 배웠고, 정체가 무엇인지에 대한 모든 것들을 캐내어 궁금증을 풀 수 있을 테니까.

허나, 곧 생각을 접었다.

'나야말로 쓸데없는 집착을 하고 있군.'

게다가 그러고 싶어도 성주가 허락하지 않을 것이 분명했다.

"홍 당주님은 성주님께서 계신 곳으로 물러나 계시는 게 좋겠습니다."

반악이 여기까지 이를 것을 염려하여 움직이지 않고 있었던 손 대주가 더 이상 기다릴 수 없다는 듯 앞으로 나서며 말했지만, 홍문한은 고개를 내저었다.

"놈이 나 때문에 도망칠 생각을 버린 것 같으니, 내가 여기서 미끼 노릇을 하리다."

성주도 그 점 때문에 홍문한을 불러들이지 않고 있는 것이다.

손 대주는 성주 쪽을 돌아보고 알겠다는 듯 고개를 끄덕였다.

"놈이 여기에 이르기도 전에 반드시 죽이겠습니다."

"부탁하겠습니다, 손 대주."

손 대주는 전력을 다 기울여야만 죽일 수 있다는 판단하에 자신의 수하들을 모두 이끌고 반악을 향해 몸을 날렸다.

* * *

'됐다.'

반악은 저 뒤쪽으로 홍문한만 남겨지게 된 것을 보며 내심 득의의 미소를 지었다.

그는 고의로 포위당하는 걸 자처했고, 위험을 감수하면서 시간을 끌었다. 차단막을 치고 있던 손 대주와 그 무리들까지 자신 쪽으로 오게 만들어 홍문한이 혼자 남겨지도록 하려는 의도였다.

지난번처럼 홍문한과의 사이를 가로막는 자들로 인해 성공하지 못했던 경험이 있기에 확실한 기회를 만들려고 한 것이다.

하지만 막상 기회가 만들어졌다 생각한 때부터 문제가 발생했다. 포위에 합류한 손 대주와 적룡무사들이 예상보다 더 집요하고 치밀하게 진을 형성하여 몸을 빼기가 힘들었던 것이다.

'손패, 저 자식이 다른 대주들보다 꼼꼼하고 능력이 있는 놈이었다는 걸 깜빡하고 있었구나.'

반악은 잔혹마 시절에 손 대주가 지휘하는 적룡대와 함께 임무를 맡은 적이 두 번 있었고, 그때마다 고지식하면서도 철두철미한 손 대주의 성정과 통솔력은 임무를 빠르고 효과적으로 해결하는 데 큰 도움을 주었다.

그러나 지금은 바로 그 능력이 반악을 골치 아프게 만들고 있는 것이다.

'저놈부터 처리해야겠다.'

그러나 생각처럼 되지 않았다. 손 대주의 합류와 함께 법 대주와 그 무리들의 기세가 높아지고, 진을 형성하고 펼치는 움직임도 한층 부드러우면서 위력적으로 변해버렸기 때문이었다.

헌데, 바로 그때 견일 등이 뒤쪽을 집요하고 꾸준하게 공략하면서 진의 결속력에 균열이 가기 시작했다.

*　　　*　　　*

"빌어먹을 자식들, 쥐새끼 떼처럼 징그럽게도 달려드는구나!"

염서성은 목을 노리고 떨어지는 칼을 철토시로, 허리를 노리는 칼은 다리를 빠르게 들어올리며 쇠신발로 막아냈다. 하지만 그게 한계였다. 방어하기도 빠듯한 상황이라 반격은 고사하고, 다시금 막는 데 집중해야만 했다.

견일, 견이도 마찬가지였다. 적들이 너무 많아서 무기의 특성을 살려 공격할 여력이 없었던 것이다.

그러나 다행이도 그들에겐 서문유강이 있었다.

퍼퍽!

빠르게 좌우로 오가는 철봉에 어깨를 맞은 두 적룡무사가 비틀거리며 뒷걸음치자 뒤에 있던 두 적룡무사가 비어버린 공간으로 뛰어들어 틈새를 메우려고 했다.

하지만 서문유강은 철봉으로 땅을 내려치며 그들을 순간적으로 움찔하게 만들고, 곧바로 두 걸음 앞으로 나아가며 철봉을 좌우로 흔들어 그들의 발목을 후려쳤다.

"윽!"

발목뼈가 부러진 두 적룡무사가 땅으로 쓰러지자 그들을

밟지 않기 위해 동료들이 뒤로 물러나면서 약간의 공간이 생겨났고, 기회를 포착한 견이가 그 공간을 향해 한쪽 륜을 내던졌다.

슈사사사!

"컥!"

"큭!"

륜은 맹렬하게 회전하며 서문유강을 중심으로 짧은 반경을 빠르게 휘돌았고, 피하지 못한 네 명의 적룡무사가 팔과 어깨 등을 부여잡고 비명을 지르며 물러났다.

그리고 그들이 물러나며 더욱 넓어진 공간으로 견일과 염서성이 뛰어들어 자리를 확보한 뒤 다시 방어에 집중했다.

선두에 있다가 자연스레 후방을 맡게 된 서문유강은 쉴 틈도 주지 않고 뒤쪽을 차단하며 바짝 다가온 적룡무사들의 칼을 연달아 쳐내고, 거칠어진 호흡을 가다듬기 위해 숨을 길게 내쉬었다.

그는 견일 등을 힐끔 돌아보았다. 열심히 싸우고 있었지만 지쳐가고 있다는 게 표정과 움직임에 확연히 드러나고 있었다. 몸 곳곳에 생겨난 자잘한 상처와 옷을 물들이고 있는 핏기만 봐도 알 수 있는 일이었다.

'이렇게 얼마나 버틸 수 있을까?'

서문유강도 힘들기는 마찬가지였다. 무사들 개개인으로 따져보아도 만만치 않은 실력을 가진 무리를 상대로 일각이

넘도록 쉼 없이 싸워왔으니 지치지 않으면 그게 더 이상한 일이리라.

'하지만……'

힘든 와중에도 가슴 가득히 채워지는 이 들뜬 감정과 만족감은 무엇이란 말인가.

굳이 표현하자면 즐거움 같은 것이었다.

'싸움 중에 이런 느낌을 가지게 될 줄은 몰랐다.'

그에게 있어서 무공은 수련 그 이상도 이하도 아니었다. 심신을 조화롭게 완성시키는 과정 중에 사용하는 도구에 불과한 것이었다.

물론 무공을 배우고 실력을 쌓으면서 명성과 이득을 부수적으로 얻게 되었다. 하지만 그에게는 별다른 감흥을 주지 못했다.

내면을 완성시키는 것에만 집중할 뿐, 그 외적인 것들에 대해선 조금도 관심이 없었던 것이다.

헌데, 지금은 달랐다.

'뒤집어쓰기는 했지만 뭔가 내 것이 아닌 것처럼 겉돌기만 하던 초식이 내 뼛속까지 스며들어갔다가 자연스럽게 뿜어져 나오는 느낌이야.'

그렇다고 적들을 때리고 부상 입히는 게 재미있다는 의미는 아니었다.

'그저 즐길 뿐이다.'

무공을 펼치는 것을 즐기는 것이다.

그 외에는 아무것도 중요하게 느껴지지 않았다. 몸에 상처가 생겨 피가 나도, 적이 그의 철봉에 격타당해 비명을 지르고 쓰러져도 이전과 같은 부담감과 안타까움이 생기지 않는 것이다.

'그러나……'

이 새롭고 특별한 기분을 오래도록 만끽하기 위해서 자신의 처지와 동료들의 힘겨운 상황을 모른 척 흘려 넘겨버릴 수는 없었다.

서문유강은 적들의 칼을 연달아 막으며 뒤를 돌아보았고, 앞으로 나아가기 위해 애를 쓰고 있지만 좀처럼 기회를 만들지 못하고 있는 반악의 모습을 확인했다.

'반 소협이 저렇게 감정적으로 싸우고 있는 건 처음 보는구나.'

그를 알게 되면서 쭉 보아왔던 반악의 싸움은 대단히 냉철하고 계산적인 쪽에 가까웠다. 아무리 강력한 적 앞에서도 흔들림 없이 적절한 움직임을 펼치다 보니 온 힘을 다하지 않고 싸우는 것처럼 보일 정도였으니까.

그런데 지금은 아니었다. 조급해 보였고, 여유가 느껴지지 않았다. 아마도 평소의 반악이라면 바로 정신을 차리고 물러나는 길을 선택했을 게 분명했다.

헌데, 그러지 않는 것이다.

'말을 타고 있는 저자와 뭔가 남다른 원한이라도 있는 것일까?'

그러나 의문과 궁금증은 가슴 한쪽으로 접어두었다. 해답을 얻는 것보다 이곳에서 무사히 물러나 살아남는 게 더 중요했으니까.

또한 그렇게 되기 위해서는 반악이 물러날 생각을 해야만 했다. 하지만 포기하고 물러나자고 해서 그냥 물러날 반악이 아니질 않은가.

지금의 저 모습을 보면 바라는 바를 성취하지 않고서는 물러날 생각이 조금도 없는 것 같았다.

'그렇다면…….'

서문유강은 힘껏 공력을 끌어올리고 적들이 다가오지 못하도록 크고 넓게 휘저으며 순간적으로 움직일 공간을 만들어냈다.

그리고 곧장 돌아서서 염서성을 향해 뛰어올랐다.

"염 소협, 어깨 좀 빌리겠소!"

대답을 들을 사이도 없이 어깨를 밟은 서문유강은 눈치 빠르게 어깨를 밀어 올려주는 염서성의 움직임을 이용해서 더욱 힘껏 도약했다.

그는 날아올랐다. 자신들과 반악 사이를 막고 있는 수십 명의 적룡무사들을 단번에 뛰어넘을 수 있을 만큼.

"반 소협!"

적들의 이목을 집중시키며 반악의 머리 위쪽에 이른 서문 유강은 크게 소리쳤고, 반악은 그를 올려다보며 눈동자를 번뜩였다.

서문유강은 순간 허리를 활처럼 꺾고, 공력을 철봉에 집중시키며 숨을 크게 들이마셨다. 그리고 반악이 박도를 크게 휘둘러 적들을 밀쳐내고 두 걸음 물러난, 그래서 생겨난 빈 공간으로 떨어지며 철봉을 힘껏 내리쳤다.

쾅!

강력한 기파가 딱딱한 땅을 강타하고, 굉음과 함께 엄청난 양의 흙이 치솟으며 사방으로 비산했다.

"어디냐!"

"사라졌다!"

비처럼 쏟아져 내리는 흙과 함께 휘날리는 먼지가 시야를 가리는 바람에 적룡무사들은 반악과 서문유강의 종적을 놓쳤고, 입과 코를 가리며 두 사람을 찾기 위해 사방으로 눈을 돌렸다.

"악!"

오른쪽에서 비명이 터져 나왔다. 자연히 적룡무사들의 시선이 그쪽으로 모아졌고, 가까이 있던 이들은 힘껏 손바람을 일으켜 먼지를 날려버리기 위해 노력했다.

순간 먼지를 뚫고 서문유강이 뛰어나왔다.

"이쪽⋯⋯!"

퍽!

소리치던 적룡무사는 얼굴을 걷어차여 뒤로 나동그라졌고, 서문유강은 철봉으로 바닥을 찍고 뛰어올라 그 너머에 있는 적룡무사의 가슴을 향해 다시 발끝을 내질렀다.

"큭!"

가슴을 찍힌 적룡무사는 피를 울컥 토해내며 비틀거렸고, 그 주위에 있던 동료들은 땅에 내려서는 서문유강을 향해 동시에 칼을 내리쳤다.

채챙!

두 개의 칼은 철봉에 막혀 튕겨나가고, 하나의 칼이 팔뚝을 베고 지나갔다. 하지만 성공시킨 무사는 웃을 사이도 없이 서문유강이 자신의 안쪽으로 바짝 다가서며 내지르는 주먹을 막아야만 했다.

퍼퍼퍼퍽!

일순간에 네 번이나 내질러오는 서문유강의 작은 주먹을 양팔을 엇갈려 가슴을 가리는 수법으로 막아낸 무사는 반격하기 위해 칼을 치켜들었다. 하지만 곧 뭔가가 잘못되었다는 걸 깨달았다.

"……?"

팔이 그의 의지대로 움직이지 않고, 힘없이 축 늘어져버린 것이다.

아무리 방어 자세를 취했다고 해도 금강복마권(金剛伏魔

券)의 강력한 권력을 네 번이나 연달아 격타당했으니 팔이 멀쩡할 수 있었겠는가.

당황하여 멍해 있는 적룡무사의 훤히 열린 가슴으로 반야장(般若掌)의 기법이 실린 서문유강의 손바닥이 가볍게 붙었다가 떨어졌다.

하지만 그 위력은 결코 보이는 것처럼 가볍지 않았으니, 적룡무사는 헛바람을 내지르며 그대로 혼절하여 젖은 짚단처럼 땅바닥으로 허물어졌다.

주변에 있던 적룡무사들은 왜소한 체형에도 불구하고 엄청난 위력의 무공을 선보인 서문유강의 기세에 압도되어 바로 공격하지 못했다.

무사들을 지휘하고 다그쳐야 할 손 대주와 법 대주도 놀라기는 마찬가지였다. 하지만 그들은 곧 한 가지 간과해버린 게 있다는 걸 깨달았다.

'놈은?'

반악은 어디 있단 말인가?

먼지도 가라앉았는데 반악의 모습이 보이질 않는 것이다.

허나, 그건 착각이었다. 서문유강에게 시선이 쏠려 있었기에 반악이 그들을 은밀하고 빠르게 지나쳐가고 있다는 걸 알아채지 못했던 것이다.

하지만 멀찍이서 전체적인 상황을 지켜보고 있던 이들은 달랐다.

"손 대주, 법 대주!"

손 대주와 법 대주, 그리고 적룡무사들은 홍문한의 다급한 고함 소리를 듣고서야 반악이 포위를 빠져나갔다는 걸 알아챘다.

그들은 견일 등과 서문유강을 외면하고 다급히 뒤로 돌아 달렸다. 홍문한도 만만치 않은 실력의 고수지만 반악을 혼자서 막아낼 순 없을 것이기 때문이었다.

*　　　*　　　*

'이번엔 반드시……'

죽인다.

반악은 당황한 기색이 역력한 홍문한을 향해 온 힘을 다해 달렸고, 삼 장 앞에서 땅을 박차고 뛰어올랐다.

스악–

박도가 공간을 갈라가는 섬뜩한 소리가 청각을 먼저 자극하고, 뒤이어서 매서운 도기가 홍문한의 상반신을 향해 떨어졌다.

하지만 홍문한도 그냥 당하고 있을 생각이 없었기에 급히 안장을 박차고 위로 뛰어올랐다.

히히힝!

도기에 격중당한 말이 고통스런 울음을 터트리며 쓰러지

고, 반악은 땅을 박차고 위로 뛰어올라 홍문한의 다리를 향해 다시금 도기를 날렸다.

홍문한은 온 힘을 다해 칼을 휘둘러 도기를 흐트러트렸다. 하지만 공중에서 충분한 힘을 실어 칼을 휘두르는 데는 한계가 있었고, 반악이 기세를 잃지 않은 것과 달리 그에게는 더 이상 막을 여력이 남아 있지 않았다.

'죽는구나.'

홍문한은 그렇게 생각했다. 그러나 막 그의 다리를 잘라 버리려던 박도를 채찍이 휘감고, 오른쪽에서 튀어나온 창끝이 반악의 옆구리를 노리며 움직임을 방해해 버리면서 상황은 달라졌다.

'염병.'

반악은 허리를 튕기고 몸을 웅크리며 창끝을 피하고, 박도를 바짝 끌어당겼다.

채찍의 주인은 감당하기 힘들 정도의 힘으로 끌어당겨지자 어쩔 수 없이 박도에서 채찍을 풀려나오게 했고, 반악은 천근추의 수법으로 빠르게 아래로 떨어졌다.

하지만 밑에서도 그를 기다리는 적이 있었다.

훙ㅡ

소리만으로도 엄청난 무게감이 느껴지는 거대한 검이 땅에 착지하기 직전인 반악의 등을 노리고 떨어졌다.

반악은 위험을 감지하자마자 상체를 옆으로 꺾으며 박도

를 휘둘렀다.

쩡!

"윽!"

대검의 주인은 검을 타고 전해지는 강력한 반탄력에 신음을 터트리고, 땅에 착지하는 반악을 경악 어린 시선으로 노려보았다.

박도가 아무리 중병기에 속하는 무기지만 자신의 대검에는 비교도 되지 않을 정도로 가벼운 칼인데, 충분한 힘을 싣기 어려운 상태에서 반격을 했는데 오히려 자신이 더 큰 충격을 받았으니 놀랄 수밖에 없었던 것이다.

반악은 정면과 좌우에 자릴 잡고 그를 막아선 세 사람을 냉랭한 시선으로 빠르게 훑었다.

'무영편(無影鞭) 공전무, 파풍창(破風創) 해두홍, 태산검(泰山劍) 파종치.'

세 명은 거룡성에 몸을 의탁한 호법들 중에서도 실력이 상위에 속하는 고수들이었다.

하지만 반악은 이들 때문에 물러날 생각은 조금도 없었다.

"네놈이 남궁세가의……!"

파풍창 해두홍은 말을 하다말고 다급히 뒤로 물러나며 창끝을 앞으로 힘껏 찔렀다. 말을 듣지도 않고 자신을 향해 달려드는 반악을 막기 위한 반사적인 움직임이었다.

공전무와 파종치도 깜짝 놀라 반악의 좌우를 향해 각자의 무기를 이용해 공격했다.

그러나 반악은 애초부터 이들과 투덕거리며 시간을 낭비할 마음이 없었고, 그래서 해두홍이 찌른 창끝을 박도로 쳐내고, 발끝으로 창대를 밟고서 위로 뛰어올랐다.

반악의 의도를 알아 챈 세 사람은 다급히 몸을 돌렸지만, 반악은 엄청난 속도로 달려 뒤로 물러나고 있던 홍문한을 쫓고 있었다.

"홍문한!"

홍문한은 깜짝 놀랐다. 해두홍 등이라면 자신이 안전한 곳까지 물러날 수 있는 시간을 충분히 벌어줄 수 있으리라 믿고 있었으니까.

하지만 아직도 거리는 충분했다. 허나, 그때 반악이 홍문한만 들을 수 있을 정도의 목소리로 소리치며 그의 발걸음을 느리게 만들었다.

"네놈과 몸을 섞은 상관미조는 내 손에 죽었다!"

"……!"

홍문한은 저도 모르게 우뚝 멈춰 서고 말았다. 그의 두 눈에 짙은 의문에 이어 분노의 감정이 일렁였다. 그리고 그 짧은 순간 지척까지 이른 반악이 박도를 휘둘렀다.

"죽어라!"

번개처럼 휘둘러지는 박도 끝에서 새하얀 빛이 길게 뿜어져 나오며 그를 향해 날아왔다. 보는 것만으로도 심장이 덜컥 내려앉을 만큼 빠르고 강력한 힘이 담긴 도강이었다.

"차합!"

퍼뜩 정신을 차린 홍문한은 뒤로 물러나며 있는 힘껏 공력을 끌어올리고 도강을 향해 칼을 휘둘렀다.

쨍—

도강에 맞선 칼은 간단히 둘로 쪼개졌고, 그사이 지척까지 다다른 반악은 홍문한의 이마를 향해 도끼질하듯 박도를 내리찍었다.

스악!

이마를 노렸던 박도는 의도와는 다르게 홍문한의 오른쪽 어깨를 깊숙하게 가르고 지나갔다. 상관모웅이 던진 칼에 방해를 받았기 때문이었다.

'상관모웅!'

반악은 상관 성주를 노려보았다. 하지만 끝을 내는 것이 더 중요했기에 피가 철철 흘러나오는 어깨를 부여잡고 비틀거리며 뒷걸음치는 홍문한에게 다가갔다.

하지만 바로 그때 해두홍 등이 그의 뒤쪽 좌우에서 덮치듯 공격했고, 반악은 계속 쫓아가지 못하고 방어부터 해야만 했다.

슈샤샤샤!

강기에 휩싸인 박도는 공전무의 질긴 채찍을 가닥가닥 끊어놓았고, 해두홍의 단단한 나무창대를 산산조각 내버렸으며, 파종치의 대검을 내리찍어 절반이나 땅으로 박혀 들어가게 만들었다.

하지만 반악도 피해 없이 간단히 막아낸 건 아니었다. 채찍에 스쳐 왼 다리의 피부가 길게 찢겨 나갔고, 화살촉 같은 창날이 옆구리에 박혔으며, 칼을 쥐고 있던 오른손아귀가 충격을 완전히 상쇄시키지 못해 찢어져버렸다.

홍문한을 죽이겠다는 생각에 집중하느라 한 박자 늦게 방어하면서 생겨난 결과인 것이다.

"뭣들 하느냐! 가서 놈을 죽여라!"

상관 성주는 수하에게 다른 칼을 건네받으며 크게 소리쳤고, 이제껏 명령이 떨어지길 묵묵히 기다리며 대기하고 있던 백여 명의 무사들과 나머지 호법들까지 한꺼번에 반악을 향해 달려갔다.

"반 소협!"

뒤에서 서문유강의 다급한 외침이 들려왔다.

'이 이상은 무리다.'

상처도 문제지만 적들 사이에 너무 깊숙이 들어와버렸고, 상관 성주가 모든 무사들을 동원한 만큼 조금 전과 같은 기회를 다시 만들어내는 게 불가능해져버린 것이다.

결국 포기를 결심한 반악은 다급히 뒤로 물러났고, 가까스로 퇴로를 확보하고 있던 견일 등과 함께 온 힘을 다해 길을 뚫고 나가는 데 집중했다.

헌데 그들이 포위를 거의 뚫고 벗어나려는 그때, 공력이 실린 상관 성주의 음성이 들려왔다.

"도망쳐라! 그리고 우릴 계속 방해해라! 하지만 네놈들이 거쳐 갔던 곳들은 모두 쑥대밭이 될 것이다! 조금이라도 연관이 되었다면 단 한 사람도 살려두지 않을 것이다! 남궁세가를 쓸어버렸던 것처럼 살아 있는 것들은 아무것도 남겨두지 않을 것이다! 너희들로 인해 죄 없는 양민들이 죽어나가게 될 거란 말이다! 크하하하!"

반악의 얼굴이 일그러졌다.

예전의 반악이었다면 씨알도 먹히지 않을 협박이고 도발일 것이나, 이제는 물러나던 걸음을 멈추게 만들 만큼의 효과를 가진 말이었다.

특히 반악이 알고 있는 상관 성주라면 그러고도 남을 위인이었기에 허풍으로 치부하며 흘려 넘길 수도 없었다.

"반 소협."

서문유강도 놀라고 당황한 얼굴로 반악을 쳐다봤다. 하지만 상관 성주를 비롯하여 적들을 모두 쓰러트리지 않는 이상에는 해결할 방도가 없지 않은가.

아니, 한 가지가 있었다.

'이렇게 되면 하 당주에게 단단히 미운털이 박히겠군.'

하지만 죄 없는 이들이 죽어나가는 참사가 일어나는 것보다 하 당주에게 미움을 받는 것이 더 나았다.

반악은 결심을 굳히고 상관 성주를 향해, 아니, 거룡성의 무리 전체를 향해 소리쳤다.

"팔공산의 거룡성 총단이 오행궁의 공격을 받아 무너졌다!"

"......!"

상관 성주의 얼굴이 돌처럼 딱딱하게 굳어졌다. 그의 명령을 받고 몰려오던, 그리고 끈질기게 달라붙어 퇴로를 막으려고 하던 무사들도 놀라서 멍한 표정을 지었다.

그들로서는 생각도 못했던 말을 들은 것이니까.

하지만 곧 대부분이 비웃음을 지었다. 말도 되지 않는 소리라고 욕을 하며 다시 무기를 치켜들고 공격에 집중했다.

반악은 그 같은 반응이 나올 줄 알고 있었기에 다시 소리쳤다.

"외성을 지키던 흑룡대는 내부에서 호응한 자들로 인해 제대로 싸우지도 못하고 괴멸했고, 내성을 지키던 적룡대는 포위당해 얼마 버티지도 못하고 끝장이 났다! 내 말이 거짓으로 들린다면 그냥 무시하고 여기서 마음껏 시간을 허비하고 있어라! 나야말로 바라는 바다! 오행궁은 그사이 네놈들의 기반을 모조리 짓밟아버리고 있을 테니까!"

무사들은 다시금 혼란에 빠졌다. 이번엔 조금 전보다 더욱 크게 당혹해 하는 표정들이었다. 총단에 남은 무력대를 정확히 거론했기에 매우 그럴듯하게 들린 것이다.

'이 정도면······.'

충분했다. 무시해버릴 수 없는 의심거리를 던져주었고, 무사들에게 불안감을 심어주었으니 상관 성주는 사실을 확인하기 전까지 남하하는 일에 신경 쓰지 못할 게 분명했다.

방해를 받았다고 어촌 마을을 공격하여 양민들을 죽이겠다고 날뛸 여유가 없어지는 것이다.

그리고 결국 자신의 말이 진실임을 알게 되면 팔공산으로 돌아가게 되어 있다. 아니면 오행궁의 위협으로부터 벗어날 수 있는, 반격을 준비할 수 있는 다른 안전한 곳으로 가든지.

'복수는 늦어지겠지만······.'

후회는 없었다. 응당 해야 할 일을 한 것이니까.

반악과 견일 등은 조금 전보다 저항이 약해진, 다른 문제에 신경이 쏠려서 적극적으로 막지 않는 적들의 포위를 뚫고 멀리 사라졌다.

*   *   *

말에서 내린 상관 성주는 급히 달려온 육안약부의 부원들이 홍문한을 치료하고 있는 모습을 굳은 표정으로 내려다보았다.

그의 얼굴에는 걱정하는 것 같기도, 무심한 것 같기도 한 복잡한 감정이 드러나 있었다.

최근 여러 가지 일로 불신감이 쌓이고 사이가 소원해졌는데, 이렇게 다친 모습을 보고 있자니 머릿속이 혼란스러워질 수밖에 없는 것이리라.

"서, 성주님."

상관 성주는 홍문한이 힘겹게 그를 부르자 반사적으로 그 옆에 쪼그려 앉았다.

육안약부 부원들은 홍문한에게 말을 하지 말라고, 지금은 치료를 하는 데 매우 중요한 시기라 나중에 하라고 했지만 그는 듣지 않았다.

"노, 놈의 말은 사실일 가, 가능성이 높습니다."

"오행궁이 팔공산을 공격했다는 게?"

"그, 그렇습니다."

홍문한은 팔공산을 떠나기 전 오행궁에 대해 가졌던 의심들을, 미심쩍어 하던 것들을 이야기해주었다.

"그러니 지금 당, 당장 퇴각을 하셔야 합니다."

"하지만……."

"형님."

"……."

"아우로서 부, 부탁드립니다. 부디 제 말을 들어, 들어주십시오."

홍문한은 바짝 마른 입술을 혀로 적시고 힘겹게 이야기를 이어나갔다. 과거와 달리 거룡성의 기반은 강남이 아니라 강북에 있고, 팔공산과 그 주변의 영향력을 오행궁에 빼앗기게 되면 생각하는 것 이상으로 어려운 상황에 처할 것이라는 요지의 설명이었다.

하지만 그는 끝까지 상관미조를 죽인 게 반악이라는 말은 하지 않았다. 상관 성주가 사실을 알게 되면 분노에 이성이 마비되어 퇴각하지 않고 반악만 쫓을 것 같아서 걱정이 되었던 것이다.

상관미조의 복수를 하고 싶은 마음이 성주에 비할 바 없이 강했지만, 역시 책사로서 성주의 안위와 거룡성의 존립 여부에 더 무게를 둘 수밖에 없었다고 할까.

"그러나 다짜고짜 밀고 들어가지 마시고, 우선 척후를 보내 충분히 살피셔야 합니다. 또한 후방에서 올라올지도 모를 반룡복고당의 움직임을 주시하는 걸 잊지 마시고……."

갑자기 말이 끊기자 상관 성주는 깜짝 놀라 홍문한에게 바짝 고개를 숙였다.

"정신을 잃으신 겁니다."

치료를 하던 부원이 죽은 게 아니라며 성주를 안심시켰다. 하지만 상처가 워낙 깊어 살아날 것이라 장담하지는 못한다고 말했다.

잠시 침묵하던 성주는 단호하게 말했다.

"살려라. 내 아우를 살리지 못하면 네놈들 모두 책임을 져야 할 것이다."

부원들의 낯빛이 순식간에 창백해졌다. 이미 장담을 하지 못한다고 이야기했는데, 살려내지 못하면 목숨을 내놔야 한다니.

하지만 성주는 그들의 당혹감에는 아랑곳하지 않고 벌떡 일어나 대주들에게 팔공산으로 돌아갈 준비를 하라고 명령을 내렸다.

第五十四章

　반악으로부터 부탁을 받고 부용설을 찾으러 떠난 견삼은
우선 구화산으로 향했다. 섣부른 판단과 자신감으로 방향을
잡았다가 잘못 짚어 시간을 낭비하는 것보다는 처음부터 차
근히 종적을 쫓아가는 게 결과적으로 시간을 절약할 가능성
이 높기 때문이었다.

　헌데 운 좋게도 그는 장강을 건너 구화산까지 가는 수고
를 하지 않아도 되었다.

　혹시 몰라서 내려가는 내내 부용설을 수소문하고 흔적을
찾으려고 노력했는데 선착장에서 그녀를 목격했다는 이들
을 만날 수 있었던 것이다.

부용설이 시녀와 무사들을 거느린 삼십 대의 미부이기 때문에 가능한 일이었다. 미인은 의도하든 하지 않든 간에 사내들의 시선을 끌어모으기 마련이고, 그들의 기억에도 오래 남는 법이니까.

물론 그들에게서 더욱 분명하고 정성 어린 답변을 듣기 위해서는 약간의 돈을 건네줘야만 했다.

"선착장에서 내리자마자 바로 마차를 구해서 북쪽으로 떠났소."

"분명히 북쪽이었소?"

"북쪽으로 연결되는 유일한 관도로 마차를 몰아갔으니 아마도 확실할 거요."

보았다는 이들의 대답은 거의 비슷했기에 견삼은 마차를 구했다는 마방으로 갔다. 바로 흔적을 쫓아가기 전에 혹시라도 목적지에 대해서 들을 수 있을 지도 모른다는 기대 때문이었다.

"제가 듣기로는 합비로 가는 것 같았습니다요."

마방에서 잡일을 하던 소년 일꾼은 처음엔 주인의 눈치를 살피며 머리만 긁적이다가, 약간의 돈을 건네받자 순식간에 돌변하여 혀에 기름을 바른 것처럼 묻지도 않은 이야기들까지 술술 풀어놓았다.

소년이 대화를 나누는 시녀들의 주위를 왔다 갔다 하며 알게 된 내용에 의하면 부 장주는 다른 곳으로 갈 계획이 전

혀 없었고, 최대한 빠른 시간 안에 합비에 도착할 생각이었
다는 것이다.

'그렇다면 부 장주는 주인님의 당부대로 움직이려 했다는
건데……'

하지만 그래서 의문이 생겨났다. 날짜와 이동하는 방향을
감안하면 이미 합비에 도착해야 했고, 반악이 그녀를 볼 수
있어야만 했으니까.

허면, 여정 도중에 일정이 바뀔 만한 문제가 발생했다는 걸까?

'괜한 추측은 하지 말자.'

가끔씩 상상력이 필요할 때가 있기는 하지만, 추적술의
기본은 분명한 사실과 객관적 증거에 최대한 초점을 맞추는
것이었다.

"그들이 구한 마차에 대해서 하나도 빠짐없이 이야기해
봐라. 마차의 무게, 바퀴의 굵기, 말들의 특성을 비롯한 모
든 것들을."

소년은 가렵지도 않은 머리를 다시 긁적거렸다.

'어린놈이 영악하기 그지없네.'

견삼은 내심 욕을 하면서도 몇 푼의 돈을 건넸다.

반 각 뒤, 견삼은 소년에게서 들은 모든 정보를 머릿속에
담은 채로 마방을 나와 마차의 흔적을 찾아내고 그 흔적을
따라 달리며 빠르게 북쪽으로 향했다.

　　　　　*　　　　　*　　　　　*

　강남의 선착장.

　반룡복고당의 무리는 많게는 십여 명에서 적게는 대여섯
명씩 무리를 이루어 선착장 근방에서 배가 준비될 때까지
대기하고 있었다.

　하 당주는 무기를 찬 제자들의 호위를 받는 게 어색해 보
이지 않도록 부유한 맹인으로 위장을 한 채 다관 이 층에 자
리 잡고 앉아 있었다.

　물론 그들을 제외하면 이 층에 손님이 아무도 없다는 것
이 그러한 위장을 할 필요가 전혀 없다는 걸 반증하고 있지
만.

　"배가 준비되었습니다."

　당원의 보고를 받은 하 당주는 고개를 끄덕이며 일어났
다. 헌데, 갑자기 당원 하나가 전서를 들고 급히 계단을 뛰
어올라왔다.

　"육 동주님으로부터 온 것입니다. 중요한 내용이니 서둘
러 보셔야 한답니다."

　앞을 보지 못하는 하 당주 대신 강학청이 서신을 건네받
아 읽어보았다.

　"……!"

　강학청은 내심 한숨을 쉬었다. 서신의 내용은 반길만한

것도 있지만, 당주와 반악의 사이를 더욱 멀어지게 만들 것
도 있기 때문이었다.

'당주님의 불쾌감을 다른 쪽으로 돌리게 만들 만한 게 필
요한데…….'

하 당주가 더 기다리지 못하고 물었다.

"무슨 내용인가?"

"그것이…….'

생각을 정리한 강학청은 최대한 차분한 음성으로, 별일이
아니라는 듯한 말투로 거룡성의 무리가 오행궁의 배반을 알
게 된 경위와 과정, 그리고 그들이 퇴각을 하는 중이라는 서
신의 내용을 이야기 했다.

"……."

하 당주는 아무 말이 없었지만, 붉으락푸르락한 낯빛을
통해 매우 화가 났다는 걸 알 수 있었다. 그래서 제자들은
물론이고 이런 반응에 대비해 할 말을 준비했던 강학청도
감히 입을 열 수가 없었다.

짐작한 것 이상으로 큰 분노가 느껴졌기 때문에 어떤 말
도 통하지 않을 것 같았던 것이다.

하지만 다행스럽게도 강학청의 난감함을 해소시켜줄 만
한 일이 일어났다.

서신을 가져오고 답변을 듣기 위해 밖에서 기다리던 의리
파 은당원으로부터 대략적인 내용을 전해들은 각 무리의 수

뇌들이 들뜬 표정을 한 채 다관 이 층으로 우르르 올라서며 시끄럽게 떠들어댔다.

"당주, 거룡성의 무리가 퇴각을 했다면 우리에게 잘된 일이 아니오!"

"홍문한이 크게 다쳤다고 들었소이다! 거룡성의 머리가 떨어진 것과 다름없으니, 한동안 놈들의 활동이 둔화될 것이 분명하오!"

"둔화되는 정도가 아니지요! 홍문한이 제 역할을 하지 못하는 상태에서 오행궁과 싸우기라도 하면 승부를 장담할 수가 없을 겁니다."

창밖을 내다보니 당원들도 그들과 비슷한 반응을 보이고 있었다. 당원들이 투지를 불태우면서도 다른 한편으로는 두려움을 느끼고 있었다는 의미였다.

그러자 하 당주는 얼굴에 드러냈던 분노를 빠르게 숨겨야만 했다. 거룡성의 퇴각으로 인한 긍정적인 부분은 생각 않고, 그가 반악을 못마땅해하고 있어서 공로는 모른 척한 채 분노하고 있음을 보여줘선 안 되기 때문이었다.

하지만 그러한 속내를 감추기도 쉽지 않았다. 수뇌들의 이야기는 점차 반악을 칭찬하는 말들로 바뀌어갔던 것이다. 아니, 그들의 말들은 거의 칭송에 가까워 하 당주의 심기를 대단히 불편하게 만들었다.

'좋지 않다.'

당주의 반응을 예의주시하고 있던 강학청은 우려가 될 수밖에 없었다.

당원들에 대한 반악의 영향력 확대를 견제하려고 하는 당주를 더욱 자극하는 분위기로 흘러가고 있었으니까.

강학청은 반악을 보호하기 위해서라도 이런 분위기를 막아야만 했다.

"반 소협이 잘했다고만 볼 수는 없습니다."

한순간에 침묵이 주변을 감싸버리고, 모두의 시선이 강학청에게 모아졌다.

그들의 얼굴은 의아함으로 물들어 있었다. 다른 누구보다 반악을 높이 평가하는 이가 그런 말을 했다는 것도 이상하지만, 거룡성을 퇴각하게 만들고 상관 성주에 비견되는 영향력과 무게감, 그리고 능력을 지닌 홍문한에게 치명적인 부상을 입혔는데 어찌 칭찬을 하지 않을 수 있단 말인가.

강학청은 어리둥절해하는 수뇌들의 반응을 너무도 잘 이해하고 있었지만, 지금은 그들보다 성주가 어떤 반응을 보이는지가 더 중요했다.

성주의 표정 역시 다른 이들과 비슷했으나 어떤 말이 나올지 궁금하다는 기색이 엿보였다.

"적들이 물러나 싸우지 않게 되었다는 것만 보고 안심하고 기뻐할 문제가 아닙니다. 이번은 우리에게 절호의 기회였습니다. 거룡성을 단순히 물러나게 하는 것이 아니라, 큰 타격을 주어 전력에 있어서도 그들보다 우위를 점할 수 있는 기회였던 겁니다."

"……."

"설사 홍문한을 부상 입히고, 죄 없이 죽어갈 양민들을 방관할 수 없었다는 이유 때문이라고 해도, 반 소협이 그러한 기회를 놓치게 만들었다는 것까지 그냥 덮어버릴 수는 없지 않겠습니까. 게다가 홍문한을 부상 입혔다고 해서 좋은 점만 있는 것은 아닙니다. 그와 의형제인 성주를 비롯하여 거룡성의 무리를 자극한 것이고, 우리를 아래로 보았던 마음에 경각심까지 심어주게 되었을 가능성도 농후합니다. 결국 우리가 이번 싸움에서 기댈 만한 이점을 포기하고, 상대적으로 적들의 투지를 높여준 것과 다름없는 것입니다."

강학청은 하 당주의 만족스러워하는 표정을 확인한 뒤 내심 안도의 한숨을 쉬고 계속 말을 이었다.

"또한 반룡복고당은 엄연히 조직이고, 조직이 잘 운영되려면 명령 체계와 상벌을 엄격히 해야만 합니다."

몇 명이 맞는 말이라는 듯 고개를 끄덕거렸다.

"해서 반 소협의 공로를 인정하지만, 문공의 직위를 받은 저로서는 논의와 허락 없이 독단적으로 결정하고 실행하는 그의 처신에 문제가 있음을 지적할 수밖에 없습니다. 다만, 현 상황에서는 이곳에 있지도 않은 반 소협의 처우를 따질 경황이 없다고 여겨지기에 나중에 다시금 논의에 붙이는 게 좋다고 봅니다. 당주님도 제 생각에 동감하실 것이라고 생각합니다만?"

하 당주는 지금 당장 반악에 대해 성토하고 징계를 결정하고 싶은 마음이 굴뚝같았지만, 겉으로는 내색을 않고 고개를 끄덕였다.

"강 문공의 말대로 지금은 때가 아닌 것 같으니, 내가 나중에 다시 이 문제에 대해 논의할 것을 제안하겠소."

수뇌들은 그러는 게 좋겠다며 모두 수긍했다.

한 고비를 넘겼다고 생각한 강학청은 얼른 다른 문제를 거론했다.

"적들이 퇴각했다고 해서 우리가 세운 계획을 바꿔서는 안 됩니다."

"하지만 퇴각을 하는 자들을 쫓아가는 건 너무 위험하지 않소. 오행궁이 팔공산 총단을 무너트리고 그 근방을 영향권 안에 두었을 가능성이 높지만, 안휘 강북의 문파들 대부분은 아직까지 거룡성을 추종하고 있소이다. 이전 패왕보를 앞세워 문파들을 설득하려고 했던 것을 금세 포기한 것도 거룡성의 그늘이 너무 짙게 드리워졌기 때문이 아니오."

듣고만 있던 패왕보 보주 간명의 얼굴에 쓴웃음이 지어졌다.

"그 점에 대해선 저도 같은 생각입니다. 적들이 쫓기 힘든 지역으로 간다면 무리한 추격이 되겠지요. 하지만 전 모두 퇴각한 게 아니라는 말씀을 드리고 있는 겁니다."

"……?"

"동쪽 길을 따라 내려오는 무리는 본진과 합류했지만, 서쪽 길을 따라 남하하고 있는 무리는 아직 합류하지 않은 채 독자적으로 움직이고 있다고 합니다. 아마도 천문당원들이 제거되어 소식을 받지 못한 덕분이겠지요."

강학청은 고의로 천문당원들을 제거한 게 반악과 견일 등의 공로라고 이야기하지 않았다.

잘 다독여 놓은 당주의 기분을 다시 망쳐버릴 수는 없었으니까.

"해서, 그 세 번째 무리가 팔공산의 소식을 듣기 전에, 본진과 합류하기 전에 우리가 먼저 그들을 찾아내 기습을 해야 합니다."

"강 문공의 말이 옳소. 반 소협의 공명심 때문에 절호의 기회를 놓치게 되었으나, 차선책이라 할 수 있는 기회가 남아 있으니 우린 계획대로 도강을 해야만 하오."

하 당주까지 거들고 나서자 수뇌들은 고개를 끄덕이며 수긍을 했다.

물론 싸움을 피할 수 없다는 사실에 실망하는 기색도 살짝 엿보였지만.

"그럼 예정대로 배에 오르도록 하겠소이다."

수뇌들은 곧장 아래층으로 내려갔고, 하 당주 등도 조금 뒤 다관을 나와 그들을 강북으로 싣고 갈 배가 있는 곳으로 이동했다.

    *   *   *

 거룡성의 본진이 떠난 마을 동쪽 야산.

 그 야산 자락에는 어제부터 의리파의 당원들이 그득히 모여 앉아 거룡성에서 소식이 오기를 기다리고 있었다. 마평진과 일성파의 무리는 합류한 목적을 이루었기에 합비로 떠난 상태였다.

 당연히 반악과 견일 등도 이곳에 있었다. 하지만 삼삼오오 모여 앉아 술과 음식을 먹으며 잡담을 나누는 당원들과 멀찍이 떨어진 채, 불도 피우지 않고 가부좌를 하고서 운기와 명상을 하고 있었다.

 '유유상종이라고 했던가……'

 일을 끝내고 돌아오던 은당원 모정배는 반악과 견일 등을 바라보며 감탄을 했다.

 반악을 중심으로 견일, 견이, 염서성, 그리고 서문유강까지 추위에 아랑곳하지 않고, 어제부터 이제까지 쭉 꼼짝 않고 명상과 운기를 하는 모습은 뭔가 가까이하기 어려운 경건한 분위기를 발산하고 있었다.

 그래서 당원들도 감히 그쪽으로 다가가거나 쳐다보지도

않고 있는 게 아닌가.

하오배들의 자유스럽고 거친 성향을 감안할 때 평소보다 얌전히 먹고 마시는 것도 저들의 분위기에 압도당했기 때문임이 분명했다.

하지만 모정배가 견일 등의 이전 모습과 성향 등을 알고 있었다면 유유상종 보다는 일취월장, 진일보, 혹은 교육의 중요성, 아랫사람은 윗사람을 닮아가는구나, 등등의 생각을 하며 웃었을 것이다.

모정배는 그들을 향해 조용히 다가갔고, 마치 기다렸다는 듯이 반악이 눈을 떴다.

"반 소협께서 하명하신 대로 어민들에게 말을 전하고 왔습니다."

"반응은 어땠지?"

"글쎄요. 대부분이 그냥 듣는 척만 하는 것 같았지만, 몇 명은 혹하는 눈치였습니다."

모정배가 어민들을 찾아가 한 말은 강남 구화산으로 가면 머물 집과 농사지을 땅을 무상으로 지급할 것이니, 원하는 이가 있다면 그곳으로 가라는 말이었다.

"혹시 모르니 관심을 보였던 사람들을 찾아가서 자세히 설명하고 올까요?"

"아니다. 그 정도면 됐다."

자신들 때문에 피해를 입은 그들에게 조금이라도 도움이

되고자 한 제안이지만, 선택은 그들의 몫이 아닌가.

반악의 생각으로는 이곳에 있는 것보다 구화산으로 가는 게 그들의 삶을 더 풍족하게 해줄 것 같지만, 만족과 행복이란 건 남이 평가할 문제가 아닌 것이다.

"필요하신 것은 없으십니까?"

모정배가 새삼 묻는 것은 반악이 부상을 입은 몸이기 때문이었다.

그와 육중포 등이 보기엔 의원을 찾아가 치료를 받아야 할 만큼의 상처였는데, 반악은 별로 대단한 상처가 아니라며 금창약을 바르고 붕대를 감는 정도의 간단한 응급처치만으로 끝내버린 것이다.

게다가 반악보다는 심하지 않지만 자잘한 부상을 입은 견일 등도 비슷한 상황인데, 간단한 응급처치면 된다는 무덤덤한 태도로 일관해버렸다.

모정배가 보기엔 그들답다는 생각이 들면서도 이해하기 힘든 고집으로 보인다고 할까.

하지만 반악은 여전히 변함없는 반응을 보였다.

"없다. 그만 가봐라."

"필요한 게 있으시면 언제든 절 찾으십시오. 그리고 구화산에서 소식이 오면 바로 전해드리겠습니다."

모정배는 당원들이 모인 곳으로 돌아가고, 반악은 다시 눈을 감았다.

하지만 다시 운기와 명상에 집중하기가 힘들었다. 아니, 그는 이제껏 눈만 감고 있었을 뿐이지, 운기와 명상을 한 적이 없었다.

왜?

부용설에 대한 걱정과 우려 때문이었다.

'아무리 생각해도 느낌이 좋지 않아.'

단순히 육감 때문만은 아니었다. 만약 아무 문제가 없다면 견삼은 벌써 부용설의 무사함을 확인하고 돌아왔을 거라는 점도 불안감을 증폭시키고 있었다.

견삼 혼자서는 감당할 수 없는 문제가 있을 것만 같았다.

반악은 고민 끝에 벌떡 일어났다.

'기다리고만 있는 건 나답지 않다.'

어차피 지금은 달리 할 일이 없고, 거룡성과 싸우지 않을 가능성이 높기 때문에 그도 나서서 부용설을 찾아볼 생각을 한 것이다.

헌데, 바로 그때 총단에서 소식이 왔다며 육중포 등이 그에게 다가왔다.

"서쪽으로 이동하는 적의 무리를 공격할 것이니, 그곳으로 합류하라는 당주님의 명령이 떨어졌소. 갈 길이 머니 서둘러 출발하도록 합시다."

하지만 반악은 아무 대꾸도 하지 않았다. 어떻게 해야 할지 갈피를 잡지 못한 것이다.

"반 소협, 왜 그러시오? 표정이 좋지 않구려. 혹 부상 때문이오? 허면 먼저 의원을 찾아가도록 합시다."

육 씨 형제와 모정배도 그러는 게 좋겠다면서 의방이 있을 만한 곳을 서둘러 찾아보겠다고 했다.

반악은 그들의 걱정 어린 말과 표정들을 보며 내심 한숨을 내쉬었다.

'이들만 보낼 수는 없지.'

부용설의 일은 자신의 과민한 걱정 때문일 수도 있다는 쪽으로 생각을 돌리고 애써 불안감을 억눌렀다.

하지만 걱정되는 마음을 그냥 흘려 넘기진 않을 생각이었다.

"몸은 괜찮소. 곧 뒤따라갈 테니 먼저 출발하시오."

"정만 괜찮은 거요?"

반악은 안심하라는 듯 미소를 지으며 고개를 끄덕였고, 육중포는 어쩔 수 없다며 어깨를 으쓱이고 당원들이 있는 곳으로 돌아가 곧장 서쪽으로 출발했다.

견일 등은 가부좌를 풀고 일어나 의아해하며 반악을 쳐다보고 있었는데, 반악은 그들 중 견이만을 한쪽으로 데리고 갔다. 그리고 지난번 견삼만을 따로 보낸 이유에 대해 설명을 해준 뒤 견삼을 찾아서 함께 움직이라고 말했다.

"녀석을 찾아갈 수 있겠냐?"

"그 녀석만큼의 추종능력은 없지만, 어딜 가든 알아볼 수 있게 정기적으로 흔적을 남겨놓도록 진작 말을 맞춰 두었습니다. 그러니 녀석을 찾는 게 어렵진 않을 것입니다."

"그렇다면 다행이군. 느낌이 좋지 않다. 녀석 혼자서 감당할 수 없는 문제가 있을지도 모른다는 생각이 들어. 게다가 녀석이 혼자 해결을 하겠다고 앞뒤 보지 않고 달려들면 그것도 문제다. 그런 상황이 생기면 네가 잘 살피고 대처해야 할 거다. 하지만 최대한 모두가 안전하게 돌아오는 쪽으로 생각을 해야 한다."

견이는 저도 모르게 웃었다.

이 일 자체가 부용설을 중심에 두고 그녀의 안위를 우선적으로 돌보는 임무임이 분명했다. 하지만 반악이 이처럼 직접적으로 자신들을 걱정하는 말을 한 적은 처음이 아닌가.

그만큼 반악이 자신들을 신뢰하고 있으며, 이제는 진정한 수족으로 여기고 있다는 뜻이었다.

그러니 기분이 좋을 수밖에.

"갑자기 왜 웃냐?"

"아닙니다. 지금 당장 출발하도록 하겠습니다."

견이는 말을 묶어둔 곳으로 돌아서다가 다시 반악을 쳐다보며 말했다.

"주인님, 반드시 부 장주를 찾아서 주인님께 데려오겠습니다. 그러니 믿고 기다려주십시오."

반악은 기분이 묘해졌다. 견삼도 같은 말을 했기 때문이었다.

하지만 이번엔 아무 말도 않고 보내지 않았다.

"너희들을 믿고 있겠다."

견이는 포권과 함께 허리를 깊이 숙여 인사를 하고는 말을 타고 떠났다.

"어라, 저 녀석도 인사 없이 그냥 가네."

궁금증 어린 시선으로 지켜보고 있던 견일은 견이까지 견삼처럼 아무 말도 없이 사라져버리자 황당하기 그지없다는 표정으로 투덜거렸다.

거의 대부분의 시간을 셋이서 같이 붙어 다니다가 혼자만 남겨졌다는 실망감일까?

옆에 있던 염서성이 아이를 다독이듯 어깨를 두드리며 말했다.

"내가 옆에 있어줄 테니 울지 마시오."

"이 자식이, 어디 감히 대형한테!"

속내를 들켜 부끄러웠던지 조금 과도하게 화를 내던 견일은 반악이 다가오자 얼른 입을 다물었다.

"그만 가자."

견일은 반악이 설명해주길 내심 바랐지만, 듣지 못한다고 해서 무슨 일이냐고 캐묻지는 않았다. 그가 꼭 알아야 할 일이라면 반악이 진작 설명해주었을 테니까.

'대형에게 인사도 없이 떠난 예의 없는 자식들아, 어떤 명령을 받았는지 모르지만, 무사히 돌아와라.'

견일은 견이가 떠난 방향을 쳐다보며 걱정 어린 시선을 던지고, 먼저 출발하는 반악 등의 뒤를 쫓기 위해 서둘러 말에 올라 고삐를 흔들었다.

*　　　*　　　*

이룡대를 이끌고 있는 백룡대 대주 강첨은 붉게 타들어가는 모닥불을 응시하다가 문득 뺨에 느껴지는 차가운 느낌에 손을 가져다 댔다.

물기였다.

'비?'

고개를 들어 하늘을 보았다. 다행스럽게도 비는 오지 않았다. 하지만 대신 작은 눈송이가 떨어지고 있었다.

'어제부터 하늘이 흐리더니만……'

절로 눈살이 찌푸려졌다.

지금이야 티끌만큼 작은 눈이 꽃씨처럼 나풀거리며 떨어지고 있지만, 언제 굵직한 눈발로 변할지는 아무도 모르는 일이다.

눈이란 것은 멀리서 보면 더할 수 없이 깨끗하고 아름답지만, 가까이서 보면 땅을 진창으로 만들고 온몸을 젖게 만들어 체온을 떨어트리니, 가뜩이나 추위 속에 지친 수하들의 사기를 더욱 저하시킬 뿐인 것이다.

팔공산을 떠난 이후 계속해서 야숙을 해왔고, 반룡복고당과 조우할 때까지 다시 며칠을 더 야숙해야 할지 모르는 상황에서는 좋은 조짐이라 할 수 없었다.

'그러나……'

이런 상황에서도 열심히 칼을 갈고, 망설임 없이 앞으로 나아가 싸움을 선택하는 게 무림인이 아니던가.

'강남에도 눈이 오려나?'

그렇다면 힘겨운 싸움이 될 가능성이 높았다. 발목까지 푹푹 파고들어가는 눈밭에서 이리저리 움직인다는 건 수련을 거듭해 육체를 단련시킨 무림인들에게도 쉬운 게 아니니까.

'하지만 저 눈이 온통 적들의 붉은 피로 물들어버린다면 보기가 좋겠군.'

강 대주는 스산함이 느껴지는 미소를 지으며 품에서 숫돌을 꺼내들고 칼을 무릎 위에 올려놓았다. 오랜만에 칼날을 날카롭게 갈아주려는 것이다.

하지만 그는 칼을 반쯤 빼들다가 다시 집어넣었다. 그의 심복이라 할 수 있는 조장 하나가 할 말이 있다는 듯 조용히 다가왔기 때문이었다.

조장은 그들과 거리를 두고 모여 앉은 오행궁의 무리를

힐끔 쳐다보고는 둘만 들을 수 있도록 조용히 속삭였다.

"본진에서 사람이 왔습니다."

"천문당원이냐?"

"예."

"본진의 천문당원들도 공격받았을 텐데 용케도 살아남았군. 이리 데려와."

"은밀히 전할 내용이라 대주님께서 직접 가보셔야 할 듯합니다."

아마도 오행궁이 알아서 좋을 게 없는 내용인 모양이었다.

그래서 강 대주는 오행궁의 무리가 관심을 보이지 않도록 자연스럽게 일어나, 소피라도 보려는 것처럼 행동하며 멀찍이 앞장선 조장을 따라 숲속으로 들어갔다.

숲속에 들어선 지 얼마 되지 않아서 복면인이 그의 앞에 나타났다.

'이것들은 하나같이 마음에 안 드는 녀석들뿐이라니까.'

아무리 같은 편이라고 해도 몰래 숨어 있다가 눈치채지도 못하는 사이에 은밀히 접근해 갑자기 모습을 드러내면 누구라도 기분이 좋을 리 없는 것이다.

"너, 천문이호지?"

강 대주는 천문당원의 정체를 단번에 알아보았다.

천문당원들 중에서 유일한 여인이고, 가슴을 붕대로 꽉

동여맨다고 해도 여인들이 가진 특유의 부드러운 곡선은 어쩔 수 없이 드러나기 마련이었으니까.

천문이호는 대꾸는 하지 않고 도리어 질문을 던졌다.

"이곳의 당원들은 왜 아무도 보이지 않는 건가요?"

"죽었다."

"모두 말인가요?"

"그래."

"반룡복고당의 짓인가요?"

"흉수들을 붙잡아 묻지 못해서 확인할 방법은 없지만, 거기서 보낸 놈들일 거라고 짐작하고 있다."

"……"

"궁금한 거 다 물어봤으면 찾아온 이유를 말해라."

강 대주를 바라보는 천문이호의 시선이 날카로워졌다. 천문당원들을 모두 잃었다고 하면서도 너무나 무덤덤한 태도가 아닌가.

게다가 기습을 당해 연락책을 모두 잃었으면 뭔가 다른 조치를 취하거나 삼룡대의 경우처럼 본진으로 합류했어야 하는데, 그녀가 조금 전 살펴보았을 때는 그러려는 기미가 전혀 보이질 않았다.

그저 무사들이 어촌을 찾아다니며 배를 구하는 모습 밖에 보이질 않는 것이다.

하지만 곧 날카로운 시선을 거두었다. 천문당원들을 잃은 상황에서 본진으로부터 따로 명령을 받을 수 없었던 강 대주가 책임자로서 나름의 선택을 한 것이고, 그게 처음의 계획대로 도강을 강행하는 것이라면 문제가 될 이유는 없었으니까.

만약 그게 아니라 다른 이유가 있다고 해도 그녀가 참견할 입장은 아니었다. 그녀가 할 수 있는 것이라곤 기껏해야 이런 상황을 홍문한과 성주에게 전하는 게 다였다.

천문이호는 쓸데없이 시간을 낭비하고 있다는 생각에 바로 찾아온 목적을 이야기 했다.

"지금 본진은 퇴각 중에 있어요."

"뭐?"

강 대주는 어리둥절한 표정을 지으며 그게 무슨 소리냐고 되물었다.

"성주님께서 오행궁이 팔공산의 총단을 공격하고 점거했다는 소식을 듣고 내린 결정이에요."

이번엔 너무 황당해서 되묻지도 못했다. 그러나 쉽게 믿을 수 없는 이야기라 사실 확인을 분명히 할 필요성이 있었다.

그래서 물었다.

"확실한 정보냐?"

천문이호는 어떻게 그러한 정보를 얻게 되었는지에 대해 설명해주었다.

"홍 당주가 의식을 잃을 정도로 다쳤단 말이지."

"성주님의 명령을 전해드릴게요. 강 대주님도 이룡대를 이끌고 퇴각하여 본진과 합류하도록 하세요."

"우리와 함께 있는 오행궁 놈들은 어찌하고?"

천문이호는 대꾸하지 못했다. 그에 대한 지시를 받은 게 없었으니까.

"본진에서는 우리 쪽에 오행궁의 무리가 있는지 모르고 있는 모양이군."

그럴 수밖에 없었다.

오행궁에서 지원을 한다고 했지만 어디로 보낸다는 말은 없었고, 삼룡대를 제외하고 천문당원들 모두가 제거된 마당에 이룡대가 오행궁의 지원대와 함께 움직이고 있을 거란 소식을 전달받을 방법이 없었기 때문이었다.

게다가 오행궁이 총단을 공격했는데, 그 전에 지원대를 보냈을 거라고는 생각도 못하고 있을 게 분명했다.

"퇴각하는 본진과 합류한다고 하면 우리가 오행궁의 배반을 알게 되었다는 걸 눈치챌 거예요."

"그렇겠지. 처음부터 뭔가 거슬린다 싶었더니, 저놈들이 뭔가 속셈을 가지고 우리한테 온 모양이군. 어쩌면 우리가 반룡복고당과 붙을 때 뒤를 치려고 했던 건지도 모르지. 아니면 그 전에 암수를 써서 우릴 곤란케 하려고 했든가. 어쨌든 지금 당장 저놈들을 쓸어버려야겠어."

"그럼 저들을 제거하고 본진과 합류할 것이라고 성주님께 전하겠어요."

강 대주는 인상을 찌푸렸다. 그리고 돌아서서 떠나려는 천문이호를 불러 세웠다.

"성주님께 따로 전할 내용이 있다."

"……?"

강 대주는 뒤에서 대기하고 있는 조장을 힐끔 돌아보고는 그가 듣지 않길 바란다는 듯 천문이호에게 가까이 다가오라고 말했다.

천문이호는 별로 내키지 않았으나, 어쩔 수 없이 그의 옆으로 바짝 다가갔다.

"그러니까 내가 할 말은……."

강 대주의 음성은 더욱 작아졌고, 천문이호는 알아듣기 위해 그를 향해 몸을 기울여야만 했다. 그리고 그 순간 차가운 느낌이 복부 깊숙이 파고들어왔고, 뒤이어 끔찍한 고통이 등골을 타고 올라와 숨을 턱 막히게 만들었다.

천문이호는 그의 복부에 단도를 찌른 강 대주의 어깨를 꽉 움켜잡았다.

'왜?'

묻고 싶었다. 왜 자신을 찌른 거냐고.

하지만 입에서 핏물이 울컥울컥 뿜어져 나와 말을 할 수가 없었다.

그러나 강 대주는 그녀가 무슨 말을 하고 싶은 지 알아채고 말했다.

"내가 퇴각 명령을 전해 받았다는 걸 성주님께 알리고 싶지 않았거든."

"……."

"하는 짓거리가 답답해서 더 이상은 못 참겠어. 짜증이나. 언제까지 이리저리 왔다 갔다 하며 갈피를 못 잡고 있을 거냔 말이야. 총단이 공격받아서 돌아간다고? 이미 점거당해 다 헤집어지고, 남은 거 하나 없을 곳으로 돌아가서 뭘 어쩌겠다는 거야? 이왕 칼을 뽑았으면 자르려던 걸 잘라야 하지 않겠어? 그래서……."

강 대주는 말을 하다가 멈췄다. 그의 말을 듣고 있어야 할 천문이호의 숨결이 이미 끊어져 있었던 것이다.

"민망스럽구만."

강 대주는 천문이호의 식어가는 몸을 밀어버리고 조용히 자신을 지켜보는 조장을 돌아보았다.

"넌 내 사람이겠지?"

조장은 망설임 없이 한쪽 무릎을 꿇고 머리를 숙이며 대답했다.

"목숨을 걸고 대주님의 명을 따르겠습니다."

"퇴각하라는 성주님의 명령은 우리만 알고 있는 것으로 한다. 총단을 공격한 오행궁의 처리는 일룡대와 삼룡대가 맡는 거고, 우린 계속 남하하여 단독으로 반룡복고당을 치라는 명령만을 받은 거다. 홍 당주가 크게 다쳐 의식불명이란 것도 못 들은 걸로 한다. 내 말이 무슨 뜻인지 알겠지?"

"존명."

강 대주는 만족스럽다는 듯 고개를 끄덕이며 숲 밖을 노려보았다.

"일단 저 오행궁의 쥐새끼들을 먼저 처리하자. 그런 다음엔……."

도강하여 반룡복고당을 공격하는 것이다.

그 결과가 성공이든 실패이든 상관없이, 강 대주는 그 길 외에는 어떤 길도 돌아볼 생각이 없었으니까.

두 사람은 곧 숲 밖으로 걸어 나갔다.

*　　　*　　　*

육관명은 고개를 들어 눈이 내리는 하늘을 쳐다보고, 다시 거룡성 무리가 있는 쪽으로 시선을 내렸다.

'내일이면…….'

이렇게 뒤꽁무니만 쫓아다니는 짓은 그만할 수 있게 될 것이다.

'천문당원들이 제거되면서 일이 생각보다 수월하게 풀렸으니, 반룡복고당 놈들에게 고마워해야겠군.'

원래 그의 계획은, 아니, 그에게 명령을 내린 백염비의 계획은 이룡대가 반룡복고당과 격돌하려고 할 때 후방을 쳐서 혼란을 주고 돌아오라는 것이었다.

그로 인해 거룡성이 싸움에서 패배하면 좋고, 아니면 어느 정도 피해가 생겨서 지금보다 전력을 현격하게 약화시킨다는 의도였다.

하지만 육관명은 강 대주의 방관 속에서 천문당원들이 공격을 받아 모두 죽어버리자 원래와는 다른, 더욱 치명적이고 이 지겨운 여정을 더 빨리 끝낼 만한 계략을 구상했다.

바로 조금 전에 그 계략을 소궁이조들이 발 빠르게 움직여 실행했고, 그 결실은 내일쯤이면 나타나게 될 것이었다.

'그럼 염비 녀석도, 아니, 궁주도 내 능력을 인정해주겠지.'

제자였던 백염비를 상전으로 섬기는 것이 썩 좋은 기분은 아니었으나, 이미 돌이킬 수 없게 되어버린 상황에서는 그 나름의 살길을 찾아야 하는 법.

육관명은 이왕지사 수하 노릇을 하려면 전보다 강한 믿음을 심어주어 최대한 큰 힘과 많은 권력을 손에 쥐어보자고 결심했던 것이다.

'지금쯤 팔공산을 손에 넣었겠지?'

육관명은 문득 한 사람의 존재를 떠올렸다.

'헌데, 그자는 누굴까?'

백의무복에 검을 차고, 하얀 가면으로 얼굴을 감추고 있어서 정체를 파악할 수 없었던 절정의 고수.

　'그렇게 무섭도록 강한 자는 처음이었어.'

　기세, 검의 움직임, 속도, 그리고 파괴력까지.

　어느 것 하나 부족함이 없이 강력했으며, 그 손속은 너무나 단호해서 감히 맞상대할 마음이 생기질 않았다.

　그래서 한순간에 압도당해 저항할 생각도 못하고 백염비에게 항복을 한 게 아니던가.

　하지만 그는 아직도 가면인의 정체를 알지 못했다. 물론 예측 가능한 인물들은 있었다.

　'천하의 고수 중에 하나겠지……'

　주머니 속의 송곳은 드러나기 마련이었다.

　천하에 아무리 기인이사가 많다고 해도 그렇게 강력한 고수라면 어디서든 눈에 띌 수밖에 없을 테니까.

　게다가 정체가 드러나 있지 않은 자라면 굳이 가면을 쓰고 있을 필요도 없지 않겠는가.

　즉, 외견을 그냥 드러내고 다닌다면 바로 알아볼 사람이 많다는 의미이고, 그만큼 유명한 고수일 테니, 현재 그러한 고수라면 천이서생이 뽑은 천하의 고수 오십삼 명이 가장 가능성이 높았다.

　또한 그가 단번에 압도당할 정도의 실력을 가졌다면 최소 오군(五君) 이상의 고수일 게 분명했다.

'하지만 이상한 것은······.'

그 정도로 대단한 고수가 오행기에 관심을 보이고 있다는 점이었다.

가면인은 항복하고 충성을 맹세한 그에게 조용히 다가와 그가 지니고 있던 수행기(水行氣)의 진본 무공서를 요구했다.

당연히 가지려고 하는 이유를 말해주지도 않았다.

하지만 무림인이 남의 무공서를 빼앗으려 한다면 익히기 위해서라는 이유 말고 무엇이 더 있겠는가.

죽은 일궁주와 이궁주, 그리고 오궁주의 진본 무공서도 그의 수중으로 들어갔을 게 분명했다.

'궁주는 내가 무공서를 빼앗기는 걸 보고도 전혀 신경 쓰지 않던데······.'

백염비는 이유를 아는 걸까, 아니면 단순히 오행기에 대한 관심이 없기 때문일까.

'가면인에게서 대형을 이길 만큼 강한 무공을 전수받았으니, 후자일 가능성이 더 높지.'

그래서 의구심을 떨치지 못하는 것이다.

가면인은 차고 넘칠 만큼 강한 무공을 익혔는데, 그보다 더 약한 무공을 원한다니.

'어쩌면 그는 삼백 년 전 개파조사의 무명을 듣고 호기심을 가지게 되었는지도······.'

강해지고자 하는 무림인의 욕구는 끝이 없는 법.

이미 충분히 강하고도 더 강해지려고 과거 높은 평가를 받은 무공을 수집해 익혀보려고 하는 것이라면 같은 무림인으로서 이해 못 할 이유는 아닌 것이다.

물론, 그래도 완전히 이해가 된다고 할 수는 없었지만.

'뭐, 언젠가는 그의 정체도, 그가 오행기를 원하는 이유도 알 게 되겠지.'

육관명은 생각하기를 그치고 하늘을 올려다보았다.

눈발이 처음보다 더욱 굵어져 있었다.

'아무래도 눈을 피할 만한 곳으로 옮겨야겠군.'

이런 강가에서 그럴 만한 장소를 찾기는 어려울 테니, 마을로 가야 할 것이다.

"……?"

육관명은 거룡성의 무리가 있는 쪽으로 고개를 돌렸다.

각각의 모닥불을 중심으로 십여 명씩 모여 앉아 있던 무사들이 모두 일어나고 있었다. 중간 중간 오고가는 조장급 무사들의 명을 따르는 것이다.

'강 대주도 눈 때문에 자릴 옮겨야겠다고 생각한 모양이군.'

육관명은 자리에서 일어나 측근들을 불렀다. 마을로 떠날 준비를 하라고 명령하기 위해서였다.

그런데 강 대주가 큰 목소리로 그를 불렀다.

"육 궁주!"

"왜 그러시오?"

"문제가 생겼소이다!"

육관명은 내심 찔끔했다. 혹시 강 대주가 자신의 계략을 눈치챈 것이 아닌가 해서였다.

"눈이 금방 그칠 것 같지가 않아서 큰일이오!"

육관명은 속으로 안도의 한숨을 내쉬며 동감이라는 듯 고개를 끄덕였다.

"그러게 말이오. 그렇지 않아도 눈을 피하기 위해 마을로 가야겠다는 생각을 하던 참이었소."

"아, 나도 같은 생각을 했다오."

그렇다면 서둘러 마을로 움직이자는 말을 하려던 육관명은 문득 이상한 점을 깨닫고 입을 다물었다.

마을로 가려면 오른쪽으로 움직여야 하는데, 강 대주를 필두로 해서 거룡성 무사들이 그들을 향해 다가오고 있었기 때문이었다.

'뭐지?'

그의 육감이 위험신호를 보내고 있었다.

육관명은 최대한 자연스런 동작으로 땅바닥에 내려놓았던 칼을 집어 들었고, 수하들에게 눈짓으로 신호를 보내 경계하라는 지시를 내렸다.

하지만 그의 대응은 약간 늦었다. 아니, 강 대주의 반응이 빨랐다. 육관명이 칼을 집어든 순간 바로 뒤쪽으로 손짓을 했고, 점차로 걷는 속도를 빨리하던 무사들은 일제히 칼을 뽑아들고 성난 기세를 내뿜으며 달려들었던 것이다.

"악!"

"큭!"

십여 개의 무기가 한꺼번에 맞부딪히며 시끄러운 소음을 만들어내고, 얼마 있지 않아 고통으로 범벅이 된 신음과 비명이 난무했다.

그리고 비명은 상대적으로 오행궁의 무리 쪽에서 더 많이 터져 나왔다. 거룡성 무리의 숫자가 더 많고, 미리 공격할 태세를 갖추었다는 점에서 차이가 드러난 것이다.

"육 궁주!"

좌우에서 치고 들어오는 두 개의 칼을 쳐내고, 한 명의 옆구리를 깊숙이 갈라버린 육관명은 자신을 부르는 소리에 정면을 노려보았다.

강 대주는 웃고 있었다. 하지만 사납게 일그러진, 살기가 물씬 풍겨 나오는 웃음이었다.

"오행궁 쥐새끼! 네놈들이 죽기 싫다고 머리를 굽실거리며 들어오는 걸 받아줬더니 뒤에서 몰래 이빨을 갈고 있었더구나!"

'총단이 공격당한 걸 알았나보군.'

육관명은 당황했지만 겉으로 내색하진 않았다.

그는 앞으로 성큼 나아가며 막아서는 거룡성 무사의 칼을 내리치고, 열린 틈새로 칼을 찔러 심장을 관통시켰다가 뽑아내며 말했다.

"너야말로 웃기는 놈이구나! 자기편이 죽어가는 걸 빤히 보고도 모른 척해 다 죽게 만든 놈이 감히 누굴 욕해!"

근방에서 싸우고 있던 은룡대 옹 대주의 표정이 굳어졌지만, 강 대주는 그런 반응에 조금도 개의치 않았다.

"힘이 약하면 죽는 게 무림이다! 바로 네놈처럼!"

그는 땅을 박차고 육관명을 향해 짓쳐 들어갔다.

육관명도 앞으로 뛰어나가며 칼을 힘껏 밀어 올렸다.

카캉!

정면으로 부딪힌 두 개의 칼 사이에서 불꽃이 튀고, 육관명은 발끝을 휘돌려 강 대주의 발목을 노렸다. 하지만 강 대주는 기다렸다는 듯이 발을 들어 피하고, 동시에 옆으로 이동하며 칼을 아래에서 위로 휘둘렀다.

육관명은 다급히 칼을 세워 옆구리를 보호했다.

깡!

묵직한 울림과 함께 육관명의 상체가 크게 흔들렸다.

강 대주는 그 기회를 놓치지 않고 어깨로 육관명의 등을 강하게 밀어붙였다. 이를 피하지 못한 육관명은 균형을 잃고 쓰러지면서도 이어질 공격을 차단하기 위해 칼을 빠르게 두 번 휘둘렀다.

하지만 강 대주는 그를 공격하지 않고 한 걸음 물러나 왼쪽에서 싸우고 있던 오행궁 궁도의 옆구리를 칼로 베어버리고 발로 걷어차며 비웃음을 던졌다.

"궁주란 자의 실력이 고작 그거냐!"

육관명의 얼굴이 붉어졌다. 지금껏 자신보다 아래로 생각하던 자에게 굴욕을 당한 것이기 때문이었다.

허나 그는 소심하면서도 냉철한 성정의 인물이었다. 전체적인 승패는 이미 자신들의 반대쪽으로 기울어 있었고, 강 대주에게 화가 난다고 계속 고집을 부려 싸운다면 살아남을 수 없는 상황임을 인식한 것이다.

'물러나자.'

지금은 그 외에 다른 방법이 없었다.

"모두 퇴각하라!"

오행궁 궁도들은 육관명의 외침이 터져 나오자마자 즉시 물러나려고 노력했다.

그러나 두 배 이상의 수적 우위를 가진 거룡성 무사들이 완전히 포위하여 빠져나갈 틈을 주지 않는 상황에서 도망치는 건 쉽지 않은 일이었다.

오히려 물러나는 데 치중하느라 방어 동작이 허술해지면서 치명적 부상을 입고 땅으로 쓰러지는 자가 더욱 빠르게 늘어만 갔다.

퇴각을 외친 육관명의 사정도 그들과 크게 다르지 않았

다. 강 대주가 다시 그를 공격하고, 조장급 무사들까지 합세하면서 물러나기는커녕 더욱 궁지에 몰려버렸다.

물론 소궁이조의 조원들이 모습을 드러내기까지 하며 그를 지키기 위해 애를 쓰긴 했지만, 은신과 암습에 뛰어난 대신 상대적으로 무공 실력이 뒤떨어지는 그들이 어찌할 수 있는 상황이 아니었다.

결국 소궁이조의 조원들이 모두 죽어버리고 그를 도울 궁도들도 거의 남아있지 않게 되었을 때, 강 대주는 힘이 빠져 움직임이 느려지면서 빈틈이 생겨버린 육관명의 어깨에서부터 허리까지 깊숙한 도상을 길게 새겨 넣었다.

"악!"

육관명은 저도 모르게 날카로운 신음을 터트리며 그의 의지와는 상관없이 한쪽으로 휘청거렸다.

조장들은 당연히 그 기회를 놓치지 않았고, 서너 개의 칼이 연달아 그의 몸을 베고, 또 베고 지나갔다.

"으윽!"

온몸을 난자당한 육관명은 잇몸에서 피가 날 만큼 강하게 이를 악물었지만, 한순간에 과도한 양의 선혈을 흘리면서 버틸 힘까지 잃어버렸다.

털썩.

한쪽 무릎만 꿇은 것이 육관명이 자존심을 지킬 수 있는 최선의 방법이었다. 하지만 거룡성 무사가 그의 등을 걷어차며 마지막 자존심까지 무너트렸다.

"그래도 궁주랍시고 제법 버티는군."

앞으로 고꾸라진 육관명은 힘겹게 몸을 뒤집고 누워서 자신을 내려다보며 비아냥거리는 강 대주를 올려다보았다.

그는 입에 고인 핏물을 뱉어내고 피식거리며 웃었다. 그리고 물었다.

"네놈들이 이긴 거 같으냐?"

강 대주는 무슨 헛소리를 하느냐는 표정을 지었다.

조장무사들은 물론이고, 마지막까지 저항하던 오행궁 궁도들을 모두 처리하고 그의 옆으로 다가온 옹 대주 등을 비롯한 거룡성 무사들 모두 그 말을 듣고 비슷한 반응을 보였다.

조장무사 하나가 참을 수 없다는 듯 대꾸했다.

"그럼 이게 이건 거지, 진 거냐?"

"하하하하!"

육관명은 크게 웃었다.

강 대주를 비롯한 거룡성 무리들의 표정이 굳어졌다. 육관명의 웃음소리는 마치 무덤가에서 들려오는 바람 소리처럼 음산하고 처절했기 때문이었다.

이제 죽을 일만 남은 자의 웃음소리에 겁을 먹을 이유는 없었지만, 이상하게 모두가 마음 한편으로 불안감을 느끼게 된 것이다.

강 대주는 짜증이 난다는 표정으로 측근수하에게 눈짓을 했다. 듣기 싫으니 그만 죽여 버리라고.

육관명은 지시를 받은 조장무사가 칼을 치켜들고 다가오자 더욱 처절함이 느껴지는 음성으로 소리쳤다.

"그래, 지금의 승리를 즐겨라! 하지만 오래가지 못할 것이다! 네놈들은 절대 오행궁을 못 이겨! 그때까지 살아남을 수도 없을 거다!"

눈살을 찌푸리며 육관명의 섬뜩한 외침을 듣고 있던 옹 대주는 이대로 그냥 죽여서는 안 된다는 느낌을 받았다.

그래서 다급히 소리쳤다.

"멈춰!"

하지만 늦었다. 이미 육관명의 심장 깊숙이 칼이 파고들고 있었으니까.

육관명은 핏물과 함께 마지막 숨을 울컥 토해내고 죽어버렸다.

강 대주는 허탈해하는 옹 대주를 의아하게 쳐다보며 물었다.

"갑자기 왜 막으려고 했던 거요?"

"육 궁주의 마지막 말이 신경 쓰였소."

"무슨 말 말이오?"

"우리가 그때까지 살아남을 수 없다는 거 말이오. 왠지 우리가 모르는 내막이 숨겨져 있다는 것처럼 들렸소."

"쓸데없는 노파심이오. 죽을 놈이 무슨 소리를 못하겠소. 그냥 죽기 억울하니 저주라도 퍼부을 셈으로 마구 지껄인 걸 거요."

그럴지도 몰랐다.

하지만 옹 대주는 그를 죽이지 말고, 부상을 치료해주고서라도 심문을 했어야 했다는 아쉬움을 떨쳐낼 수가 없었다.

'진짜 노파심인 걸까?'

마음이 심란했다. 허나, 육관명의 마지막 말 때문만은 아니었다. 강 대주가 천문당원을 통해 전해 받았다는 성주의 명령도 신경이 쓰였다.

'우리만 강을 건너 단독으로 공격하라니……'

위험 부담이 너무 큰 임무였다.

반룡복고당의 전력이 거룡성에 비할 바 없다고는 해도, 분타 두 곳을 괴멸시키고 강남에 터를 잡아 급격하게 영향력을 확대시킬 정도라면 이룡대의 규모 정도로 감당할 만한 상대는 아닌 것이다.

상관미조의 복수 때문이라고는 하지만, 성주와 홍 당주까지 합세하여 원정을 나선 것에는 그만한 이유가 있지 않겠는가.

즉, 강 대주처럼 무조건 이긴다고 자신 있어 할 일이 아니었다.

'홍 당주라면 반대했을 것이 분명한데······.'

그래서 자꾸 신경이 쓰였다. 기존의 상식으로는 내려질 리가 없는 명령이 떨어진 것이니까.

"모두 마을로 이동한다! 오행궁의 쥐새끼들을 모두 쓸어버린 기념으로 예비로 가져온 술과 고기를 모두 풀겠다! 오늘 밤은 먹고 마시며 즐기는 거다!"

"와~!"

옹 대주는 모든 싸움이 끝나기라도 한 듯한 표정의 강 대주와 그에 호응하며 환호하는 무사들을 보며 마음이 더욱 불편해졌다.

'너무 들떠 있어.'

특히 강 대주가 그러한 분위기를 고의로 조성하고 있다는 느낌이 들어서 기분이 좋지 않았다.

'일단 지켜보자.'

분명한 증거 없이 주관적인 의구심 속에서 생겨난 불안감인지라 지금으로선 달리 어찌할 방법이 없었으니까.

그는 하늘을 올려다보았다. 눈발이 꽤나 굵어져 있었다. 이런 식으로 내일 아침까지 내린다면 무릎까지 눈이 쌓이게 될 것이다.

물론 내일이면 배를 타고 강을 건널 것이기 때문에 이동이 지체될 것을 염려할 필요는 없었지만.

"대주님."

부대주 오척경이 다가와 마을로 이동할 준비가 끝났다는 보고를 했다.

수십 명의 은룡대원들이 먼저 출발한 적룡대와 다른 무리들을 힐끔거리며 그의 명령이 떨어지길 기다리고 있었다. 얼른 마을로 가서 술과 고기로 배를 채우고 싶은 것이리라.

옹 대주는 갑자기 수하들을 모두 살려서 돌아가고 싶다는 생각을 했고, 괜스레 마음이 아련해졌다.

'별것 아닌 일로 감정적이 되는 걸 보니, 나도 이제 늙어가는 모양이군.'

"출발해라."

第五十五章

술시(戌時: 밤7~9시) 무렵.

뽀드득뽀드득.

견삼은 그의 걸음을 따라 눈이 밟히며 나는 소리에 인상을 찌푸렸다.

'발이 너무 무거워졌군.'

아무리 눈이 쌓였다고 해도 뒤꿈치를 들고 소리 없이 걷는 것이 습관화된 몸으로 이런 소리를 낸다는 것은 몸이 정상적이지 않다는 의미였다.

'하긴. 아무리 나라도 며칠 동안을 거의 쉬지 않고 달려왔으니……'

견삼은 합비에서 빠른 걸음으로 반나절 거리에 위치한 정원현(定遠縣)을 눈앞에 두고 있었다. 늦은 저녁이라 등불에 의지하고 있고, 그래서 대체로 어둑한 분위기가 감싸고 있는 곳이었다.

'저기 있어야 할 텐데.'

흔적대로라고 한다면 그가 쫓는 이들은 지금 정원현에 있을 게 분명했다.

하지만 견삼의 표정은 밝지 않았다.

왜?

부용설이 생존해 있을지에 대한 확신이 없기 때문이었다.

선착장에서 부용설의 흔적을 발견하고, 그녀와 일행이 타고 갔다는 마차를 쫓기 시작한 지 하루도 지나지 않아서 그는 유쾌하지 않은 광경을 목도하게 되었다.

이동 중에 공격을 받았는지 길가를 따라 떨어져 있는 마차의 부서진 파편, 싸움이 벌어진 듯 그 위쪽으로 어지럽게 나 있는 여러 사람들의 발자국들, 그리고 그곳으로부터 오른쪽으로 가면 보이는 숲속 초입에 파인 구덩이.

구덩이는 완벽히 숨길 의도가 없었다는 걸 발견자에게 알려주기라도 하려는 것처럼 낮고 성의 없게 파여 있었는데, 하나같이 도상을 입고 죽은 여러 구의 시신들이 아무렇게나 뉘어져 있었다.

시신들은 부용설과 함께 있어야 할 시녀들과 그녀를 안전하게 보호해야 하는 호위무사들이었다.

다행히도 시신들 중에는 부용설의 얼굴을 찾을 수 없었다.

견삼은 그녀가 살아있을까에 대한 의구심이 들었지만, 어떻게 되었든 직접 확인하기 전에는, 흉수를 발견하기 전까지는 추적을 포기할 수 없었다.

그래서 다시 샅샅이 주변을 살폈고, 파편은 있었지만 어디서도 찾을 수 없었던 마차가 이동하며 남긴 바퀴자국을 발견한 뒤, 그 흔적을 쫓아 다시 북쪽으로 움직였다.

견삼은 그렇게 쉼 없이 흔적을 찾고 길을 달린 끝에 정원현까지 이르게 된 것이다.

견삼은 곳곳에 등불을 켰지만 충분히 시야를 밝게 해주지 못하는 현의 어둑한 분위기를 온몸으로 느끼며 한 가지 의문을 떠올렸다.

'흉수는 왜 여기로 왔을까?'

부용설을 납치한 자는 이곳까지 오면서 어떤 마을도 거치지 않았다. 말에게 휴식을 주기 위해 아주 잠깐씩 몇 번 멈췄던 것을 제외하고는 때론 느리게, 때론 빠르게 속도를 조절하며 끊임없이 이동을 할 뿐이었다.

심지어 안휘에서 제일의 번화함을 자랑하는 합비조차도 그냥 지나쳐버렸는데, 왜 하필 반나절 거리에 위치한 정원현이란 말인가.

이곳은 합비만큼 번화하지도, 그렇다고 특별히 살기 좋은 곳도, 혹은 다른 곳에 없는 신기한 볼거리가 있는 것도 아닌 것을.

'설마······.'

견삼은 문득 합비에는 없고 정원현에는 있는, 근방에서 이곳 외에는 찾을 수 없는 것 하나를 떠올리고 낯빛이 딱딱하게 굳어졌다.

'확인해보면 알겠지.'

그는 자신의 걱정이 기우에 불과하기를 바라며 눈에 덮여가는 흔적을 쫓아 걸음을 앞으로 옮겼다.

뽀드득뽀드득.

*　　　*　　　*

밤이 깊어가도 눈은 멈추질 않았다. 오히려 눈발이 더욱 굵어진 것 같았다.

꽤 늦은 시간이고, 지붕은 물론이요, 길마다 수북하게 쌓인 눈 때문에 정원현에서 오가는 사람들을 발견하기란 쉽지 않은 일이었다.

사실 이런 날에, 그것도 밤에 견삼처럼 눈을 맞으며 걸어가는 사람이 더 이상하게 보이리라.

하지만 견삼이 흔적을 쫓아 어둑한 골목 몇 개와 정리되지 않고 외진 길을 지나고, 내리막길로 진입하여 현 중심을 가로지르는, 꽝꽝 얼어 있는 작고 지저분한 강줄기 옆으로 내려가자, 눈을 맞는 것에 개의치 않고 돌아다니는 이상한 사람들이 너무 많이 보였다.

행색과 인상에 성별, 나이까지 참으로 가지각색의 사람들이 그득했다.

일부는 등불 하나에 의지하여 강가를 따라 쭉 자리 잡고 있고, 일부는 그들을 이리저리 둘러보며 묻기도 하고, 자그맣게 속닥이기도 하며 결코 합법적으로 보이지 않는 광경을 연출했다.

이곳은 도대체 뭘 하는 곳이고, 저 사람들은 무얼 하려는 것인가?

흑점.

이곳은 양지에 드러내놓고 할 수 없는 각양각색의 불법적인 거래를 위해 만들어진 음지의 시장이었다.

'오랜만에 왔지만 변함없이 음침하군.'

견삼은 임무를 위해 이곳을 다녀갔던 과거의 짧은 기억을 떠올렸다 지우며 상인들과 손님들의 면면을 흘리듯이 살폈다. 흑점을 이용하는 이들의 특성상 너무 노골적으로 쳐다보면 시비가 붙을 수 있기 때문이었다.

물론 싸움을 하는 게 겁나거나 하는 건 아니었다. 단지 이곳 흑점을 운영하는 이들의 이목을 끌지 않기 위해서였다.

견삼은 간간히 상인들과 이야기를 나누면서 정보를 수집했다.

그래서 결국 의심되는 어떤 자에 대한 이야기를 들을 수 있었고, 그자가 경매가 벌어지는 강줄기 끝으로 갔다는 것까지 알게 되었다.

견삼은 이제 곧 경매가 시작될 것이란 말을 듣고 서둘러 걸음을 옮겼다.

강줄기 끝에는 다른 곳들보다 유독 사람이 많았다.

밧줄을 둘러쳐서 경계를 지어둔 곳에 사십여 명이 구경꾼처럼 모여 있었고, 그들이 바라보는 사 장 밖에는 한 사람이 올라설 정도의 작은 단상과 차례를 기다리듯 길게 늘어져 서 있는 사람이 십여 명 있었는데, 경매의 주최자(흑점 운영자)로 보이는 사내 몇 명을 제외하고 모두 여자였다.

이번 경매는 사람을, 특히 여자를 사고파는 경우였던 것이다.

여인들을 유심히 살피던 견삼의 눈빛이 빛났다.

'저기 있다!'

여인들 중에 있었다. 횃불이 미치지 않는 곳에 있었고, 내리는 눈 때문에 자세히 보이진 않는데다, 옷매무새가 헝클어지고 낯빛이 초췌해 보였지만, 분명히 부용설이었다.

견삼은 조금 더 가까이서 보기 위해 사람들 사이를 헤치고 앞쪽으로 나아가려다가 급히 멈췄다.

'저놈!'

단상의 뒤쪽, 마치 경매와 전혀 연관이 없다는 듯 살짝 거리를 두고 서 있지만, 간간히 여인들 쪽으로 날카롭고 음침한 시선을 보내는 자의 얼굴이 매우 낯익었던 것이다.

털모자를 쓰고 두꺼운 장삼으로 얼굴을 가렸다고 해도 알아볼 수 있었다.

'이귀 상조면! 저놈이 왜 여기에…… 아!'

견삼은 그가 쫓아온 흉수가 바로 상조면이었다는 걸 깨달았다.

'사령곡 무리에 섞이면서까지 집요하게 우리들을 노리다 실패해서 도망을 치더니만…….'

몰래 부용설을 뒤쫓아 납치한 것도 모자라 흑점으로 데려와 팔아버릴 생각까지 한 것이다.

게다가 하북삼귀의 좋지 못한 명성을 생각하면, 이곳까지 오는 동안 부용설이 어떤 고초를 당했을지 상상도 하고 싶지 않았다.

'주인님이 여기 계셨다면 이곳을 쑥대밭으로 만들었을 거야.'

최근 반악의 성향이 아무리 얌전하게 바뀌었다고 해도, 부용설에 관한 것이라면 남다른 반응을 보이는 만큼 그렇게 했을 가능성이 매우 높았다.

'이제 어떻게 하지?'

지금 당장 구해야 할지, 아니면 다른 기회가 생길 때까지 기다려야 할지, 고민스러웠다.

물론 지금 이곳에서 행동을 취하는 건 되도록 하고 싶지 않았다. 일단 상조면부터가 자신 혼자 감당하기 힘든 고수였고, 흑점 운영자들이 경매에 올라 있는 여인을 빼앗기는 동안 그냥 보고만 있진 않을 테니까.

'그렇다면 누군가 부 장주를 사고……'

그 누군가가 부용설을 데리고 흑점을 벗어났을 때를 노리는 게 성공할 가능성이 높았다.

"다섯 번째 경매품입니다!"

견삼이 고민하는 사이에 네 명의 여인들이 팔렸고, 주최자의 외침과 함께 한 사내가 부용설을 잡아끌어 단상 위로 올려 보냈다.

사람들이 불빛에 드러난 부용설의 얼굴을 확인하자마자 휘파람을 풀고, 환호를 질렀다. 그 전에 팔린 여인들에 비해 나이는 들었지만 워낙 미모가 뛰어나기 때문이었다.

게다가 이런 자리에 끌려나오면 보통 겁을 먹고 움츠려 있거나 자포자기하여 혼이 빠진 표정이기 마련인데, 그녀의 태도와 표정은 전혀 그렇지 않았다.

오히려 주눅 들지 않겠다는 듯 고개를 똑바로 들고 경멸의 시선으로 구매자들을 노려보고 있었다. 그리고 그 도도함에 자극을 받은 듯한 구매자들은 주최자들에게 얼른 경매를 시작하라고 소리를 질렀다.

헌데, 구매자들에게 부용설의 신상을 설명해야 할 주최자가 갑자기 다른 곳에서 급하게 달려온 동료로부터 신호를 받더니 경매를 잠시 중지한다고 하는 게 아닌가.

구매자들은 불만 어린 말들을 터트렸지만, 흑점 운영자들과 척을 져서 좋을 게 없다는 걸 너무나 잘 알고 있기에 금방 잠잠해졌다.

갑자기 나타나 경매를 중단시킨 흑점의 관계자는 상조면에게 다가가더니, 부용설을 눈짓으로 가리키며 한참 이야기를 했다.

견삼으로서는 불길한 느낌이 들 수밖에 없었다.

'무슨 이야기를 하는 거지?'

의문은 곧 풀렸다. 이야기를 건넨 자가 고개를 끄덕이는 상조면에게 묵직함이 느껴지는 가죽주머니를 건넸기 때문이었다. 주머니 안에는 확인할 필요도 없이 금원보나 은원보가 들어 있을 것이었다.

어떤 이유로 인해서인지는 모르지만, 흑점 운영자가 부용설의 가치에 대해 관심을 가지게 되었고, 경매에 올리기 전에 자신들이 사는 쪽으로 결정을 내리고 값을 치른 것이다.

'저놈들 손에 들어가면 안 되는데…….'

흑점 운영자들을 음지에서 활동한다고 해서 무시해서는 안 되었다.

그들은 뒷골목을 관리하는 하오배들 수준이 아니라, 웬만한 중소문파 이상의 인원과 고수들까지 보유한 막강한 조직이었다.

게다가 음지에서 활동하는 만큼 모든 것들이 매우 비밀스러워서, 부용설이 저들 손에 들어가 감추어지면 아무리 추적술에 일가견이 있는 그라도 다시 찾아내기가 대단히 어려울 것이다.

물론 가능성이 아주 없지는 않았다.

'아무리 흑점이라도 주인님이 나서신다면 가능하겠지…….'

반악의 능력이라면 혼자서도 흑점을 풍비박산 내버릴 수 있을 테니까.

허나, 반악을 이곳으로 불러올 때까지 부용설이 무사할 수 있느냐, 혹은 운영자들에게 넘겨진 그녀를 다시 찾을 수 있느냐, 하는 점에 있어서 확신이 없었다.

'아무리 생각해도 지금이 아니면 안 될 거 같다.'

반악은 감당하기 어려운 상황이라면 무리하지 말고 돌아와서 자신을 찾으라고 했지만…….

'난 주인님께 부 장주를 꼭 찾아내서 데려가겠다고 약속했다. 그러니까 한번 해보자.'

견삼은 부용설이 단상에서 끌려 내려오기 전에 행동을 취해야 한다고 생각했고, 그래서 밧줄로 경계를 짓는 위치 중에서도 가장 가까운 곳으로 움직였다.

헌데 그가 최대한 근접할 수 있는, 삼 장 정도의 위치에 자리를 잡았을 때 예상치 못한 문제가 생기고 말았다.

부용설이 그의 얼굴을 알아 본 것이다.

물론, 그녀가 그의 얼굴을 알아봤다고 해서 나쁠 것은 없었다. 오히려 그가 갑자기 접근했을 때 미리 마음의 준비를 한 그녀가 놀라서 몸부림치지 않으면 바로 들쳐 업고 달리기가 수월할 테니까.

하지만 문제는 그녀가 그를 알아보면서 생겨난 표정 변화를 상조면이 알아챘고, 그 시선을 따라 고개를 돌리면서 견삼의 얼굴까지 보게 되었다는 것이다.

'젠장!'

견삼은 즉시 단상을 향해 몸을 날렸다. 하지만 단상까지의 거리는 상조면에게 더 가까웠다. 게다가 수상한 기미를 느낀 흑점의 사람들이 일제히 칼을 빼들고 그의 앞을 막아서기까지 했다.

견삼은 빠르게 연편을 빼들고 위협적으로 휘두르며 소리쳤다.

"비켜!"

하지만 비키라고 해서 비킬 자들이 어디 있겠는가.

세 명의 흑점 무인들은 개소리 말라고 소리치며 그를 향해 칼을 휘둘렀고, 견삼은 좌우로 연편을 휘둘러 세 개의 칼을 한꺼번에 휘감았다. 그리고 연편을 힘껏 끌어당기는 척하면서 그들이 온몸에 힘을 주어 재빨리 반응하지 못하도록 유도한 뒤 바닥을 차고 그들을 단번에 뛰어넘었다.

"상조면-!"

땅에 내려선 순간 손목을 교묘하게 움직여서 세 개의 칼을 휘감았던 연편을 풀어낸 견삼은 막 부용설을 옆구리에 끼워들고 있던 상조면을 향해 소리치며 다시 뛰어올랐다.

"감히!"

상조면은 성난 표정을 지으면서 칼을 뽑아들었지만 상대할 생각을 않고 뒤로 물러났다.

그러자 그가 물러난 자리를 네 명의 흑점 무인들이 차지했고, 자신들의 앞으로 내려서는 견삼을 향해 일제히 칼을 휘둘렀다.

'빌어먹을!'

견삼은 이리저리 몸을 꺾어 칼을 피하고, 연편을 길고 넓게 휘둘러 흑점 무인들이 멀찍이 물러나도록 유도했다. 허나 뒤쪽에 있던 세 명의 흑점 무인들까지 가세하여 공격해 오는 바람에 도망치려는 상조면을 막을 기회를 놓치고 말았다.

"상조면, 겁쟁이처럼 도망치려는 거냐-!"

견삼은 도발할 생각으로 크게 소리쳤지만, 상조면이 돌아보지도 않고 어둠 속으로 사라져버리면서 아무런 소용도 없게 되어버렸다.

"흑점에 찾아와 난동을 부리다니, 간이 배 밖으로 나온 놈이구나."

견삼은 그를 둘러싼 일곱 명의 흑점 무인들을 둘러보며, 그리고 저 뒤쪽에서 흑점 무인들 십여 명이 달려오는 걸 보고 내심 욕을 하며 연편을 더욱 꽉 움켜잡았다.

*   *   *

점혈하여 꼼짝도 못하게 만든 부용설을 옆구리에 끼고 정신없이 달리던 상조면은 현을 완전히 벗어나고도 한참 뒤에야 멈춰 섰다.

그는 거칠어진 숨을 진정시키려 노력하며 충격을 받은 표정으로 중얼거렸다.

"염병할! 저 새끼가 여길 어떻게 알고 온 거지?"

언젠가는 자신이 부용설을 납치했다는 게 알려지리라 생각은 했었지만, 이렇게 빨리 알아채고 정확하게 찾아올 줄은 상상도 하지 못했다.

'이러면 느긋하게 도망칠 수도 없잖아.'

아니, 도망치는 게 문제가 아니라 지금 당장의 안위부터 걱정해야 할 판이었다.

왜?

그는 반악을 너무나 무서워하고, 상대할 생각조차 하지 않고 있었으니까.

견삼을 상대하지도 않고 바로 도망친 것도 혹시 반악이 근방에 있을지도 모른다는 걱정 때문이었다. 화가 난다고 견삼과 투덕거리며 시간을 낭비하는 사이 반악이 나타나면 목숨을 보전할 자신이 없는 것이다.

'그놈으로부터 안전할 수 있는 곳을 찾아야 한다.'

반악이 견삼과 함께 있지 않다고 해도, 부용설이 자신에게 납치되어 있다는 걸 아직 모르고 있다고 해도 결국 이야기를 전해 듣게 되면 자신을 찾아내기 위해 집요하게 추적을 해올 테니까.

그래서 부용설을 데리고 도망친 것이고, 이젠 죽일 수도, 다른 곳에 팔아버릴 수도 없게 되었다.

어찌 될지 알 수 없는 앞날에 대한 최소한의 대비책으로 남겨둬야만 했으니까.

'그래, 아무리 놈이라도 어찌할 수 없는 곳이 있다.'

오행궁.

북쪽으로 올라오면서 소문을 통해 알게 된 오행궁의 배신과 팔공산의 참화.

애초부터 이용만 해먹고 공을 세운 만큼의 대우도 해주지 않는 거룡성에 대한 미련은 조금도 없었다. 그래서 팔공산이 공격받아 무너졌다고 해도 별달리 감흥을 느끼지 못했고, 관심도 갖지 않았던 것이다.

오행궁에 대해서도 마찬가지였다. 그러나 지금은 오행궁을 달리 볼 수밖에 없게 되었다.

'거룡성을 적으로 돌렸으니 전력을 강화시키는 데 집중하고 있을 터. 나 정도의 고수가 몸을 의탁하겠다고 하면 절대 거절하지 않을 것이다.'

생각할수록 오행궁 외에는 답이 보이지 않았다.

결심을 굳힌 상조면은 옆구리에 끼고 있는 부용설을 내려다봤다.

"......"

그의 얼굴이 일그러졌다. 부용설의 시선 때문이었다.

'개 같은 년.'

울컥 화가 치밀었다.

처음 시녀들과 호위무사들이 눈앞에서 죽어갈 때도, 납치되어 그에게 능욕을 당할 때도, 그리고 지금 이순간도 차갑기 이를 데 없는 눈빛으로, 단 한 번의 비명이나 신음도 없이 더럽고 역겹다는 듯 쳐다보는 부용설의 시선 때문에 너무나 화가 나고 울화가 치밀어 올랐다.

부용설을 죽이지 않고 흑점에 팔아버릴 생각을 한 것도 그 때문이었다. 자신의 힘으로는 어찌할 수 없는 상황에 놓여 치욕적이고 괴로운 삶을 살도록 만들기 위해서였다.

그런 상황에서도 이런 눈빛으로 자신을 볼 수 있는지 보자는 마음이었던 것이다.

"내가 그렇게 만만하게 보이냐?"

상조면은 비수를 꺼내들었다. 그리고 부용설의 뺨에 대고 천천히, 가늘고 길게 그어 내렸다.

유일하게 움직일 수 있는 부용설의 눈꺼풀이 파르르 떨렸다. 하지만 눈빛은 달라지지 않았다. 오히려 더욱 냉랭한 시선으로 올려다볼 뿐이었다.

상조면은 끓어오르는 분노를 애써 억누르고, 겉으로는 비웃음을 지었다.

"그래, 참아라. 참고 또 참아라. 하지만 난 매일 한 번씩 네 얼굴에 상처를 만들 거고, 얼마 있지 않아 넌 세상 그 어떤 사내들도 원치 않는 얼굴의 추녀가 될 것이다. 그때도 지금처럼 오만할 수 있는지 두고 보자."

상조면은 비수를 감추고, 머리를 하얗게 덮어버린 눈을 신경질적으로 털어냈다.

그리고 눈이 높이 쌓인 길을 빠르게 밟아나가며 서쪽으로 달려갔다.

*　　　*　　　*

쉬쉬쉬쉬!

견삼의 손목 움직임을 따라 휘도는 연편은 마치 살아 있는 뱀처럼 공간을 찌르고 휘돌며 사방에서 내리쳐지는 칼날을 밀어올리고, 감아 내리고, 때론 후려치기를 반복했다.

연편과 더불어 그의 움직임은 마치 춤을 추듯 경쾌하고 화려했으며 재빠르기 그지없었다.

'내 실력이 이 정도였나?'

견삼은 매우 위급하고 어려운 상황에 처했음에도 입가에 미소를 짓고 있었다. 그만큼 자신의 움직임과 무공에 흡족해하고 있는 것이다.

물론 멀쩡히 잘 막고만 있는 건 아니었다. 자잘한 상처가 몸 곳곳에 생겨났고, 체력과 공력이 눈에 띄게 줄어든데다 헐떡거린다는 말이 어울릴 만큼 숨까지 심하게 거칠어진 상태였다.

하지만 천문당원 시절이었다면 몇십 초 버티지 못하다가 온몸이 난자되어 죽어갈 만한 상황에서 이렇게 버텨내고 있다는 건 대단한 발전이 아닐 수 없었다.

그는 즐거웠다. 또한 이렇게 강해진 자신이 더할 수 없이 자랑스러웠다. 설사 지금 이곳에서 죽게 된다고 해도 크게 후회가 없을 만큼.

허나, 그런 생각이 든 순간 견삼은 아차 하는 마음에 정신이 번쩍 들었다.

'병신같이, 왜 이런 바보 같은 생각을 하고 있는 거냐?'

스스로를 질책했다.

여기서 그냥 죽어버리면 개인적으로야 후회가 없을 지라도, 다른 많은 이들을 실망시키게 될 것이었다. 이젠 동료와 친구라는 말이 조금도 어색하지 않을 견일, 견이, 그리고 염서성뿐만 아니라, 지금의 그를 만들어준 반악에게까지.

'포기해선 안 된다.'

죽을 수 없었다. 반드시 살아남아 이곳을 빠져나가고, 상조면의 손에서 부용설을 구출해내야만 했다.

견삼은 맞서 싸우기보다는 도망칠 방법을 찾는 데 집중했다. 하지만 흑점 무인들의 숫자가 너무 많았고, 주변을 체계적으로 빼곡히 둘러싸고 있어서 틈새를 찾기가 매우 어려웠다.

'그렇다면…….'

견삼은 뒤쪽으로 넓게 연편을 휘두르며 앞으로 나아갔다. 그러자 어쩔 수 없이 움직임만으로 칼날을 피할 수밖에 없게 되었다.

계속해서 뒤쪽의 공격을 차단해야만 했으니까.

허나, 아무리 이전에 비할 바 없이 실력이 높아졌다고 해도 한계란 게 있는 법.

결국 견삼은 왼쪽에서 찔러 들어오는 칼날을 피하지 못하고 옆구리에 일격을 허용하고 말았다.

"끄으!"

억눌린 심음과 함께 견삼의 신형은 오른쪽으로 크게 비틀거리고 바닥으로 무너졌다.

흑점 무인들은 순간 공격을 멈췄다. 치명적인 부상을 입혔으니 서두를 필요가 없었고, 뒤에서 지켜보고 있을 윗사람들로부터 따로 명령이 내려질 수도 있었으니까.

하지만 견삼은 바로 그러한 반응을, 순간의 머뭇거림과 함께 흑점 무인들의 공격이 멈춰지길 기대하며 고의로 부상을 입은 것이었다.

사실 부상도 보이는 것만큼 심하지 않았다. 심하게 당한 것처럼 보이지만, 재빨리 치료를 하면 큰 문제가 되지 않을 부위에 공격을 허용한 것이다.

타닥!

고통스런 신음을 흘리며 쓰러지는 척하던 견삼은 곧바로 땅을 박차고 포위망을 뛰어넘었다.

"속았다! 놈을 잡아!"

흑점 무인들은 분노의 고성을 터트리며 쫓았지만, 견삼은 그들이 쉽게 따라잡지 못할 만큼 빨랐고, 능력을 발휘하여 순식간에 종적을 감춰버리면서 닭 쫓던 개 지붕 쳐다보는 꼴만 되고 말았다.

결과적으로 흑점은 여자도 얻지 못하고 돈을 낭비했으며, 원인을 제공한 견삼까지 놓치면서 그들을 아는 모든 이들에게 비웃음만 사는, 안휘 흑점 역사상 가장 치욕적인 경험만 얻게 된 것이다.

*　　　*　　　*

해시(亥時: 밤9~11시) 무렵.

내리는 눈을 머금어 더욱 차가워진 강바람이 선수를 스치듯 타고 올라와 돌개바람처럼 빠르게 선상을 휩쓸고 지나가자, 야간 시야를 확보하는 임무를 맡은 선원들이 덮고 있던 담요를 턱 끝까지 끌어올리며 몸을 움츠렸다.

허나 한 사람만은 어둠 속에 잠긴 난간 밖으로 상체를 내밀고 고개까지 치켜들고서 강바람에 당당히 맞서고 있었다. 점점 굵어지는 눈발이 온몸을 덮으며 적셔가는데도 전혀 개의치 않았다.

그는 반룡복고당에 고용된 낭인들 중 한 명이었는데, 대부분이 거친 인상인데 비해서 꽤나 순박한 인상을 가진 중년인이었다. 아마도 반쯤 감긴 눈과 처진 눈초리 때문에 그렇게 보이는 것이리라.

어쩌면 칼을 지니고 있는 게 아니라, 허리춤에 두 개의 철단봉을 차고 있어서 다른 낭인들과 달리 덜 위협적으로 느껴지는지도 몰랐다.

게다가 그는 다른 이들과 전혀 어울리지 않았다. 그 자신부터 말을 건 적이 없었고, 다른 이들이 말을 걸어도 눈만 껌뻑거리며 대답을 하지 않았다.

성질이 난폭한 자들이 그런 반응에 화가 나서 욕을 하거나 시비를 걸어도 조금도 대응을 않고 외면해버리며 스스로 소외당하는 것을 자처했다.

지금만 해도 모두 선실로 내려가 잠을 청하고 있는데, 홀로 나와 차갑기 이를 데 없는 밤기운에 온몸을 맡기고 있지 않은가.

헌데, 그런 사내에게 하 당주의 넷째 제자 섭무백이 다가왔다. 손에 술병까지 들고서.

"밤바람이 무척 찰 텐데, 인내심이 대단한 분이구려. 눈 때문에 옷이 젖으면 몸에 좋지 않으니, 두꺼운 담요라도 가져다 드리리까?"

"……."

"진짜 입이 무거운 분인 것 같소. 혹시 아자(벙어리)로 오해를 받은 적은 없소?"

사내는 그래도 반응을 보이지 않았다. 하지만 섭무백은 포기하지 않았다.

그는 술병을 내밀며 말했다.

"한 모금 하시겠소? 꽤 독한 녀석이라 금방 몸을 뜨겁게 해줄 거요."

사내는 잠시 말이 없다가 손을 내밀어 술병을 건네받았고, 정확히 한 모금만 마시고 다시 돌려주었다. 그리고 다시 강물로 시선을 돌린 채 쳐다보지도 않았다.

섭무백은 술병을 받아들고서 사내의 팔을 유심히 쳐다봤

다.

"팔이 참 기시오. 내 생전 당신처럼 긴 팔을 지닌 사람은 본 적이 없소."

"……."

"하지만 당신처럼 팔이 긴 사람에 대한 이야기를 들은 적은 있소이다."

"……."

"원비팔봉 울표신. 십괴의 일인인 원과 말이오."

"……."

"내 생각에는 당신이 그 원비팔봉인 것 같은데, 그렇지 않소?"

"……."

섭무백은 사내의 침묵을 긍정의 의미로 받아들였다. 만약 아니었다고 하면 최소한의 거부 반응이라도 보여주었을 테니까.

"그럼, 앞으로 울 대협이라 부르겠소이다. 솔직히 말하면 울 대협과 같은 천하의 고수가 왜 우리 쪽으로 왔는지 이해할 수가 없구려. 혹시 거룡성과 원한을 맺은 거라도 있으시오? 만약 그런 거라면 우리 반룡복고당에 입당할 것을 권해 드리고 싶소이다. 울 대협이라면……."

"없소."

섭무백은 대답을 들었다는 기쁨과 원한이 없다는 말에 대한 실망감을 동시에 느끼며 물었다.

"허면 왜 우리 쪽으로 오셨소?"

울표신은 눈만 살짝 돌려 말했다.

"이유를 말하지 않으면 날 내쫓을 거요?"

"그럴 리가 있겠소."

돈을 받고 참여한 것이긴 하지만, 천하에서 손꼽히는 고수가 함께 싸워주겠다는데 마다할 이유가 어디 있겠는가. 반룡복고당으로서는 오히려 떠난다고 하면 돈을 더 주어서라도 붙잡아야 할 처지였다.

사실 그가 계속 캐물은 것은 사부인 하 당주의 지시 때문이었다. 원괴라 짐작되는 외모의 낭인이 고용되었다는 이야기를 듣자 진짜 원괴인지 확인해보라고 한 것이다.

그리고 만약 원괴가 맞는다면 혹시 거룡성과의 원한 때문에 참가한 것일 수도 있으니 어떻게든 입당하는 쪽으로 유도를 하고, 그게 아니라도 계속 자신들과 함께할 수 있는 방법을 찾기 위해서 이유를 알아내란 명령을 받았다.

헌데, 울표신의 반응을 볼 때 계속 묻는 것 자체가 역효과를 주는 것 같았다.

"단지 울 대협이 우리 쪽에 힘을 보태준다는 것에 대해 감사를 표하고 싶었고, 개인적으로 궁금증을 참지 못하고 물은 것이니 오해하지 마시오. 혹 기분을 상하게 했다면 사과드리겠소."

"사과는 필요 없고, 그냥 혼자 있게 해주시오."

"알겠소이다. 이제 곧 육지에 닿을 듯하니 난 그만 내려가 보겠소."

섭무백은 대화 내용을 당주에게 전하기 위해 선실로 내려 갔다.

그리고 울표신은 다시 난간 밖으로 상체를 내밀고 고개를 치켜들며 눈을 감았다. 차가운 강바람이 그의 얼굴에 힘껏 부딪칠 수 있도록.

*　　　*　　　*

자시(子時: 밤11~1시) 무렵.

육중포를 비롯한 의리파 무리와 반악 등은 걸음을 재촉한 덕분에 강북 땅에 내린 반룡복고당 본진과 엇갈림 없이 바로 만나 합류할 수가 있었다.

"오랜만입니다, 육 동주님."

각각의 무리끼리 모닥불을 피워놓고 이동 준비를 하고 있 던 당원들은 육중포가 의리파 당원들을 이끌고 나타나자 빠 르게 모여들며 반갑게 인사를 건넸다. 허나 그들의 관심과 이목을 가장 크게 끌어모은 이는 역시 반악이었다.

"반 소협이 거룡성 본진에 큰 타격을 입혔다는 소식을 들 었습니다!"

"그 신출귀몰한 천문당을 거의 말살시켰다니, 역시 반 소협이십니다!"

너도 나도 할 것 없이 정신없이 쏟아내는 찬사의 말에 반악은 담담한 미소와 함께 포권으로 화답했다. 이런 환대는 절대 익숙해지지 않을 것 같았는데, 자꾸 겪다보니 또 그렇지도 않은 것이다.

어쩌면 최근 일어난 그의 심경 변화가 이런 태도 변화에 영향을 미친 걸 수도 있었다.

"······!"

당원들의 인사를 받으며 걸어가던 반악은 갑자기 멈춰 섰다.

그의 시선은 오른쪽 너머, 당원들처럼 가까이 다가오진 않았지만 무슨 일인가 싶어서 궁금증 어린 표정으로 쳐다보고 있는 낭인 무리를 향해 고정되어 있었다.

정확히는 낭인들과도 약간의 거리를 두고 있는 울표신을 보는 것이었다.

'저 사람이 왜······.'

울표신을 이곳에서 보게 될 줄은 상상도 하지 못했던 반악은 어떻게 해야 할지 잠시 고민했다. 그냥 무시하고 지나쳐야 할지, 아니면 다가가 아는 척을 해야 할지에 대해서.

그러나 고민은 길지 않았다.

반악은 왜 그러나 의아하게 쳐다보는 당원들 사이를 지나

울표신이 있는 곳으로 걸어갔다.

"당신을 이곳에서 보게 될 줄은 몰랐군."

예를 표하지 않고 가볍게 말을 건넨 반악과 달리 울표신은 남들 보기에 과할 정도로 정중히 포권을 취하며 인사를 받았다.

"반갑소이다. 반 소협의 건강한 모습을 보니 마음이 놓이는구려."

주변에 있던 낭인들은 깜짝 놀랐다. 그들은 울표신이 말을 하고, 게다가 정중하게 예의까지 차리며 인사하는 걸 처음 보았으니까.

낭인들 중 일부는 그가 워낙 말이 없다 보니 아자이거나 어디 한구석이 모자란 사람인 줄 알고 있을 정도였다. 실력이 있어서가 아니라 그저 덩치가 크기 때문에 방패막이 용도로 뽑힌 거라고 말이다.

반악은 자신들에게 이목이 집중되는 게 불편해서 말했다.

"자리를 옮겨 이야기합시다."

사람들이 자신들의 대화를 듣고 그의 과거를 조금이라도 알게 되거나 혹시라도 괜한 관심을 가지게 되는 상황을 원치 않는 것이다.

울표신도 비슷한 생각을 가지고 있었기에 두 사람은 곧 사람들의 이목으로부터 자유로울 수 있는 곳을 찾아 어두컴컴한 곳으로 움직여 모습을 감추었다.

'둘이 아는 사이였단 말인가?'

육중포 등을 당주와 수뇌진들이 모인 자리로 안내하기 위해 마중 나왔던 섭무백은 반악과 울표신의 뒷모습을 바라보며 깊은 의구심에 빠져들었다.

그리고 이를 당주에게 알려야 한다는 의무감에 육중포 등을 안내하는 걸음이 빨라졌다.

*　　　*　　　*

반악과 울표신은 어둑한 밤기운과 강바람이 쉼 없이 몰아쳐 얼굴이 따가울 만큼의 추위가 기승을 부리고 있는 강가로 이동했다.

함박꽃 송이처럼 굵고 탐스럽게 쏟아지는 눈이 차곡차곡 쌓여가는 새하얀 육지와 떨어지는 족족 먹을거리라도 되는 양 존재감 없이 삼켜버리는 어두컴컴한 수면의 모습은 묘한 대비를 이루었고, 그래서 두 사람은 설명하기 힘든 기이한 기분에 빠져들어갔다.

먼저 입을 연 이는 울표신이었다.

"아내는 당신에게 고맙다는 말을 하고 싶어 했소."

"……."

"하지만 그녀에게 남은 시간이 너무 부족해서 같이 당신을 찾아 나설 수가 없었소. 그래서 내가 대신 말하겠다고 약속을 했소이다."

"그녀가 떠난 것은 유감이오."

"아니오. 아내는 행복하다고 했소. 나 역시 마찬가지요. 시간은 충분하지 않았지만, 후회 없는 시간들이었소. 고맙소. 반 소협이 아니었다면 아내는 웃으며 떠날 수 없었을 것이오. 덕분에 아내도 나도 소중한 시간을 함께할 수가 있었소. 감사드리오."

울표신은 허리까지 숙이며 인사를 했고, 반악은 난감해하면서도 마주 머리를 숙였다.

"인사를 받을 일이 아니었소. 사실 나야말로 당신들 덕에 크게 얻은 것이 있었소."

"……?"

"그때 처음으로 희생이란 걸 알았소. 이해가 안 갈 수도 있겠지만, 그 전에는 내가 아닌 사람을 위해 목숨을 내건다는 게 어떤 의미인지 잘 모르고 있었소. 당시의 난 인간성이 결핍된, 모양만 사람처럼 깎아놓은 돌덩이나 마찬가지였소. 물론 그때도 제대로 깨닫지 못했고, 이후로도 한참을 혼란스러워했지만."

반악은 쑥스러운 미소를 지으며 강을 바라봤다.

"돌이켜보면 당신들과의 만남이 시작이었소. 좋은 사람이 아니었던 나를 그래도 아주 조금은 가능성이 있는 사람으로 변하게 한 계기를 만들어주었던 거요. 고맙소. 덕분에 세상을 다르게 볼 수 있는 기회를 얻었소."

반악은 울표신에게 머리를 숙였고, 울표신은 순박한 미소를 지으며 마주 머리를 숙여 인사를 받았다.

두 사람은 다시 새하얀 눈을 빨아들이는 캄캄한 강을 조용히 바라봤다.

그러다 반악이 침묵을 깨고 말했다.

"당신이 어떤 마음으로 반룡복고당에 왔고, 이곳까지 따라왔는지는 대략 짐작이 되오. 하지만 난 당신이 그냥 떠나주었으면 좋겠소."

"반 소협에게 부담을 줄 생각은 없었소."

"부담이 된다는 게 아니오. 단지 나와 엮였던 과거에 연연하지 말고 당신의 삶을 살아주길 바라는 거요. 물론 당신이 다치게 된다면, 또는 목숨을 잃게 된다면 당신의 아내에게 너무 미안할 것 같아 그런 것도 맞소."

"고마운 말씀이구려. 하지만 걱정 마시오. 이 또한 나의 삶이기도 하니까. 사실 난 아내를 고향에 묻으며 무림과 연을 끊기로 마음을 먹었소. 아내가 그리 유언을 한 게 아니오. 오히려 아내는 하고 싶은 게 있으면 후회가 남지 않도록 마음껏 해보며 살라고 했소. 하지만 나 스스로 떠날 때가 되었다고 느꼈기 때문에 무림과 연을 끊으려 했던 것이오. 그러나 마음에 걸리는 것이 있었소. 왜 그럴까, 고민해 보니 반 소협에게 고마움을 표현하지 못해서였소. 그때 반룡복고당이 낭인을 모집한다는 이야기가 들리는 게 아니겠소. 그래서 온 것이오. 내가 잘할 수 있는 걸로 감사를 표하기 위해서. 무림에서의 마지막 삶을 은혜에 보답하는 걸로 마무리하기 위해서."

"당신에게 인사를 받은 것으로도 충분하오."

"내가 충분하지 않소."

"쓸데없는 고집이구려."

"고집이 아니라, 응당 갚아야 할 빚이오."

"난 그게 빚이라고 생각한 적이 한 번도 없소."

"알고 있소. 그러나 눈에 보이는 것이 아니라, 이 쿵쿵 뛰는 심장 안에 쌓인 빚이오. 반 소협이 내 심장을 꺼내 찾아낼 수 없는 곳으로 멀리 던져버린다면 모를까, 내게도 달리 해결할 방법이 없소."

"이 싸움이 언제 끝날지는 아무도 알 수가 없소. 내 평생이 걸릴지도 모르는 일이란 말이오."

"시간은 중요하지 않소. 내가 은혜를 갚는다는 것이 중요할 뿐."

"당신은 정말 말이 통하지 않는 사람이군."

"그거야 이미 예전에 질리도록 느꼈을 거 아니오."

반악은 울표신을 빤히 쳐다보다가 피식 웃었다.

"그건 그렇지. 좋소. 당신 정도의 고수라면 두 팔을 벌리고 환영해야 정상이겠지. 그러나 분명히 짚고 넘어갑시다.

난 되도록 당신과 연관을 맺지 않으려 할 것이오. 내게서 개인적인 도움이나 협력을 바랄 생각은 마시오."

"그런 건 나도 바라지 않소. 난 반룡복고당의 낭인으로 고용되었고, 또 계속 그렇게 지낼 것이니까. 그러나……."

"……?"

"가끔은 함께 술 한 잔 정도 마시는 건 괜찮지 않겠소?"

반악은 어깨를 으쓱였다.

"한 잔으로는 약간 아쉬울 것 같으니, 한 동이 정도로 합시다."

"하긴. 사내 둘이면 그 정도는 마셔야 체면이 서겠군."

두 사람은 서로를 쳐다보며 히죽 웃었다. 그리고 조만간 술자리를 갖자는 약속을 하고 무리가 있는 곳으로 다시 돌아갔다.

*　　　*　　　*

울표신과 헤어진 반악은 곧장 하 당주와 수뇌들이 모여 있는 모닥불 쪽으로 걸어갔다.

모닥불 주위에는 수뇌들만 앉아 있었지만, 그 뒤쪽 주변으로 나머지 당원들이 모두 모여 회의가 진행되길 기다리고 있었다. 하 당주가 이번 회의는 매우 중요한 만큼 모두가 함께해야 한다고 말했기 때문이었다.

가장 먼저 그를 발견한 금응쌍도가 손짓하며 자신들의 옆자리에 앉으라고 권했다.

반악이 앉자마자 하 당주가 말했다.

"반 소협이 원비팔봉 울 대협과 아는 사이인 줄은 전혀 몰랐구만."

"예전 약간의 인연이 있어 낯을 익혀두었을 뿐이오."

"따로 이야기를 나누는 걸 보면 약간의 인연 같지는 않은데."

"……."

반악은 대꾸하지 않았다. 당시의 일은 물론이고, 반룡복고당에 입당하기 전의 삶에 대해서는 논하고 싶지 않았으니까.

하 당주는 울표신과 어떻게 알게 되었으며 정확히 어떤 관계인지를 듣고 싶었지만 반악이 말하고 싶지 않다는 표정을 노골적으로 짓고 있어서 계속 물어볼 수가 없었다.

"그건 그렇고, 반 소협에게 명확하게 해명을 받아야 할 일이 있네."

사실 하 당주가 당원들 모두를 모이게 하고 이목을 집중시킨 것에는 공개된 자리에서 반악을 질책하여 자신의 권위를 세우기 위한 의도도 있었던 것이다.

반악은 그 말이 나오길 기다렸다는 듯이 자리에서 일어나 하 당주를 비롯한 수뇌들, 그리고 그를 주목하는 당원들 모두에게 포권을 취하며 고개를 숙였다.

"오행궁이 배반하고 팔공산을 공격한 사실을 적들에게 알린 것에 대해서 사과드리오. 그로 인해서 계획이 어그러졌고, 결과적으로 모든 당원들을 낙심케 했으니 변명의 여지가 없소이다."

하 당주는 당황했다. 작심하고 크게 질책을 하려는데 반악이 그럴 기회를 시작부터 차단해버렸으니까.

'여우처럼 잘도 빠져나가는구나.'

하지만 이대로 포기할 수 없었다. 그래서 말로 사과한다고 해결될 게 아니고, 이번이 처음도 아니니 그냥 넘어갈 수 없다며 강하게 비난을 하려고 했는데, 반악이 또다시 먼저 말을 했다.

"허나, 난 발설한 것을 후회하지 않소. 그때와 똑같은 상황에 놓이더라도 같은 선택을 하고, 거룡성의 무리가 퇴각하도록 유도했을 것이오. 그렇게 해서 죄 없는 양민들이 목숨을 잃는 상황을 막을 수 있다면 몇 번이라도 할 거고, 질책과 비난을 받더라도 두말 않고 감수할 것이오. 그러니 부디 그러지 말았어야 했다는 말은 하지 말아주시오. 침묵하고 그냥 물러나야 하는 게 반룡복고당의 승리를 위해서 옳은 선택이었다고 해도, 난 결코 동감하지 못할 것이기 때문이오. 오히려 화가 날 것이오. 우리의 승리를 위해서 남들의 목숨을, 아무런 잘못도 없는 이들이 입는 피해를 눈감고 무시해야 한다는 걸 용납할 수가 없소. 그러니 날 질책하려면 부디 그 말만은 빼고 해주시오."

반악이 말을 끝내고 자리에 앉자 무거운 침묵이 주변을 깊게 내리 눌렀다.

무리의 수장들은 내심 반악의 말에 고개를 끄덕이면서도 하 당주의 눈치를 보느라 아무 말도 할 수가 없었다.

이때 뒤쪽에 있던 당원들 중 하나가 소리쳤다.

"난 반 소협에게 동감합니다! 우린 이기기 위해서 모인 것이 아니라, 거룡성이 저지른 불의함에 저항하기 위해서 모인 것이 아닙니까!"

그 외침이 시작이었다.

"맞습니다! 의협심을 모르고 칼만 휘두른다면 우린 도적들과 다를 바가 없지요!"

"내가 거기 있었어도 반 소협처럼 했을 겁니다! 아니, 우리 모두가 그렇게 했을 겁니다!"

반악을 지지하는 당원들의 외침은 점점 커졌고, 수장들은 고개를 숙이고 있어 표정을 볼 수 없는 하 당주가 어떤 말을 할지 궁금하다는 듯 이목을 집중했다.

가만히 듣고만 있던 하 당주가 옆에 앉아 있는 소장삼의 무릎을 가볍게 두드리자, 소장삼은 벌떡 일어나 잠시 진정하고 조용히 당주의 말을 경청해달라고 소리쳤다.

당원들은 금세 조용해졌고 당주에게 시선을 모았다.

하 당주는 고개를 들고 제자들의 부축을 거부한 채 지팡이로 땅을 짚고 일어섰다. 그의 표정은 평소와 다름없이 차분해 보였다. 마치 당원들의 이런 반응을 처음부터 예상하고 있었다는 듯이.

그는 앞을 볼 수도 없는 회색빛 시선을 좌우로 한 번 움직이고서 입을 열었다.

"모두의 뜻은 잘 알겠소이다. 솔직히 말하면 당주의 직분을 가진 몸으로서 반 소협의 말에 완전히 동감할 수는 없소. 의협심을 인정하지 않아서가 아니라, 내겐 수많은 당원들의 목숨을 책임져야 하는 의무가 있기 때문이오. 그래서 반 소협의 독자적인 판단에 문제를 제기한 것이오. 허나, 신념은 우리 반룡복고당의 원동력이고, 그에 따른 용기 있는 행동도 필요하오. 그래서 이번엔 주의를 주는 것으로 끝내고 넘어가도록 하겠소. 반 소협?"

반악은 자리에서 일어났다.

"이미 그전에 이러한 문제에 대해 주의를 주긴 했지만, 모든 당원들이 보는 앞에서 다시 한 번 공식적으로 주의를 주겠네. 앞으로는 조금 더 심사숙고하고, 우리 반룡복고당의 앞날을 우선으로 삼아 판단하고 행동해 주길 바라네."

"명심하겠소."

반악의 문제는 그것으로 일단락되었다.

물론 하 당주는 이런 식으로 넘어가게 된 것에 대해서 매우 불만스러웠지만, 당원들의 분위기를 외면해서 좋을 것이 없다는 걸 알기에 다시 꾹 참고 이겨낼 수밖에 없었다.

"강 문공, 이제 우리가 무얼 해야 하는지에 대해 말을 해보시게."

"특별히 따로 언급할 이야기는 없습니다. 현재 본진과 합류하지 않은, 이룡대라 칭해지는 거룡성의 무리가 있다는 위치가 파악되었습니다. 그러니 지금 당장 이동하여 놈들을 공격하면 되는 겁니다."

"당장 말인가?"

"모두 힘들고 피곤하시리란 건 알고 있습니다. 특히 의리파는 합류한 지 얼마 되지 않아서 더욱 고단하리라 봅니다. 허나, 지금 출발해 무리하지 않고 천천히 이동을 하면 내일 아침쯤에 이룡대가 있는 곳에 당도하게 될 것입니다. 그런 다음 아무런 대비도 하지 않은 그들에게 기습을 감행하는 것이죠. 그렇게 하면 우리가 충분히 휴식을 취하고 나서 정면으로 공격하는 것 이상으로 좋은 결과를 얻게 되리라 확신합니다."

침묵이 돌았다. 피곤한 몸을 이끌고 눈까지 내리는 밤길을 쉬지 않고 걸어가야 한다는 것에 대한 부담 때문이었다. 아무리 천천히 이동을 한다고 해도 발목이 깊게 잠길 정도로 쌓인 눈길에선 지치게 될 것이고, 그런 몸으로 적들과 제대로 싸울 자신이 없었던 것이다.

그래서 반악은 강학청에게 무게감을 실어줄 수 있는 말을 고민했다. 그도 강학청과 같은 생각이었으니까.

하지만 그가 고민을 끝내고 말을 하기도 전에 하 당주가 강 학청의 말에 동의를 표했다.

"그렇게 하세. 잠깐의 고단함 때문에 호기를 놓칠 수는 없지."

당주가 동의하자 각 무리의 수장들이 수긍했고, 당원들 역시 불만을 표시하지 않고 떠날 준비를 하기 시작했다.

일각 뒤, 반룡복고당과 의리파의 당원들, 그리고 고용된 낭인 무리까지 포함한 수백 명이 함박눈을 맞으며 두텁게 쌓인 눈길을 뚫고 서쪽의 어둠 속으로 이동해갔다.

*   *   *

잠에서 깨어난 옹 대주의 눈에 들어온 것은 허름하기 그지없는 천장의 모습이었다. 평평하지 않고 살짝 뒤틀린 침상 바닥의 느낌도 거슬렸다.

그가 누워 있는 방은 원래 주인이었던 늙은 어민 부부에게 약간의 돈을 주고 적당한 위협을 가해 강제적으로 쫓아낸 뒤 차지한 방이었다.

약간의 죄책감이 들었다. 날은 춥고 눈은 많이 와서 별 고민 없이 행한 일이지만, 잠을 푹 자고 나니 그들에게 미안한 마음이 드는 것이다.

거처를 잃은 노부부는 어디서 밤을 보냈을까?

옆에 허름한 창고가 있던데 거기서 잤을까?

혹시 얼어 죽기라도 한 게 아닐까?

잡생각들이 계속 생겨나며 머릿속을 떠돌아다녔다.

'이런 거, 예전에는 아무렇지도 않게 생각했는데. 내가 확실히 늙긴 늙었어.'

그는 괜스레 짜증이 나서 다시 눈을 감아버렸다.

갑자기 심한 갈증이 느껴졌다.

'너무 많이 마셨나.'

좋지 않은 기분으로 한 잔, 두 잔 마시다 보니 조절이 잘 되지 않아서 금방 취해버렸고 기억이 나지 않을 만큼의 폭음을 한 것이다.

지금껏 이런 적이 없었건만, 숙취 때문에 이마에서 식은 땀이 흘러내릴 정도였다.

'이상하게 몸에서 열이 나고, 심장도 빨리 뛰네.'

확실히 몸 상태가 좋지 않았다.

그는 습관적으로 물을 찾기 위해 머리 위로 손을 뻗었다. 하지만 이곳이 고급 기루도 아닌데 머리맡에서 물이 든 주전자나 그릇을 찾을 수 있을 리 없지 않은가.

대신 술병이 손에 잡혀 흔들어 보았다.

찰랑.

소리를 들어보니 두 모금 정도의 양은 될 듯싶었다. 술로라도 갈증을 풀어야겠다는 생각으로 집어 드는데 팔뚝에 기묘한 느낌이 전해져왔다.

"……?"

옹 대주는 눈을 뜨고 고개를 돌려 팔뚝 쪽을 쳐다봤다.

여자가 웅크리고 있었다. 어린 여자였다. 기껏해야 열다섯 정도나 되었을까 싶으니 소녀라고 해도 무방했다. 이목구비가 또렷하여 예쁘장하게 생기긴 했지만, 제대로 다듬어지지 않고 헝클어진 머리와 까무잡잡한 피부하며, 전형적인 시골 소녀의 모습이었다.

문제는 소녀가 아무것도 걸치지 않은 상태란 것이었다. 하체 쪽은 이불에 덮여 있어 확인할 수 없었지만, 아직 여물지 않은 젖가슴을 고스란히 드러낸 상체만 봐도 어떤 상태인지 알 수 있지 않겠는가.

'빌어먹을.'

어젯밤 무슨 짓을 했단 말인가.

떠오르는 게 아무것도 없었다.

물론 소녀의 눈가와 뺨에 눈물자국이 진하게 그려져 있는 걸 보면, 상체 곳곳에 손 모양의 퍼런 멍 자국들이 새겨져 있는 걸 보면, 그리고 벌거벗은 채 자신의 옆에 웅크리고 자고 있는 걸 보면 기억은 없더라도 무슨 일이 있었는지 짐작이 되고도 남았다.

하지만 평소 어린 여자를 탐하는 취향과는, 그것도 몸에 자국을 남길 만큼 거칠게 다루며 관계를 맺는 취향과는 거리가 먼 그에게 있어서 지금의 상황은 매우 당혹스런 것이었다.

'혹시⋯⋯.'

수하들이 자신을 위한답시고 시키지도 않았는데 소녀를 끌고 와 억지로 들이민 것이 아닐까?

그럴 수도 있었다. 하지만 기억을 못할 정도로 술을 마셨으니 스스로 한 일일 가능성도 배제할 수 없었다.

설사 수하들의 소행이라고 해도 결국 소녀를 탐한 것은 자신이 아니던가.

'젠장.'

원인이 누구에게 있든 어쨌든 기분 더러운 일인 것이다.

옹 대주는 조심스럽게 일어나 옷을 걸치고, 멍멍하게 울리는 머리를 주먹으로 두드리며 방을 나왔다.

"⋯⋯!"

어제 우려했던 대로 밤새 쏟아진 눈이 사방 가득히 쌓여 있었다.

하지만 옹 대주의 시선을 잡아끈 것은 눈이 아니라, 쌓인 눈 밖으로 삐죽이 튀어나와 있는 사람의 손과 발, 그리고 머리였다.

수하들은 아니었다. 조금 더 밖으로 나와 둘러보니 시체들이 더 많이 보였다. 눈을 파헤쳐 확인해보니 모두 어촌의 주민들이었다. 시체들은 남녀노소를 가리지 않았고, 모두 도망치다 죽임을 당한 것으로 보였다. 그것도 깔끔하게 죽은 게 아니었고, 난도질을 당해 처참해진 모양새의 시체가 절반 이상이나 되었다.

"……."

옹 대주는 너무 어이가 없었다.

여전히 기억나는 건 아무것도 없었지만, 소녀의 경우처럼 어젯밤 어떤 일이 있었는지 짐작이 되고도 남았다.

"이런 미친!"

술을 많이 마셨다고 해서, 그리고 압도적인 승리로 기분이 들떴다고 해서 이런 식으로 도살하듯 양민들을 죽이는 일이 있어서는 안 되는 일이었다.

이제까지 거룡성의 무력행사 중에 무분별한 살인이 일어난 적이 아주 없었다고 할 수는 없지만, 최소한 명령이 떨어지지 않은 상태에서 이런 식의 무차별적인 살인이 자행된 적은 없었다.

'혹시 강 대주의 명령으로?'

옹 대주는 급히 강 대주를 찾아 마을 곳곳을 누비고 다녔다. 그 과정 중에 피가 묻은 칼을 품고 자는, 혹은 피에 물든 옷을 입고 자는 무사들의 모습을 보면서, 혹은 소녀와 여인들을 품고 자는 광경을 목도하면서 그의 안색은 딱딱하게 굳어져갔다.

심지어 무사들보다 무공이 월등히 높은 호법들까지 비슷한 모양새들이라 충격이 더욱 컸다.

옹 대주는 결국 두 명의 벌거벗은 여인들을, 그것도 죽은 것으로 보이는 여인들과 함께 침상 위에 누워 자고 있는 강 대주를 찾아낼 수 있었다.

여인들은 마을의 아낙네들이었다.

"이게 도대체……."

옹 대주는 할 말을 잃고 한동안 멍한 얼굴로 방 안의 광경을 쳐다만 봤다.

그러나 곧 정신을 차린 뒤 방 안으로 들어가 여인들의 맥을 짚어 보고 인중에 손을 가져가 숨이 완전히 끊어졌는지를 확인했다.

보이는 그대로 여인들은 죽어 있었다. 또한 그녀들의 사인이 질식임도 알아냈다.

그녀들의 죽어 있는 자세, 목 등에 새겨진 상처 등등을 감안해볼 때 관계를 맺는 중에 목이 졸려 죽었음이 분명했다.

'이 인간이 진짜 미쳤나?'

짜증과 분노가 일었다. 하지만 다른 한편으로는 의문도 생겨났다.

강 대주는 분명 거친 사내였다. 허나 힘을 앞세우지만 충분한 상식을 가졌고, 머리도 굴릴 줄 아는 사내였다.

최근 분타 문제로 성주와 홍 당주에게 불만이 가득하고, 또 그런 속내를 감추지 못하고 떠들어대는 그에게 별말 없이 이롱대의 지휘를 맡긴 것에는 그럴 만한 자격을 갖추었기 때문이 아니겠는가.

"강 대주."

반응이 없었다.

아무리 술에 취하고 잠에 빠져 있다고 해도 언제 어느 때나 감각을 예민하게 갈고 닦아두어야 할 무인으로서는 절대 있을 수 없는 일이었다.

옹 대주는 그의 몸을 흔들었고, 그제야 잠에서 깨어나 눈을 떴다.

강 대주는 단잠을 방해받았다는 것에 기분이 상했다는 듯 인상을 찌푸리며 물었다.

"무슨 일이오?"

"일어나 보시오."

강 대주는 왜 그러냐며 상체를 일으키다가 죽은 여인들을 발견하고 흠칫하며 놀랐다. 마치 그녀들을 처음 보았다는 반응이었다.

오히려 옹 대주에게 해명을 요구하는 시선을 던졌다.

옹 대주는 상황이 이상하게 돌아가고 있다는, 뭔가 안 좋은 일이 벌어졌다는 느낌을 받으며 물었다.

"어젯밤 무슨 일이 있었는지 기억 안 나시오?"

강 대주는 고개를 흔들었다. 그리고 자신의 나신과 여인들의 상태를 살펴보고 얼굴을 일그러트렸다.

"이 여자들을 죽인 게 나란 거요?"

"정황은 그렇게 보이오."

"······."

강 대주는 도저히 믿기지 않는다는 표정이었다. 하지만 정황상 아니라고 부정할 수도 없어서 더욱 혼란스러워 하고 있었다.

옹 대주는 그런 그에게 깨어나고 나서 본 광경들을 이야기해 주었다. 민망스럽고 꺼림칙해서 자신이 겁간한 소녀에 대해선 이야기하지 않고, 방을 나오니 마을 사내들이 처참하게 죽어 있었고, 그 모든 게 자신들의 짓인 것처럼 보인다고 말했다.

아무 말도 않고 가만히 듣기만 하던 강 대주는 주위를 둘러보다가 바닥을 굴러다니는 술병을 집어 들었다. 그리고 킁킁거리며 냄새를 맡아 보았다.

"술은 아닌 것 같은데····· 고기인가?"

옹 대주는 의아해하며 물었다.

"무슨 말이오?"

"아무래도 지난밤 우리가 뭔가에 중독이 되었던 것 같소."

"독에 중독되었단 말이오?"

"그게 독인지 뭔지는 모르지만, 어젯밤 우리 모두를 제정신이 아니게 만든 것이 분명하오. 아무리 술을 과하게 마셨다고 해도 이렇듯 기억이 안 날 수는 없으니까. 아마도 어제 먹은 고기 때문인 것 같소."

옹 대주는 그럴 수도 있겠다며 고개를 끄덕였다.

'그래서 식은땀이 나는 건가? 이상할 정도로 열이 나고, 심장이 빨리 뛰는 것도…….'

강 대주에게 물어보니, 그도 몸에 비슷한 증상이 있다고 했다. 옹 대주는 퍼뜩 생각나는 게 있어 눈을 크게 떴다.

"육 궁주!"

"……?"

"어제 육 궁주가 죽기 전에 했던 말이 있잖소. 우리가 오행궁과 싸우기 전까지 살아남을 수도 없을 거라는 말."

"그렇다면 놈이……."

주력이 빠져나간 틈에 팔공산의 총단을 공격할 계획이었는데도 자신들과 합류한 육관명의 의도가 바로 이것일 수도 있겠다는 생각이 드는 것이다.

"어떤 것에 중독되었는지 알아야 하니, 서둘러 의원을 찾아갑시다."

"그 전에 이 마을을 불태워야겠소. 관에서 이 일을 아는 것도 그렇고 세간에 소문이 퍼지는 것도 좋지 않으니, 증거를 모두 없애야 하오."

옹 대주의 표정이 굳어졌다. 그의 말인 즉, 소녀를 포함하여 살아 있는 마을 사람들도 모두 죽여야 한다는 의미였으니까.

내키지 않는 일이었다. 하지만 강 대주의 말대로 소문이 퍼지면 큰일이기 때문에 반대할 수도 없었다. 어쩔 수 없이 해야만 하는 일인 것이다.

"서두릅시다."

두 사람은 수하들을 깨우기 위해 급히 방을 나섰다.

＊　　　＊　　　＊

무사들은 일단 꽁꽁 언 시체들을 가까이 위치한 집 안으로 옮기고, 살아 있는 이들을 한곳으로 모았다.

어젯밤 죽지 않은 마을 사람은 아홉 명이었다. 그리고 모두 여자들이었다.

거의 넝마가 된 옷으로 간신히 몸을 가린 채 무사들에게 끌려나온 여인들은 마을 중심에 위치한 집 안으로 떠밀려 들어갔다.

'빌어먹을.'

옹 대주는 조금이라도 추위를 떨쳐내기 위해 서로 부둥켜 안고서 두려움 가득한 시선으로 무사들의 눈치를 살피는 여인들을, 특히 소녀의 시선을 외면하고 돌아섰다.

그리고 밖으로 나가며 대기하고 있던 수하들에게 조용히 지시를 내렸다.

"고통 없이 단박에 끝내라."

알겠다며 고개를 끄덕인 다섯 명의 수하는 칼을 빼들며 안으로 들어갔고, 옹 대주는 눈이 부시도록 새하얀 마을 풍경을 눈에 담으며 한숨을 내쉬었다.

집 안에서 여인들의 울음소리가 들렸다. 얼마 있지 않아 비명과 신음 소리도 들렸다. 하지만 그 소리들은 날카로운 칼바람 소리와 함께 금세 사라져버렸다.

수하들이 칼에 묻은 피를 털어내며 밖으로 나왔다.

"마을 밖에서 기다릴 테니, 불을 지르고 합류해라."

"예, 대주님."

옹 대주는 말에 올라 마을 초입에서 기다리고 있는 강 대주와 무리 쪽으로 이동했다.

"끝났소?"

"불만 붙이면 되오."

강 대주는 먼저 출발하자고 말하려다가 그냥 참았다. 마을이 불타는 것까지 확인하고 떠나자는 생각이었던 것이다.

하지만 아무리 기다려도 무사들은 돌아오지 않고, 마을에선 연기조차 나지 않자 인내심의 한계를 드러냈다.

그는 짜증 섞인 목소리로 옹 대주에게 물었다.

"어떻게 된 거요?"

옹 대주도 의아하기는 마찬가지였다. 그러나 겉으로 내색하지 않고 담담하게 말했다.

"눈 때문에 집들이 물기에 젖어 불이 잘 붙지 않는 모양이오. 조금 만 더 기다려봅시다."

하지만 시간이 흘러도 여전히 변화가 없자 옹 대주도 더이상 기다려보자고 할 수가 없게 되었다.

"내가 갔다 오겠소."

허나 그는 말 머리를 돌렸을 뿐, 마을 쪽으로 움직이진 않았다.

왜?

마을 저 끝에서 누군가 달려오고 있었으니까.

"……?"

두 명이었다. 한 명은 지붕을 타고 넘으며, 또 한 명은 땅위를 질주해서.

하지만 은룡무사들은 아니었다.

두 사람은 마을 입구에서 멈춰 섰고, 강 대주 등을 노려보았다.

"네놈은 지난번 도망친 그놈이구나!"

옹 대주는 땅 위를 달려와 멈춰 선 자가 지난번 천문당원들이 공격받아 죽어갈 때 뒤에서 자신들을 도발하며 유도했던 자들 중 한 명임을 알아보았다.

그가 알아 본 이는 염서성이었다.

"어이, 나도 그때 거기 있었어. 당시엔 복면을 해서 못 알아본 거겠지만."

견일이 섭섭하다는 듯 소리치자 옹 대주 등은 어이가 없다는 표정을 지었다.

그러나 곧 두 사람이 마을 안쪽에서 달려왔다는 걸 떠올리고 소리쳤다.

"네놈들 짓이냐?"

와야 할 수하들이 오지 않았으니 견일과 염서성에게 당한 것이라고밖에 생각할 수 없는 것이다.

옹 대주는 분노한 표정으로 뭐라 소리치려고 했지만, 그때 강 대주가 앞으로 나섰다.

"네놈들이 또 무슨 수작을 부리려는지 모르지만, 오늘은 통하지 않는다."

강 대주는 한손을 올려 뒤로 신호를 보냈고, 조장급 백룡무사를 비롯한 십여 명이 칼을 뽑아들고 견일 등을 향해 뛰어나갔다.

"잠깐, 기다려!"

염서성이 급히 양손을 앞으로 내밀며 소리쳤다. 하지만 백룡무사들은 그런 외침에 반응할 이유가 없었다. 오히려 더욱 살기 어린 표정만 지었다.

그러나 반응은 뒤에서 나타났다.

"멈춰!"

백룡무사들은 강 대주의 명령에 급히 멈춰 서고, 의아해하는 시선으로 돌아봤다. 허나, 그들은 강 대주가 염서성의 외침에 반응한 게 아니라는 걸 곧 깨달았다.

강 대주는 무리의 뒤쪽, 낮은 언덕 위로 모습을 드러내 그들을 내려다보는, 숫자가 두 배 이상으로 많은 이들의 존재를 인식하고 놀라 소리친 것이다.

염서성은 자신과 모습을 드러낸 반룡복고당의 무리를 번갈아 쳐다보는 강 대주 등을 노려보며 말했다.

"그래, 맞아. 우린 반룡복고당의 척후로서 먼저 왔지. 그리고 네놈들이 이 마을 사람들에게 어떤 짓을 했는지 다 안다. 이 두 눈으로 똑똑히 다 봤어. 그러니까……."

염서성은 잠시 뜸을 들였다가 견일과 시선을 마주치고는 살기 어린 음성으로 버럭 소리쳤다.

"너넨 오늘 다 죽었어, 이 미친 개자식들아!"

두 사람은 동시에 좌우로 움직였고, 강 대주 등이 반응하기도 전에 그들을 빙 돌아서 반룡복고당 무리와 함께 있는 반악에게 달려갔다.

*　　　*　　　*

견일의 보고를 받은 반악은 얼굴을 굳히며 되물었다.

"진짜냐?"

견일과 염서성이 틀림없다며 고개를 끄덕이자, 반악은 이 룡대 무리를 한 번 노려본 뒤 강학청에게 다가가 이야기해 주었다. 그리고 강학청은 마차로 가서 하 당주에게 들은 그 대로 설명했다.

"참으로 천벌을 받을 놈들이 아닌가!"

하 당주는 노기 어린 음성을 내뱉으며 마차 밖으로 걸어 나왔다.

그는 지팡이를 들지도 않고 어깨를 편 채 거침없이 앞으 로 걸어 나갔다. 그 모습만 보자면 장님이라고 생각할 수 없 을 정도였다.

그리고 아래를 내려다 볼 수 있는 언덕 끝에 멈춰 서서 공 력이 가득 찬 음성으로 소리쳤다.

"거룡성의 적당들은 들으라! 나는 반룡복고당의 당주인 군자검 하총평이다!"

이룡대의 무사들 사이에 작은 웅성거림이 생겨났다.

과거 거룡방 시절에 호각을 이루며 치열하게 경쟁을 하던 문파의 장주 이름이었고, 특히 당시 소방주였던 상관 성주 가 처음으로 독자적 임무를 맡아 출전한 싸움에서 죽은 것 으로 알려진 인물이었으니 당연한 반응이었다.

하지만 강 대주와 옹 대주 등의 수뇌들은 무사들처럼 놀 란 반응을 보이지 않았다.

'역시 그때의 시체는 가짜였군.'

당시 하총평이라며 가져온 머리 없는 시신에 대해 의심하는 소문이 있었는데, 사실 수뇌들 대부분은 가짜라는 쪽에 더 무게를 두고 있었던 것이다.

아무리 머리가 없어도, 아무리 비슷한 체구의 몸뚱이를 가져왔어도 한두 번 본 것도 아닌 경쟁 문파 수장의 몸을 못 알아볼 정도로 멍청하진 않았으니까.

단지 대세를 거스를 정도의 용기가 없어 의구심을 겉으로 표출하지만 않았을 뿐이었다.

"너희 거룡성 무리들의 악독함은 진작부터 알고 있었으나, 저 어촌 마을에 행한 짓은 천지가 놀라고 온 세상 사람들이 분노할 만큼 증오스럽고 용납할 수가 없는 짓이다!"

"……."

"또한 천인공노할 짓을 감추고자 증거인멸을 꾀하기까지 했……."

"하총평!"

하 당주는 그의 말을 끊어버리고 소리친 강 대주가 있는 방향으로 검은자 없는 회색빛 시선을 돌렸다.

"네놈들을 만나길 기다려왔다! 내 손수 찾아가려 했으나, 오히려 직접 찾아와 주었으니 그 용기가 고맙기까지 하구나! 하지만 네놈들과 노닥거리자고 여기까지 온 것이 아니니, 아가리 닥치고 덤비기나 해라! 죽은 것으로 위장한 그 더럽게 질긴 목숨을 오늘 내 칼로 완전히 끊어줄 테니까!"

하 당주는 자신들이 갑작스럽게 등장했고 많은 인원이었기에 적들이 크게 놀라고 혼란스러워 할 거라 생각했는데, 오히려 싸워보자며 소리치는 강 대주의 호기로운 반응에 살짝 당황했다.

'뭘 믿고 저렇게 자신만만해하지?'

아니었다.

하 당주의 생각과 달리 강 대주도 놀라고 혼란스러워하고 있기는 했다. 단지 투지와 복수심이 그보다 더욱 클 뿐이었다. 게다가 몸이 어떤 것에 중독되었는지 모르지만, 심장의 두근거림이 빨라지고 조금씩 흥분 상태에 들어가고 있었다.

신기할 정도로 싸우고 싶다는, 피를 보고 싶다는, 투지가 어려 들뜬 감정에 휩싸여가고 있다고나 할까.

쓸데없이 걱정이 많았던 옹 대주를 비롯하여 호법들과 무사들 누구도 겁을 먹거나 움츠러들지 않았고, 볼에 홍조가 생기고 눈동자가 살아 있는 걸 보면 강 대주와 비슷한 심신 상태인 것이 분명했다.

'이길 수 있다!'

언제 그랬냐는 듯 놀람과 혼란스러움을 완전히 떨쳐낸 순간 강 대주는 그렇게 생각했다. 이런 증상이 중독의 영향 때문이라고 해도 상관없었다. 이로 인해 이길 수만 있다면 그걸로 되었다.

그리고 옹 대주를 비롯한 무사들도 비슷한 생각을 머리에 떠올리고 있었다.

아니, 그 이상으로 잔혹하고 끔찍한 상상을 머릿속에 그리기 시작했다.

'저놈들을 죽이자! 다 죽이자! 머리를 잘라내고, 사지를 뜯어내고, 가슴을 난도질해서 주변을 온통 핏빛으로 물들여 버리자!'

무사들은 명령을 받지 않았는데도 칼을 뽑아들었고, 붉게 충혈되어가는 눈동자를 번뜩이며 점점 거칠어지는 호흡을 따라 몸을 웅크리기 시작했다. 마치 금방이라도 뛰어나갈 것처럼.

그리고 그들의 모습에서 이상한 느낌을 받은 반악은 본능의 경고에 따라 소리쳤다.

"놈들이 먼저 공격해올 것 같소! 모두 대응할 준비를 하시오!"

그때 공격을 명하는 강 대주의 우렁찬 외침이 들려왔고, 무사들의 괴성과 같은 함성이 뒤이어 터지며 배고픈 들개들처럼 언덕을 향해 몰려왔다.

강학청은 다급히 소장삼에게 말했다.

"당주님을 뒤로 모시시오!"

그리고 주위를 둘러보며 당원들에게 신호를 기다리라고 말했다. 자신이 신호를 주면 그때 공격을 시작하라고.

하지만 그는 곧 문제가 생겼다는 걸 깨달았다. 절반 이상의 당원들이 너무 굳어 있었던 것이다. 갑작스런 등장으로 기선을 제압한다는 처음의 목적은 적들의 당당한 대응과 강력한 투지로 인해 역전이 되어버린 것이다.

강학청은 자연스럽게 반악을 향해 시선을 돌렸다. 변화의 계기가 필요했다. 굳어진 당원들의 몸과 마음을 일깨워 승리에 대한 확신을 심어줄 수 있는 그런 변화가.

그리고 반악은 강학청이 보내는 시선의 의미를 알아채고 그대로 땅을 박차며 아래로 몸을 날렸다.

높이 도약했다가 떨어지는 반악의 박도가 하얗게 빛나며 아래로 휘둘러졌다.

스아앙―

막강한 기운을 뿜어내며 공간을 가르는 새하얀 강기는 묵직한 기음을 내지르며 앞장서 달려오던 백룡무사들을 향해 벼락처럼 내리꽂혔다.

광―

귀가 멍멍할 정도의 둔중한 소리와 함께 흙과 먼지, 그리고 잘린 팔다리와 핏물이 새하얀 눈을 붉게 물들이며 치솟아 올랐다가 비처럼 우수수 떨어져 내렸다.

거침없이 뛰어올라오던 적들의 움직임이 순간적으로 지체된 것은 당연지사.

강학청은 기회를 놓치지 않고 소리쳤다.

"반 소협을 따라 놈들을 공격하시오!"

반악이 보여준 엄청난 위력을 목도하고 멍해 있던 당원들은 퍼뜩 정신을 차리며 강학청의 외침에 따라 공격하라고 소리치는 수장들을 쫓아 언덕 아래로 몸을 날렸다.

*   *   *

앞으로 짓쳐들어오는 백룡무사의 칼을 쳐내고 가슴을 베어버린 반악은 생생하게 살아있던 무사의 눈동자가 급격하게 생기를 잃어버리는 변화에 내심 고개를 갸웃했다.

'이놈들 진짜 이상한데?'

적극적인 움직임과 열정 어린 고함에 비해서 휘두르는 칼에 너무 힘이 없었고, 또 쉽게 죽어버렸다.

아무리 치명적인 공격을 받아도 쓰러지지 않기 위해 버티려 하고, 어떻게든 칼을 휘두르려 하는 게 일반적인 반응인데, 이들은 부상을 입은 순간 모든 의지를 빼앗겨버린 것처럼 그대로 허물어지는 것이다.

백룡무사들이 얼마만큼 심한 수련을 거치는지, 그들 개개인의 무공 수준 또한 결코 낮지 않다는 걸 알고 있는 반악으로서는 이해가 가지 않을 만큼 허약한 모습이었다.

주위를 둘러보니 견일 등은 물론이요, 호법들을 상대하는 금응쌍도 등의 고수급 당원들도 그와 비슷한 느낌을 받은 표정들이었다.

물론 대부분의 당원들은 그런 느낌에 신경 쓸 틈 없이 적들과 싸우느라 정신이 없었지만.

이때 강 대주가 두 명의 당원들을 연달아 베어버리며 그의 앞에 나타났다.

"크크크, 네놈은 내가 처리해주마."

반악은 아무 대꾸도 하지 않았다. 사실 그는 살짝 놀란 상태였다. 강 대주의 표정과 눈빛은 그가 이전에 알고 있던 강 대주가 아니었기 때문이었다.

그의 얼굴을 표현하자면…….

'미친놈 같잖아.'

희번덕거리는 눈동자에 음침해진 말투도 이상하고, 입가로 침까지 흘려서 결코 정상으로 보이지 않았다. 무엇보다 자신이 그런 상태란 걸 인식하지 못하고 있는 것 같았다.

'하지만…….'

무슨 상관이랴.

죽이겠다고 덤비면 그에 맞서 상대해주면 되는 것이다. 허나 그는 강 대주와 싸울 일이 없게 되어버렸다. 갑자기 그의 앞으로 하 당주가 나타났기 때문이었다.

그리고 검은자 없는 회색빛 눈동자로 그를 돌아보며 말했다.

"이자는 내가 맡겠네."

"……!"

반악은 말 그대로 깜짝 놀랐다. 분명 하 당주는 자신의 모습을 시각적으로 인식했다는 듯 정확히 돌아봤고, 심지어 놀란 표정에 반응하며 웃기까지 했으니까.

아니, 앞을 보지 못하는 사람이 치열한 싸움터에서 정확히 원하는 위치에 나타났다는 것부터가 말도 되지 않는 일이었다. 그리고 강 대주를 향해 매끄럽게, 전혀 어색함 없이 검을 휘두르는 모습도.

반악은 진실이 무엇인지 알게 되었다.

'맹인이란 건 위장이었군.'

주변에 있던 당원들 역시 하 당주의 모습을 보고 깜짝 놀랐다. 제자들도 비슷한 표정인 걸 보면 모든 이들에게 철저히 자신을 감춘 게 분명했다.

놀라고 의아해하던 당원들은 곧 커다란 환호성을 질렀다. 하 당주가 강 대주를 압도적으로 몰아세웠고, 그의 주변에 자리 잡은 제자들이 위기에 처한 당원들을 도와 기세를 높이면서 승리의 저울을 완전히 반룡복고당 쪽으로 끌어내렸기 때문이었다.

하 당주를 중심으로 당원들이 이룡대를 밀어붙이며 앞으로 나아가자, 당주의 등장 이후 손을 놓고 우뚝 서 있기만 하던 반악은 자연스럽게 뒤로 빠져 홀로 무리 전체를 바라볼 수 있게 되었다.

'바로 이런 반응을 위해 지금껏 맹인으로 가장을 했었던

걸까?'

사실 하 당주는 마안검선장이 멸문하고 상관 성주의 집요한 추적을 받으며 큰 부상을 입고 간신히 살아남았을 당시엔 진짜 앞을 볼 수 없었다. 그러나 시간이 지나고 점차로 시력이 회복되기 시작한 것이다.

그가 시력을 완벽히 회복한 것은 일 년이 채 되지 않았다. 그런데도 진작 밝히지 않은 것은 때를 기다리고 있기 때문이었다. 앞을 볼 수 있다는 걸 알렸을 때 적들에겐 충격을, 당원들에게선 환호를 받을 수 있는 시점을 말이다.

원래 상관 성주를 비롯한 적의 본진을 만나 격전을 벌일 때가 적절하다고 생각했었지만, 반악의 존재감이 커졌고 그에 대한 당원들의 의존도가 높아졌으며, 게다가 난데없이 천하의 고수 원괴 울표신까지 나타나 친분을 드러내자 더는 때를 기다릴 수가 없었던 것이다.

'기분이 왜 이러지……'

반악은 그가 함께 싸우지 않고 있음에도 어려움 없이 이룡대를 압도해가는 하 당주와 반룡복고당을 보며 왠지 모를 허탈감을 느꼈다.

왠지 자신이 있을 곳은 이곳이 아니라는 회의가 든다고 할까.

'그녀 때문이겠지.'

부용설에 대한 걱정과 그녀를 보고 싶다는, 그녀의 옆에 있고 싶다는 마음 때문일 것이다.

환골탈태 이후 그에게 있어서 가장 큰 목적이고 의미였던 복수를 이루는 과정 중에 있음에도 즐겁지 않고, 열정적인 마음이 일지 않는 것은…….

"반 소협, 괜찮으시오?"

서문유강이 그의 옆으로 달려와 걱정스레 물었다.

한참 싸움에 집중하다가 반악이 안 보인다는 걸 깨달은 견일과 염서성도 그의 옆으로 뛰어왔다.

"주인님, 다치신 겁니까?"

반악은 피식 웃고 말았다. 과거 그가 물러나면 그는 그대로 잊혀져버리는 존재였다. 그의 힘이 필요할 때가 아니면 누구도 그의 옆에 있고 싶어 하지 않았으니까.

하지만 지금은 그를 찾는 사람들이 있었다. 그가 얼마나 강하고 냉철한지 잘 알면서도 그를 걱정하는 사람들이.

'그래, 견삼이 그녀를 찾을 수 있을 거다. 난 이곳의 일을 얼른 끝내고, 그녀를 만나러 가면 되는 거다.'

그리고 그때 생각을 정리하리라 마음먹었다.

지금의 이 허탈감과 회의감이 어떤 의미인지, 또 어떻게 받아들이고, 어떤 식으로 결정을 내려야 할지에 대해서.

그는 견일 등을 쳐다보고 서문유강을 바라보며 웃었다.

"그냥 잡생각이 들었소. 슬슬 지겨워지는구려. 여길 얼른 정리하고 떠납시다."

반악은 곧바로 앞장서서 싸움이 벌어지는 곳을 향해 몸을
날렸고, 견일 등도 그 뒤를 따라 움직였다.

＊　　　＊　　　＊

　하 당주의 등장과 반악 등의 지원으로 승패는 완전히 기
울었지만 그래도 나름의 치열함을 유지하던 싸움은 어느 순
간 밀물에 무너지는 모래성처럼 순식간에 끝나버렸다.
　대주들을 비롯한 거룡성 무사들 대부분이 갑자기 피를 토
하면서 쓰러져서 싸울 수 없는 상태가 되어버렸기 때문이었
다.
　이후 조사 결과 그들 모두 독에 중독되었다는 게 밝혀졌
다.
　반룡복고당의 무리는 큰 피해 없이 승리를 거두었다는 상
황에 고무되어, 또한 지금의 기세를 이어나가야 한다는 하
당주의 적극적인 주장에 이끌려서 거룡성의 본진을 공격하
기 위해 북쪽으로 이동을 시작했다.

第五十六章

　팔공산 밑자락에 형성된 비룡지는 성도 합비를 제외하고 안휘에서 가장 번화한 지역이었다.

　거룡성의 이전과 함께 급성장했고, 그래서 역사도 일 년을 조금 넘는 정도로 매우 짧았지만, 장사꾼들이, 그리고 안정적이고 성공적인 삶을 꿈꾸는 사람들이 끊임없이 드나들며 정착하기를 소원하던 지역인 것이다.

　물론 반룡복고당의 기습으로 두 분타가 무너졌다는 소식이 전해졌을 때 위기감이 생겨나며 분위기가 가라앉기도 했었지만 아주 잠깐의 현상이었을 뿐, 거룡성에 대한 믿음으로 인해 비룡지의 사람들은 보통 때와 다름없이 일하고 살아가면서 주변 환경을 발전시켜나갔다.

성주를 비롯한 무력대가 대거 원정을 떠날 때까지도 분명 그러했고, 비룡지에서의 발전적이고 안정적인 환경은 영원할 것만 같았다.

하지만 오행궁의 갑작스런 배반과 기습 공격 이후, 짧은 기간 동안 모든 것이 변했다.

눈치가 가장 빠른 상인들이 오행궁의 기습이 있던 날 밤 가장 먼저 도망을 쳤다. 승리감에 취한 오행궁 궁도들이 비이성적으로 난동을 부리고 폭력을 행사하자 거룡성이 이겨낼 것이라 믿고 사태를 지켜보던 사람들이 뒤이어 마을을 떠났다. 팔공산을 떠났던 성주와 무력대가 돌아와 다시금 팔공산을 되찾을 거라 믿으며, 차마 집을 버리고 떠날 수 없어서 끝까지 버티던 마지막 소수의 사람들까지도 이틀을 버티지 못했다.

그러한 일련의 과정 중에 죽고 다치고 끔찍한 곤욕을 당한 이들이 수백이었고, 그래서 비룡지는 버려진 마을이 되었다. 아무도 살고 있지 않고, 살고자 하지 않는 마을이 된 것이다.

* * *

두 사람이 비룡지 초입에 나타났다. 한 사람은 양손이 밧줄에 묶인 채 끌려가고, 또 다른 한 사람은 그 밧줄을 끌어당기면서.

그들은 정원현으로부터 도망친 상조면과 부용설이었다.

비룡지에 들어선 상조면은 먼지와 땀이 섞여 거뭇하게 변해버린 얼굴을 손으로 닦아내며 내심 혀를 내둘렀다.

'완전히 끝장이 나버렸군. 오행궁 놈들이 작정하고 휩쓸어버린 모양이야.'

거룡방 시절 일선에 서서 타 문파를 수없이 공격하고 멸문으로 몰아갔었지만, 남궁세가를 제외하고 이렇게 처참히 무너진 모양새는 처음이었다.

안휘의 민심을 잃어서는 안 된다고 여겼던 홍문한과 그를 적극 지지한 상관 성주가 소란을 피우지 않도록 무사들을 자제시켰기 때문이었다.

그래서 그와 의형제들은 하고 싶은 것을 들키지 않게 하느라 꽤나 애를 먹었다. 몇 번은 걸리기도 해서 성주로부터 직접 경고를 받기도 했었다.

거룡성은 안휘의 진정한 패자가 되기 위해서, 남궁세가 이상의 명문세력이 되기 위해서, 그만큼 철저하게 관리를 하며 모든 걸 통제했던 것이다.

물론 패권을 거의 차지한 시점부터는 초심을 유지하지 못하고 자잘한 문제들이 발생하며 한계를 드러냈지만.

'오행궁 놈들이 그동안 쌓인 게 많았나보군.'

궁주들이 거룡성에 품은 원한이 극심하지 않았다면 이렇게 엉망이 될 정도로 수하들을 대책 없이 날뛰게 방치하지는 않았을 테니까.

'설마 나한테까지 앙심을 품고 있진 않겠지?'

갑자기 걱정이 되기 시작했다. 여기까지 고생하며 왔는데 호랑이의 아가리로 머리를 들이민 꼴이 되면 너무나 억울한 일이 아니겠는가.

하지만 오행궁과 직접적으로 다툼이 있었던 적이 없으니 염려할 필요는 없을 거라고 스스로를 다독였다.

"빨리 걸어."

상조면이 밧줄을 끌어당기자 힘겹게 따라오고 있던 부용설은 쓰러질 듯 심하게 비틀거리다가 간신히 균형을 잡았다.

부용설은 이를 악물고 상조면을 노려보았다. 그녀의 초췌한 얼굴에는 몇 개의 보기 흉한 칼자국이 생겨나 있었는데, 이곳까지 오는 동안 상조면이 만든 것이었다.

"그렇게 보면 내가 겁이라도 먹을 것 같으냐?"

상조면은 코웃음을 치고 다시 거칠게 밧줄을 당기며 조금 더 빠르게 걷기 시작했다.

두 사람은 비룡지를 지나 굳게 닫혀 있는 거룡성의 총단 입구 앞에 다다랐다. 정문 위에 설치된 망루에서 경계를 서고 있던 궁도가 상조면과 부용설을 발견하고 얼굴을 밖으로 내밀며 소리쳤다.

"웬 잡것들이냐!"

"난 하북삼귀의 상조면이다. 궁주들을 만나기 위해 왔으니, 안으로 기별을 넣어라."

깜짝 놀란 궁도는 다급히 모습을 감추었고, 조금 뒤 묵직한 기음을 내며 정문이 열렸다. 문이 열린 안쪽으로 십여 명의 궁도들이 무기를 빼들고 상조면을 노려보고 있었다.

그중 가장 앞에 서 있는 경비조장이 의심쩍은 표정으로 말했다.

"하북삼귀는 거룡성의 앞잡이들인데 겁도 없이 여길 왔다고? 게다가 셋도 아닌 하나만이 계집을 데리고 나타났는데, 네놈이 하북삼귀인지 어떻게 믿을 수 있단 말이냐?"

"못 믿겠으면 그 목을 따서 믿게 해줄까?"

상조면의 낮게 깔린 물음에 궁도들은 칼을 더욱 꽉 움켜잡고 마른침을 삼켰다. 고수의 자신감 가득한 기세에 밀린 하수의 전형적인 반응이었다.

"괜한 짓해서 쓸데없이 고생하지 말고 들어가서 내가 왔다는 걸 알려라. 난 이제 거룡성과 상관이 없고, 네놈들과 장난치러 온 것도 아니다."

"그럼 왜 여길 온 거요?"

경비조장의 말투는 저도 모르게 경칭으로 바뀌어 있었다. 기가 꺾인 탓이었다.

상조면은 만족스런 미소를 지으며 말했다.

"가서 하북삼귀의 이귀 상조면이 오행궁에 몸을 의탁하러 왔다고 전해."

"……!"

궁도들은 잠시 믿기 힘들다는 표정을 지으며 서로 시선을 교환했고, 결국 경비조장이 기다리라는 말을 남긴 뒤 급히 안쪽으로 달려갔다.

남은 궁도들과 대치한 상조면은 겉으로 무심하고 담담한 척 하면서도 내심은 전혀 달랐다.

'냄새가 지독하군.'

비룡지 초입에 들어설 때부터 후각을 기분 나쁘게 자극하는 묘한 냄새 때문에 신경이 쓰였는데, 정문을 여니 그게 더 심하게 풍겨오는 것이다.

시체가 썩고 태워진 냄새였다.

많은 사람이 죽었고, 쓰레기처럼 소각되었다는 의미인 것이다.

냄새만으로도 오행궁이 얼마나 단호하고 집요하게 총단을 공격하고 정리했는지 직접 보지 않았어도 충분히 상상이 되고도 남았다.

하지만 기분이 불쾌하다고만 볼 순 없었다. 오히려 마음이 편안해지고 기대감이 커졌다.

거룡성에 들어가기 전처럼 남의 눈치 안 보고 하고 싶은 것을 마음껏 하며 살 수 있을 것 같기 때문이었다. 이전처럼 같이 어울릴 형제들이 없다는 게 아쉽기는 했지만, 죽은 사람은 죽은 사람이고, 산 사람은 또 그 나름의 삶을 살아야 하지 않겠는가.

'오행궁의 생활이 마음에 들 것 같은 느낌이 강하게 드는군.'

안전한 곳을 찾아 어쩔 수 없이 오게 되었지만, 참 좋은 곳에 왔다는 생각이 들어 입가에 절로 미소가 감돌았다.

그때 안으로 들어갔던 경비조장이 돌아와 따라오라고 말했다.

"궁주님께서 만나겠다고 하시니 따라오시오."

"어느 궁주?"

경비조장은 대답하지 않았지만, 상조면도 굳이 알려고 하지 않았다. 어차피 가보면 알게 될 것이니까.

상조면은 묵묵히 앞장서서 가는 경비조장을 따라가며 생각했다.

'몸을 씻고 싶군. 아니, 그 전에 술 한 잔으로 목을 먼저 축이는 것도 좋겠지. 나 정도의 고수라면 그 정도는 요구할 자격이 되잖아.'

비룡지에 들어설 당시 느꼈던 불안감을 말끔히 날려버리고 내성에 가까워질수록 점차 자신감을 가지게 된 상조면은 혹시 그를 맞이하기 위해 상다리 부러질 정도로 푸짐하게 술상을 차려두었을지도 모른다는 기대감에 부풀었다.

하지만 경비조장의 안내를 받아 도착한, 내성의 넓은 연무장에 들어선 순간, 그러한 기대감은 바람에 휩쓸린 먼지처럼 말끔히 사라졌다.

좌우로 궁도들이 백여 명씩 도열해 있는 연무장.

그리고 그 끝에 만들어진 높다란 석대 위에 있는 두 사람.

'소궁주?'

백염비였다.

이곳이 오행궁에 점거되었으니 소궁주가 있다고 해서 이상할 것은 없었다. 그러나 문제는 그가 서 있다는 것이고, 하얀 가면을 쓰고 있는 정체불명의 또 다른 사람이 뒤쪽 의자에 매우 편안한 자세로 앉아 있다는 점이었다.

그 모습만으로도 상하의 위치를 짐작할 수 있는 것인데, 아무리 봐도 하얀 가면을 쓴 자의 정체가 파악되지 않아서 상조면으로서는 당혹스러울 수밖에 없었다.

허나 자신의 처지와 상황, 그리고 자존심을 감안하면 속내를 표출할 수는 없는 일.

상조면은 가슴을 펴고 당당한 태도로 가볍게 포권을 취하며 인사를 건넸다.

"안녕하셨소, 소궁주! 참으로 오랜만에 보는데, 원래 헌앙한 얼굴이기는 했지만, 그동안 신수가 더욱 훤해지셨구려!"

백염비에게서 아무런 반응이 없었다.

상조면은 내심 욕을 하면서도 앞으로 다가가며 아무렇지 않은 듯 다시 말을 이었다.

"혹시라도 오해를 할까 싶어 미리 말을 해두지만, 이 몸은 거룡성과 인연을 끊었소이다. 사실 처음부터 그쪽과는 궁합이 맞지 않았소. 죽은 내 의형제들이 쉴 곳이 필요하다고 고집을 부려서 어쩔 수 없이 호법으로 들어가기는 했지만, 옆집 놈 속곳을 입은 것처럼 내내 불편했지. 그래서 오행궁의 소식을 듣자마자 달려왔소이다. 오행궁이 안휘 제일이 되는데 내가 힘을 실어주겠소. 자랑하고 싶진 않지만, 내가 앞장을 서면 웬만한 문파들은 겁을 먹고 알아서 머리를 숙이고 들어올 것이니까 말이오."

"……."

"허험, 그런데 그 옆에 앉아 계신 분은 누구시오? 내가 아는 분은 아닌 것 같고, 궁주님들은 다들 어디 계시오? 날 만나겠다고 했는데, 다들 건물 안에서 기다리시는 게요?"

그때 백염비가 처음으로 반응을 보였다. 사 장의 거리까지 다가온 그에게 더 이상 오지 말라는 듯 오른손을 앞으로 펼쳐 보인 것이다.

그리고 말했다.

"이제 오행궁의 궁주는 나다."

"……!"

"상조면, 궁주인 나에게 예를 표하지 않고 뭘 하는 것이냐?"

상조면은 놀라고 어리둥절해서 어찌할지 갈피를 잡지 못한 채 멀뚱히 쳐다만 봤다.

'궁주들이 은퇴라도 했다는 거야? 아니면……'

생각은 계속 이어지지 못했다. 백염비가 공력이 충만한 노성을 터트렸기 때문이었다.

"꿇어라―!"

상조면은 흠칫하며 뒤로 한 걸음 물러났다. 그리고 머뭇거리다가 조심스레 한쪽 무릎을 꿇고, 백염비의 눈치를 살피다가 나머지 무릎도 꿇었다.

'빌어먹을!'

"하북삼귀의 이귀 상조면이 궁주께 인사드리오."

"그 모가지에 나무기둥이라도 박았느냐?"

상조면은 이를 악물었다.

'머리에 피도 안 마른 애송이 새끼가!'

하지만 좌우에 도열해 있는 궁도 수백 명의 날카로운 시선이 그의 반발심을 약화시켰다. 성질 같아선 욕이라도 퍼붓고 싶었지만, 이런 상황에서 그런 식으로 자존심을 세워 보았자 죽는 길 밖에 없지 않겠는가.

'젠장할. 좋다, 이왕 해야 할 거, 확실히 하자.'

결심을 굳힌 상조면은 양손을 바닥에 붙이고 이마가 땅에 닿도록 허리를 숙였다. 오체투지나 다를 바 없는 극공경의 인사를 한 것이다.

그는 다시 허리를 펴고 고개를 들고서 백염비의 반응을 살폈다.

"일어나라."

상조면은 얼른 일어나며 물었다.

"소궁, 아니, 궁주님. 이제 날 받아주시겠소?"

"그 여자는 뭐냐?"

자존심을 굽히고 오체투지까지 했는데 듣고자 하는 대답이 나오질 않아 짜증이 났지만, 묻는 말에 대답을 하지 않을 수 없었다.

"궁주께서 신경 쓸 가치도 없는 여자요."

"신경 쓸지 말지는 내가 정하는 것이니, 대답이나 해라."

상조면은 내심 끓어오르는 분노를 다시금 억누르며 부용설이 누구인지에 대해서 이야기했다.

그러나 자세히 이야기하면 이곳을 찾은 내막이 드러나게 될 것 같아서 대략적인 설명만 해주었다. 부용설이 반룡복고당에 경제적 지원을 하던 가문의 장주인데, 의형제들을 죽인 반악이란 자의 내연녀이기도 해서 복수할 셈으로 납치해 데리고 온 것이라고.

물론 부용설을 납치한 건 복수의 시작일 뿐이고, 나중에 반악도 자신의 손으로 죽일 것이라고 부언했다. 이곳으로 온 게 반악이 두려워서, 그를 죽일 자신이 없어서였지만 진실을 이야기하면 체면이 서질 않으니까.

헌데 그때, 앉아만 있던 하얀 가면인, 옥존 초모융이 갑자기 일어섰다. 그리고 석대단상에서 내려와 자신을 향해 걸어오는 게 아닌가.

'이 자식은 뭐야?'

상조면은 자신의 앞에 딱 멈춰 선 옥존을 의아하다는 시선으로 쳐다봤다.

가면으로 얼굴을 가리고 있는데다, 난데없이 다가와 아무 말도 않고 있으니 기분이 나빠질 수밖에. 하지만 궁주라고 자처하며 오만하기 그지없는 백염비가 자리를 양보할 정도의 인물이라면 범상한 신분은 아닐 터.

친해져야 할 필요성을 느낀 상조면은 정중하게 포권을 취하며 인사했다.

"하북삼귀의 이귀 상조면이라 하오. 귀하의 존성대명을 알려주시겠소?"

하지만 옥존은 반응을 보이지 않았다. 아니, 그를 쳐다보지도 않았다. 이유는 알 수 없었지만, 부용설에게만 시선을 주고 있었다.

'이 자식이!'

상조면은 욱하는 마음이 일었지만, 분노를 꾹 억눌러 참고 다시 물었다.

"앞으로 같이 힘을 합쳐야 할 사이니, 우선 통성명을 하면서······."

"이 여자가 그 반악이란 자의 연인이라고?"

반말이라 기분이 나빴으나 대답하지 않을 수 없었다.

"그렇소."

"좋군."

"······?"

"아주 좋아."

상조면은 가면 때문에 옥존의 표정을 볼 수 없었지만, 음성만 듣고도 매우 기뻐하고 있다는 걸 알 수 있었다.

하지만 그래서 더욱 의아스러웠다.

"뭐가 좋단 말이오?"

허나 이번에도 상조면이 원하는 대답은 나오지 않았다. 오히려 옥존은 그를 당혹케 하는 말을 했다.

"이 여자는 내가 데려가겠다."

상조면은 고민할 것도 없이 즉시 거부했다.

"그럴 순 없소!"

부용설은 그에게 있어서 반악을 막아줄 최후의 방패막이였다. 결코 남에게 내줄 수 없는 것이다.

"이 여자는 내 것이오."

옥존의 시선이 처음으로 상조면에게로 향했다.

"그래서 못 주겠다고?"

"그렇소."

"내가 힘으로라도 빼앗겠다고 한다면?"

상조면은 인상을 찌푸렸다.

'이 새끼들, 내가 순순히 말을 따라주니까 너무 무시하는군. 굽힐 땐 굽히고, 강하게 나갈 땐 강하게 나가야 한다.'

"귀하가 누구인지 모르지만, 난 하북……?"

스악!

상조면은 자신의 의지와는 상관없이 말문이 막히고 말았다. 옥존이 번개 같은 속도로 뽑은 검이 반응할 사이도 없이 그의 목을 베고 지나갔기 때문이었다.

'이럴 수는 없……'

털썩.

상조면은 짧은 생각조차 제대로 끝내지 못하고 숨이 끊어졌고, 젖은 짚단처럼 허물어졌다. 그리고 그의 목에서 뿜어져 나온 핏물이 빠른 속도로 퍼져 부용설의 발끝까지 이르렀다.

부용설은 신발에 닿는 핏물을 피할 생각도 않고 상조면의 시신을 멍하니 쳐다보고 있었다.

그녀에게 사신과 같았던, 생각하기도 싫은 짐승 같은 짓을 저지른 악인의 죽음과 시체를 목도했음에도, 너무나 갑작스러워서 현실적으로 다가오지 않는 것이다.

그녀는 상조면이 얼마나 무섭고 강한 고수인지 알고 있었다. 그녀를 납치할 때 막아섰던 호위무사들을 순식간에 죽이는 걸 두 눈으로 직접 보았으니까.

헌데, 그런 상조면을 촌각 만에, 반응할 틈도 주지 않고 죽이다니.

'저 사람은 엄청나게 강한 사람이구나.'

부용설은 무공과 무림인에 대해서 그리 해박하지 않았지만 옥존이 엄청나게 강하다는, 어쩌면 반악보다 더 강할지도 모른다는 생각까지 하게 되었다.

이때 부용설에게 가까이 다가온 옥존이 손끝으로 그녀의 턱을 추켜올렸다.

"이런 상황에서도 놀라지 않고 눈빛까지 살아 있다니. 제법 강단이 있는 계집이구나."

"......"

"이 상처들은 아쉽군. 저놈의 짓이겠지? 예쁜 얼굴에 쓸데없이 상처를 냈어. 아름다움에 감사할 줄 모르는 놈이니 죽는 게 당연하지."

"......"

"그건 그렇고, 저놈 말을 들어보면 너와 반악이란 자는 꽤 친밀한 사이인 것 같군. 그렇지?"

"......"

"대답하지 않아도 네 눈동자는 그렇다고 말을 하고 있어."

부용설은 옥존을 노려만 보다가 처음으로 입을 열었다.

"그냥 죽여요."

"오호, 연인을 위해서라면 죽음 따윈 조금도 두렵지 않다는 건가? 하지만 그럴 수는 없지. 넌 내게 쓸모가 있거든."

부용설은 저도 모르게 어깨를 살짝 떨었다. 마치 그녀를 요긴하게 사용할 수 있는 물건처럼 말하는 투도 그렇고, 그 말을 하며 번들거리는 눈동자가 더할 수 없이 사악했기 때문이었다.

하지만 이어지는 말투는 완전히 딴사람처럼 너무나 다정했다.

"그동안 고생이 심했겠구나. 제대로 먹지도 못했을 것이니, 지금 배가 무척 고플 테지? 일단 씻고 나서 함께 식사하며 천천히 대화를 나누도록 하자꾸나."

옥존은 손수 밧줄까지 풀어주고, 부드럽게 어깨를 감싸서 안쪽으로 이끌었다.

물론 부용설은 가고 싶지 않았지만 옥존의 부드러운 손길엔 묘한 힘이 담겨 있어 거부할 수도, 빠져나갈 수도 없었다. 게다가 워낙 지쳐 있는 상태라 거부할 힘이 턱없이 부족해 어쩔 수 없이 강제적으로 이끌려가고 말았다.

"시체를 치우고 모두 물러가라."

백염비는 옥존이 부용설을 데리고 안쪽으로 사라지자 명령을 내리고 의자에 앉았다.

'예상치 못한 소득을 얻었군.'

나름 쓸모가 있겠다고 생각한 상조면을 옥존이 너무 쉽게 죽인 것 같아서 아쉽긴 하지만, 반악을 빠른 시간 안에 다시 볼 수 있는 방법을 찾았기에 기분이 나쁘지 않았다.

'그런데 사부님은 왜 그리 놈에게 집착을 하시는지 알 수가 없군.'

백염비 자신이야 원한을 품을 만한 일이 두 차례나 있었지만, 옥존은 그저 한 번 가볍게 손속을 겨루고, 그가 싸우는 걸 지켜본 것뿐이었다.

그런데 지난번에도 반악에 대해 여러 가지를 자세히 캐물었고, 이번에도 그놈과 연관된 여자가 나타나자 쓸 만한 고수를 가차 없이 죽이면서까지 손에 넣고자 하니 의문이 들 수밖에.

'어쩌면······.'

제자를 아끼는 마음으로 적대하는 자에 대해서 신경을 쓰는 것인지도 몰랐다.

'곧 알게 되겠지.'

길게 생각하지 않기로 했다. 지금껏 사부는 한 번도 자신을 실망시킨 적이 없었으니까.

백염비는 자리에서 일어나 연무장 쪽으로 향했다. 반악을 만나게 되더라도 절대 지지 않을 만큼 강해지려면 잠시도 여유 부릴 틈이 없기 때문이었다.

백염비까지 자릴 떠나고 공허하게 비워진 연무장.

그 한쪽 그림자가 짙게 드리워진 담장 모서리에서 뭔가가 천천히 튀어나와 사람의 형태를 만들어갔다.

견삼이었다.

그는 온전한 상태의 몸이 아님에도 불구하고 온 힘을 다해 상조면을 뒤쫓았지만 총단에 들어가기 전에 막지 못했고, 기회를 잡기 위해 이곳에 숨어서 계속 지켜보고 있었던 것이다.

'이제 어쩐다.'

고민스러웠다. 상조면도 쉽지 않은데, 그를 훨씬 능가하는 고수의 손에 부용설이 붙잡혀버린 것이다.

'가면인의 정체가 뭘까?'

고심을 해보지만 지금은 해답을 알 수 없었다. 그리고 영원히 몰라도 상관없었다. 그냥 강한, 매우 강한 고수란 사실만으로도 충분하니까.

'내 힘으로 그렇게 강한 고수의 손에서 구해낼 수 있을까⋯⋯.'

솔직히 겁이 났다. 두려웠다. 가능보다는 불가능하다는 쪽으로 생각이 기울었다.

'하지만⋯⋯.'

아무리 천하의 고수라도 사람일 뿐이고, 약점이 존재하는 법.

'그리고 내가 놈과 싸우겠다는 것도 아니잖아.'

기회를 봐서 부용설만 몰래 빼내 도망치면 되는 것이 아니겠는가.

견삼은 긍정적으로 생각을 전환하고, 옥존이 부용설을 데리고 간 방향을 따라 은밀히 이동하기 시작했다.

*　　　*　　　*

심처에 당도한 부용설은 옥존의 부름을 받고 나타난 요사스런 옷차림의 여궁도 두 명에게 이끌려 넓은 욕실로 들어갔다.

"옷을 벗겨드릴게요."

부용설은 몸을 움츠렸다.

시중을 받는 것이야 한두 번 겪어본 것이 아니나, 여궁도들의 시중은 이상하게 거부감이 들었다. 아마도 그녀들의 옷차림과 손동작, 그리고 표정에 나타나는 음란함이 상조면에게 당했던 끔찍한 기억들을 떠올리게 하기 때문일 것이다.

"부인, 두려워 마세요. 저희들은 그저 깨끗이 씻겨드리라는 분부를 따르려고 하는 것뿐이니까요."

거부해보았자 아무런 소용이 없다는 걸, 거부하면 강제로라도 씻기려 할 거란 걸 본능적으로 깨달은 부용설은 순순히 여궁도들의 시중을 받았다.

부용설의 나신을 본 여궁도들은 진심으로 감탄성을 터트렸다.

"피부가 참으로 고와요."

"몸매도 너무 매끈하고 아름다워요."

여궁도들은 뭔가 더 하고 싶은 말이 있다는 듯 입술을 우물거리다가 꾹 다물었다. 아마도 상처 입은 얼굴과 대비되어서 놀랐다는 말을 하려고 했을 것이다.

부용설은 그녀들의 말은 신경도 쓰지 않고 열 명이 한꺼번에 들어가고도 남을 만큼 커다란 나무 목욕통 안으로 들어가 앉았다.

붉은 꽃잎들을 띄워놓은 물에서 향긋한 내음이 은은하게 풍겼는데, 오랜만에 뜨거운 물에 몸을 담가서인지, 아니면 향긋한 내음 때문인지 모르지만 긴장되었던 몸이 저도 모르게 부드럽게 풀리기 시작했다.

여궁도들도 옷을 벗고 통 안으로 들어와 부드러운 천으로 그녀의 얼굴과 몸을 조심스럽게 닦아 주었다.

"피부를 매끈하게 해주고 굳어진 근육을 이완시키는 데 쓰이는 약재들을 우려낸 귀한 물이에요. 몸을 담그고만 있어도 쌓인 피로가 자연스럽게 풀린답니다."

여궁도들의 설명이 나른함에 빠져 들어가는 부용설의 귓가를 아른거렸다.

'졸리다.'

부용설은 눈을 감았다.

지금 이 순간 그녀는 아무것도 필요하지 않았다. 심장을 찌르는 듯 괴롭던 고민도 사라지고, 최근 며칠 동안 너무나 힘들게 했던 모든 끔찍한 경험들이 잠깐 생겨났다가 사라져 버린 꿈처럼 아련하기만 했다.

"⋯⋯?"

부용설은 뜨거운 물이 갑자기 출렁이며 턱 끝에 닿는 느낌에 눈을 살짝 떴다가 깜짝 놀랐다. 마주보는 자리에 옥존이 들어와 앉아 있었던 것이다. 그는 목욕통에 들어왔으면서도 가면만은 벗지 않은 상태였다.

부용설은 황급히 가슴을 가리고 뒤로 바짝 붙었다.

"무슨 짓을 하려는 거예요!"

"염려 말거라. 단지 식사 때까지 기다리기가 무료해서 이야기나 나눌까 하고 들어왔을 뿐이니까."

"⋯⋯."

"믿지 못하겠다는 눈빛이군. 그 쓰레기 같은 놈한테 지독하게 당한 모양이야. 하지만 난 진심으로 네게 티끌만큼의 관심조차 없어. 만약 그 얼굴에 상처가 없었다면 약간 흥미가 동했을지도 모르겠지만, 지금 너의 얼굴은 그럴 만큼 매력적이지가 않거든. 솔직히 내 입장에서는 마주보고 있기조차 힘들지만, 어쩔 수 없이 꾹 참고 있는 거란다."

부용설의 눈동자가 잘게 흔들렸다. 옥존의 조롱은 지금껏 들었던 그 어떤 말보다 그녀에게 상처를 주었다. 단순히 얼굴에 상처를 입어 본래의 미모를 잃었다는 이유 때문만은 아니었다.

'그를 어떻게 보지?'

구출될 것이란 일말의 기대를 가지고 있었다. 그전에는 막연한 바람이었지만, 팔릴 위기에 놓였을 때 견삼이 나타나 그녀를 구하려고 시도한 이후 구체적인 기대감을 가지게 되었다.

반악을 다시 볼 수 있을 거라는, 그가 꼭 구하러 올 것이라는 기대였다.

하지만 그를 만나 똑바로 마주할 수 있을까?

몸은 더럽혀지고, 얼굴은 끔찍하게 변했으며, 마음은 씻을 수 없는 상처와 기억으로 만신창이가 되었는데?

'이런 상태로 이전처럼 그의 사랑을 받을 수 있을까?'

아니, 자신이 반악을 사랑할 수 있을지조차 자신할 수 없었다.

'하지만⋯⋯.'

그를 한 번만이라도 더 보고 싶었다. 선명하게 식별할 수 없을 만큼 멀리서 봐야 한다고 해도, 그에게 말 한마디 건넬 수 없을 것이라 해도, 딱 한 번만 더 만나고 싶었다.

그래서 납치당한 이후 스스로 목숨을 끊고 싶은 적이 한두 번이 아니었지만, 어떤 굴욕적인 상황도 온 힘을 다해 참아내며 살고 있는 것이었다.

부용설의 눈동자 가득 맺혀 있던 눈물이 뺨을 타고 흘러내렸다.

"그놈을 생각하는 모양이군."

"……."

"네가 그놈을 좋아하는 만큼 그놈도 너를 좋아하긴 하는 거냐?"

"……."

"확신하는 것 같기도 하고, 그렇지 않은 것 같기도 한 묘한 표정이군. 최근의 고생으로 마음이 혼란스러워졌기 때문이겠지. 하지만 그놈도 너와 같은 마음이기를 바라야 할 거야. 아니라면 널 살려두고 있을 이유가 없으니까."

이를 악문 부용설은 한 손으로 물을 퍼 올려 눈물을 씻어내고 옥존을 매섭게 노려보았다. 그가 왜 상조면을 죽이면서까지 자신을 손에 넣으려고 했는지 이유를 알아챘기 때문이었다.

"날 미끼로 그 사람을 이곳으로 끌어들일 셈이군요."

"그렇지."

"그는 내가 여기 있는지도 몰라요."

"그 정도의 문제는 금방 해결할 수 있지. 내가 사람을 보내 알려주면 되거든."

"······."

"오호~ 그 표정을 보니 스스로 목숨을 끊어서라도 그에게 짐이 되지 않겠다는 생각을 하는 것 같군. 대단한 결심이야. 하지만 그래보았자 소용없단다."

"······?"

"일단 내가 죽게 놔두지도 않겠지만, 설사 죽더라도 널 이용할 수 있거든. 네가 죽었다는 사실만 숨기면 되는 것이니까. 그리고 네 그 열정을 보니 그놈도 널 꽤 좋아하는 것 같고, 그렇다면 놈은 너의 시체라도 찾으려고 할 거야. 아주 잠깐 보았지만, 왠지 그놈은 그러고도 남을 만큼 고집스러워 보였어. 그러니 서로 간에 괜히 귀찮은 일은 만들지 말자고."

"내 오라비는 승선포정사사의 우참의예요. 마음만 먹으면 당신을 역적으로 만들 수도 있을 만큼 조정에 영향력이 높아요."

"역적이 되기 싫으면 놓아달라고?"

"그래요."

"상관없어. 관병들 따위는 내게 문제가 되지 않아. 안 되겠다 싶으면 도망치면 되고, 놈들 정도로 날 붙잡기는 불가능하지. 아니지. 그냥 네 오라비를 죽이면 되겠군. 그럼 조정에 쓸데없는 소리를 해서 날 역적으로 만들 수도 없을 테니까."

"당신은 정말 무서운 사람이군요."

"듣기 좋은 칭찬이군. 넌 이해가 안 갈지 모르겠지만, 난 무서운 사람인 게 좋단다. 만만히 보이는 것이 싫거든. 예를 들면, 내 것을 훔쳐가려고 주변을 기웃거리는 놈은 날 너무 만만히 본 것이지. 그럴 때 난 절대 가만히 있지 못해. 무슨 뜻인지 알겠지?"

부용설은 어리둥절한 표정을 지었다. 마지막 물음은 자신에게 하는 말이 아닌 것처럼 들렸기 때문이었다. 그리고 그런 느낌은 정확했다.

옥존은 그 말을 하며 천장으로 시선을 올렸고, 곧바로 일어나서 목욕통 옆에 두었던 검을 뽑아들며 말했다.

"감히 날 앞에 두고 수작을 부리려 했으니, 그만한 각오는 하고 왔겠지?"

옥존은 냉소를 지으며 천장을 뚫어질듯 노려보았다. 하지만 아무런 반응이 없었고, 욕실 전체에 침묵이 감돌았다.

누군가 침투해 천장에 몸을 감추고 있다는 걸 알게 된 여궁도들은 부용설을 감싸 안고 보호했다. 아니, 그녀를 빼앗기지 않기 위해 붙잡고 있다는 게 더 정확한 표현이리라.

옥존은 말했다.

"움직이지 않을 생각이냐? 좋아. 그럼 내가 움직이게 해주지."

옥존은 공력을 돋워 천장을 향해 빠르게 여러 번 휘둘렀고, 십여 개의 검기가 매섭게 공간을 가르며 천장을 무차별적으로 난도질했다.

조각난 나무들이 우수수 떨어져 내렸다. 하지만 사람의 흔적은 전혀 보이지 않았다.

쾅!

순간 난도질된 곳으로부터 오른쪽 천장이 굉음과 함께 터져나가고, 견삼이 바닥에 착지했다. 그리고 그의 손을 떠난 세 개의 비수가 옥존을 향해 날아갔다.

"잔재주를!"

옥존은 비웃음을 지으며 검을 휘둘렀고, 비수는 모두 두 조각으로 잘리며 바닥으로 떨어졌다. 허나, 견삼이 노린 것은 비수로 공격을 성공하는 게 아니라, 뒤이어 연막탄을 던질 시간을 얻는 것이었다.

펑!

목욕통 바로 앞으로 던져진 연막탄이 빠른 속도로 뿌연 연기를 내뿜었고, 넓은 욕실을 순식간에 뒤덮었다.

견삼은 연기에 몸을 감추고 최대한 조용히 움직여 부용설에게 다가갔다. 하지만 조금 전까지 여궁도들과 함께 있었던 부용설은 그곳에 없었다.

그 짧은 사이에 자릴 옮긴 것이다. 아니, 저항하는 소리가 조금도 들리지 않았으니 여궁도들에 의해 점혈을 당하고 강제로 옮겨진 게 분명했다.

'……?'

스악!

등골을 오싹하게 만드는 기음이 들린 순간 견삼은 바닥에 납작 엎드렸다.

간발의 차이로 머리 위로 검기가 쓸고 지나갔다. 옥존은 시야가 완벽하게 가려진 상황에서도 견삼의 위치를 정확히 파악하고 있다는 뜻이었다.

'이놈에겐 연막탄이 소용없다.'

계획이 완전히 실패했다고 결론 내린 견삼은 엎드린 채로 빠르게 뒷걸음질 쳤다. 그런 견삼의 귓가로 옥존의 차가운 음성이 들려왔다.

"도망치게 놔둘 것 같으냐?"

견삼은 본능적인 경고에 따라 급히 손으로 바닥을 내리쳐 그 반동을 이용해 벌떡 일어났고, 곧장 바닥을 차며 창문 쪽으로 몸을 날렸다.

쾅!

창문을 부수며 밖으로 나간 견삼은 다시금 몸을 날려 은신할 공간을 찾으려고 했지만, 어느새 그를 따라 뛰어나온 옥존의 검이 그의 뒷목을 향해 찔러 들어오고 있었다.

"합!"

견삼은 짧은 기합과 함께 몸을 뒤틀며 뛰어올라 검을 피하고 동시에 연편을 뒤로 휘둘렀다.

휘리릭!

연편이 공간을 휘저으며 날카롭게 요동쳤지만, 옥존의 옷깃 하나 건드릴 수 없었다. 그러나 견삼은 포기하지 않고 공중에서 회전을 했다가 착지하며 안정적으로 자세를 잡고, 좌우로 오가며 옥존을 향해 연편을 휘둘렀다.

휘리리! 휘리리릭!

흑점 무인들을 상대로 자신의 실력에 자신감을 얻은 견삼의 움직임은 놀라울 정도로 경쾌했다. 그의 손목 움직임을 따라 옥존의 요혈을 찔러가는 연편 또한 감탄스러울 만큼 생동감이 있었다.

그러나 옥존은 변화와 정확도에 있어서 최고라 칭해지는 검객이 아니던가.

팅 팅 팅 팅—

검끝이 정확히 연편을 쳐내고, 사전에 미리 진로를 차단까지 하며 연편이 움직이는 반경을 압박해서 좁혀지게 만들기 시작했다.

자연히 견삼의 움직임이 가진 경쾌함도 사라지고, 어느 순간 그는 검의 장막 속에 갇히고 말았다.

옥존은 그가 예상했던 수준 이상으로 강한 고수였던 것이다.

'염병!'

엄청난 고수를 상대로 자신감이 과했던가?

실패했으니 맞서기보다 도주하는 데 더 힘을 기울여야 했던가?

몇 가지 신경 쓰이는 점들이 있긴 했으나, 견삼은 조금도 후회하지 않았다. 성공하지 못했을 뿐, 그는 자신이 할 수 있는 한 최선을 다했으니까.

스악!

가까스로 버텨내던 견삼의 왼손이 손목부터 잘려나가 바닥으로 떨어졌다.

"……!"

끔찍한 고통이 견삼의 뒷골을 움켜잡았다. 하지만 그는 비명을 지르지 않았다. 주저앉거나 비틀거리지도 않았다. 지혈할 생각조차 하지 않고 오른손에 쥐고 있는 연편을 계속 휘둘러 저항했다.

그의 모습은 처절했다. 잘린 손목에서 흘러나오는 핏물이 사방을 붉게 물들이고 있다.

허나 그의 공격은 무의미했다. 옥존이 싸울 필요성을 느끼지 못한다는 듯 멀찍이 뒤로 물러났으니까.

옥존의 대응은 당연했다. 견삼은 돌이키기 힘든 큰 부상을 입었고, 저 뒤쪽에서 수십 명의 궁도들이 몰려오고 있었으니 괜히 맞서서 수고할 이유가 없는 것이다.

아니, 흥미를 잃어 더 이상 싸워야 할 필요성을 느끼지 못했다.

"겁쟁이처럼 도망치는 거냐! 덤벼라!"

견삼은 땀에 흠뻑 젖은 복면을 벗어던지며 버럭 소리쳤다. 하지만 많은 피를 흘리고 창백해진 얼굴로 외치는 모습은 별로 위협적이질 못했다.

도리어 옥존의 비웃음만 샀다.

"그렇게 죽고 싶으면 가만히 기다려라. 널 죽여줄 사람이 저기 많이 오고 있으니까."

이때 오른쪽에서 백염비가 나타나 달려왔다. 그는 옥존의 앞에 멈춰 서서 이제야 잘린 팔을 점혈해 출혈을 막고 있는 견삼을 노려보았다.

"네놈은 뭐냐?"

견삼은 대꾸하지 않았다.

그의 머릿속은 복잡했다. 출혈을 막으면서 고통과 흥분이 살짝 가라앉다 보니 이대로 허망하게 죽어선 안 된다는, 반악에게 부용설의 상황을 알리기 위해서라도 어떻게든 살아야 한다는 생각이 들기 시작한 것이다.

하지만 옥존은 눈빛만 보고도 그런 속내를 바로 꿰뚫어보았다.

"백 궁주, 놈이 도망치려 한다. 잡아라."

백염비는 곧장 검을 뽑아들고 견삼을 향해 움직였다.

'눈치 빠른 새끼.'

견삼은 절망감을 느꼈다. 남은 기력으로는 백염비를 상대로 싸울 수도, 도망칠 수도 없기 때문이었다. 게다가 수십 명이 그를 포위하려고 달려드는 상황에서는 더더욱 앞이 보이질 않았다.

'죄송합니다, 주인님.'

견삼은 마지막 공격에 남은 힘을 모두 쏟아 넣으리라 마음먹고 연편을 잡은 오른손에 공력을 모았다.

헌데, 백염비가 그의 지척으로 거의 다가온 그때 공간을 가르는 날카로운 소리와 함께 하나의 륜이 엄청난 속도로 날아왔다.

*　　　*　　　*

백염비는 급히 멈춰서면서도 당황하지 않고 검으로 륜을 쳐냈다.

쨍!

위로 높이 튕겨 올라간 륜은 거의 동시에 지붕을 박차고 뛰었다가 낙하하는 견이의 손에 잡혔다.

백염비는 견이가 륜을 든 모습을 보고 지난번 상관미조가 죽었던 날 반악과 함께 추적해오던 적임을 알아챘다.

"네놈은 그때 그놈이구나!"

"……."

"하나가 더 늘었다고 달라질 것 같으냐?"

백염비는 코웃음을 치며 견삼의 옆에 내려서고, 그를 들쳐 엎는 견이를 향해 검을 휘둘렀다.

"하압!"

견이를 짊어진 상황에서도 견이는 어려움 없이 륜을 던졌고, 륜은 귀에 거슬릴 정도로 소름끼치는 소리를 내지르며 백염비의 허리 쪽으로 날아갔다.

쨍!

다시금 검에 막힌 륜이 위로 튕겨 올라갔다. 그러나 견이는 이전처럼 그걸 잡을 생각도 않고 대신 다섯 개의 비수를 백염비와 옥존을 향해 날렸다. 그리고 연이어 세 개의 연막탄을 한꺼번에 바닥으로 던졌다.

채채채채챙 퍼퍼펑!

검에 막힌 비수가 떨어지는 소리와 연막탄이 터지며 연기를 내뿜는 소리가 거의 동시에 들리고, 마지막 남은 륜이 퇴로를 막아가는 수십 명의 궁도들을 향해 날아갔다.

륜을 막아낼 자신이 없었던 궁도들은 재빨리 좌우로 물러나 피하면서 연기를 뚫고 그 열린 공간으로 뛰어나올 견이와 견삼을 기다렸다.

하지만 견이는 그러한 심리까지 예상하고 높은 벽과 담장으로 막힌, 그래서 적들이 도주 할 가능성이 높지 않다고 생각할 왼쪽으로 몸을 날렸다.

"왼쪽이다! 쫓아라!"

연기 사이로 미세하게 드러난 윤곽을 통해서 견이의 의도를 파악한 백염비의 커다란 고함을 들은 궁도들이 깜짝 놀라 다급히 그 방향으로 달려갔고, 장내는 견이가 흘린 선혈과 차츰 가라앉는 뿌연 연기, 그리고 그 사이로 서 있는 옥존과 백염비만이 남게 되었다.

*   *   *

'한 명이 아무리 부상자라고 해도 은신술이 뛰어난 놈들이니 결국 추적을 떨쳐내고 도망치겠지. 젠장, 고작 두 놈 때문에 기분만 더러워졌군.'

백염비는 눈살을 찌푸리며 주변을 한 번 둘러보고 옥존에게 물었다.

"사부님, 놈들이 그 반악이란 놈에게 돌아가 알리도록 하기 위해 고의로 놓아주신 겁니까?"

옥존의 능력이라면 진작 견삼을 제압할 수 있었을 테고, 견이가 합류한 것 역시 크게 문제될 수준이 아니라 생각했기에 묻는 것이었다.

옥존은 바로 수긍했다.

"맞다."

"하지만 굳이 두 놈이나 살려 보낼 필요는 없었던 것 같은데요?"

"나도 그럴 생각까지는 아니었지. 하지만 어떤 상황에서든 예측하기 힘든 변수란 게 있는 모양이구나. 난 네가 한 놈은 처리할 거라 생각했으니까 말이야."

옥존의 음성은 부드러웠지만 질책의 의미가 섞여 있었고, 그래서 백염비의 낯빛이 붉어졌다.

백염비는 얼른 고개를 숙이며 용서를 빌었다.

"실망시켜 드려서 죄송합니다."

"마음 쓰지 말거라. 잡졸 따위를 놓쳤다고 해서 문제될 건 없으니까. 오히려 잘되었다고 볼 수도 있지."

"무슨 말씀이신지……?"

"고작 두 놈의 도주를 막지 못했으니 반악 그놈이 우리의 힘이 그리 강한 건 아닐지도 모른다 생각할 테고, 혹은 우리의 경계가 허술하다는 기대를 갖게 될지도 모르지. 그럼 놈도 이곳으로 올 용기가 더 생기지 않겠느냐."

"그렇겠군요."

백염비는 고개를 끄덕이면서 부서진 창문 쪽으로 시선을 돌리며 물었다.

"계집은 어찌 할까요?"

"놈이 찾아올 때까지 잘 지키고 있어야겠지."

"그냥 죽여도 상관없지 않겠습니까?"

견이와 견삼이 이곳에 부용설이 있다는 걸 보고 떠났으니, 미끼로서의 역할은 모두 끝났다고 생각하는 것이다.

하지만 옥존은 고개를 흔들었다.

"그럼 재미가 없잖느냐."

물론 재미만을 따져서 반대하는 게 아니었다. 사실 부용설의 가치는 아직도 남아 있었다.

'놈이 최선을 다하게 만들어야지. 여자가 살아 있는 걸 눈앞에서 봐야 구하기 위해서 모든 힘을 쏟아 부을 것이 아닌가.'

혹시라도 그때 백염비에게 펼쳤던 일도가 우연이라면, 다시금 그 우연을 강제적으로 만들어낼 필요성이 있는 것이다.

그리고 부용설이 그러한 우연을 끌어내는 원동력이 될 수 있을 게 분명했다.

"창고에 가둬두고, 죽지 않을 정도로만 먹여라."

옥존의 말에 백염비는 미소를 지었다. 반악에 대한 거부감을 부용설에게 표출하고자 하는 야비하고 잔혹한 의도가 섞인 지시로 받아들인 것이다.

초췌한 모습의 부용설을 보여줘서 반악의 살심과 투쟁심을 높이고, 싸우게 될 때 최고의 힘을 끌어내고자 하는 의도란 건 전혀 짐작도 못하고 있었다.

"하지만 사내들이 함부로 접근해 헛짓거리를 하게 두어서는 안 된다. 혹시라도 잘못되어 죽으면 곤란하니까."

옥존은 부용설이 죽더라도 반악이 나타났을 때, 보는 앞에서 죽어야 효과를 얻을 수 있으니 그때까지는 불상사가 일어나지 않도록 하려는 것이다.

"알겠습니다, 사부님."

백염비는 여궁도들에게 명령을 내리기 위해 곧장 욕실 쪽으로 들어갔고, 옥존은 남쪽으로 시선을 돌려 흐릿한 하늘을 바라봤다.

'놈이 언제쯤 오려나……'

벌써부터 기대가 되었다.

그리고 반악을 죽이고, 자신의 강해진 힘을 확인하고 난 뒤에는 지난날의 치욕을 갚기 위해 광존을 찾아 떠날 수 있을 것이다.

'조금만 기다려라, 미친 늙은이. 그 주름 가득한 모가지를 내 검으로 베어버릴 날이 얼마 남지 않았다.'

第五十七章

　오행궁이 배반한 사실을 알게 되고, 홍문한까지 부상을 입어 퇴각을 결정한 상관 성주는 팔공산이 아닌 강소성 홍택호의 끄트머리가 살짝 걸쳐져 있는 안휘 동쪽의 명광(明光)으로 이동할 것을 명령했다.

　감정적으로야 당장 팔공산으로 가서 오행궁의 무리를 공격해 모두 쓸어버리고 싶었지만, 그 전에 홍문한을 치료하는 것과 수하들이 느끼는 당혹과 혼란을 진정시키고 바로잡는 게 더 중요하기 때문이었다.

　게다가 싸우면 무조건 이기게 될 것이라 자신하며 남하하다가 큰 싸움도 없이 반룡복고당의 자잘한 방해와 기습 한 번으로 치명적인 타격을 입어 허망하게 퇴각하는 상황에 처하자, 오행궁의 무리를 공격할 때는 조금 더 신중해지자는 마음을 먹게 된 것이다.

오행궁이 예상 이상으로 강력한 전력을 갖추었다면 그에 맞는 전력을 구성해야 하지 않겠는가.

최악의 상황을 가정하자면 바로 공격하지도 못하고, 한동안 세력을 끌어모으는 데 집중해야만 할 수도 있는 일이었다. 또한 그 이후 반룡복고당과의 싸움까지 염두에 두고 있어야 하기에 결정을 내리는 데 있어서 더욱 조심스러워질 수밖에 없었다.

그래서 우선 성주의 전용 별장이 있는 명광을 목적지로 삼은 것이다.

하지만 상관 성주는 얼마 있지 않아서 자신이 반룡복고당의 존재감을 강북 위쪽에서는 신경 쓸 필요가 전혀 없다는 생각이 대단히 잘못된 생각이었음을 깨달았다.

무리를 이끌고 저주현과 래안현을 지나 메마른 겨울 삭풍이 살을 에듯 강하게 불어오는 언덕 위로 올라섰는데, 저 멀리 뒤쪽으로 수백 명에 이르는 반룡복고당의 무리가 뒤쫓아 오고 있는 걸 보게 된 것이다.

*   *   *

'놈들이 어떻게 여기까지 쫓아올 수가 있었지?'

상관 성주는 반룡복고당이 이처럼 빨리, 그리고 나름 강북의 깊숙한 지역이라고 할 수 있는 이곳까지 뒤쫓아 왔다는 것에 충격을 받았다.

"성주님!"

다급히 모여든 대주들이 상관 성주에게 시선을 모았다. 그들의 눈동자는 싸우고 싶다는 열망으로 가득 차 있었다.

본거지를 잃고 방황하는 처지에 놓였지만 안휘의 최강 세력으로서 도망만 치고 있는 상황을 받아들이기가 쉽지 않을 것이다.

상관 성주는 고민했다.

'숫자로만 따진다면⋯⋯.'

싸워볼 만할 것이다.

그러나 예상치 못한 실패를 거듭 겪고 보니 자신감보다는 불안감이 앞서게 되었다.

무엇보다 반룡복고당이 여기까지 와 있다는 건 그만큼 승리에 대한 확신을, 자신들과 싸워 이길 만한 자신감을 가지고 있다는 의미가 아니겠는가.

'혹시 저놈들이 오행궁과 손을 잡은 게 아닐까?'

그러한 의심을 뒷받침해줄 이야기를 들어본 적도 없었고, 홍문한이나 다른 수하들에게서 따로 보고를 받은 적도 없었지만, 워낙 예상을 벗어난 일들이 연속적으로 일어나서 절로 의심이 생기는 것이다.

'머리가 아프군.'

상관 성주는 행렬 중간에 서 있는 마차 쪽을 쳐다봤다. 그 마차 안에 홍문한이 타고 있기 때문이었다.

'네가 나에게 얼마나 큰 힘이 되는지를, 네가 나를 보좌하고 있었기에 내가 얼마나 마음 편하게 지내왔는지를 이런 상황에 처하고 나서야 새삼 깨닫고 고마워하게 되는구나.'

"맹 대장."

보룡대 대장 맹강배가 앞으로 나서며 명령을 기다렸다.

"지금 당장 마차를 호위하여 별장으로 가라."

홍문한의 안위를 우선적으로 챙기겠다는 의지를 보인 것이다.

맹 대장은 성주를 호위하는 무력대의 책임자로서 받아들이기 어려운 명령이었으나, 두말 않고 머리를 숙였다.

"존명."

그리고 뒤쪽으로 물러나 아들이자 보룡대 수석조장인 맹민노에게 절반의 대원들을 맡기며 온 힘을 다해서 성주를 지켜야 한다고 강조한 뒤, 나머지 삼십 명의 대원들을 이끌고 마차 쪽으로 뛰어갔다.

"임 대주."

흑룡이대 대주 임열포는 뭔가 특별한 명령을 받게 될까 싶어 기대감 가득한 표정으로 나섰다.

하지만 성주의 명령은 그의 기대와는 다른 것이었다.

"맹 대장과 함께 먼저 별장으로 이동해서 방어에 유리하도록 준비를 해두어라."

임 대주는 원하는 명령이 아닌지라 실망했지만 거부할 수 없는 명령이기에 즉각 머리를 숙이고, 대원들과 함께 출발하려고 하는 마차 쪽으로 움직였다.

"성주님, 제가 후방에 서겠습니다."

정면대응하지 않고 자잘하게 싸우며 별장까지 후퇴하려고 하는 상관 성주의 의지를 읽어낸 손패가 자신의 가슴을 두드리며 말했다. 그러자 법 대주를 비롯한 다른 대주들도 자신과 수하들에게 후방을 맡겨달라고 목소리를 높였다.

'이런 사람들이 내 곁에 있는 한 거룡성은 언제든 다시 일어날 수 있다.'

상관 성주는 흐뭇한 미소를 지으며 고개를 흔들었다.

"후방은 내가 맡을 것이다."

대주들은 깜짝 놀라며 적들의 일차목표가 성주님이 될 것이기 때문에 너무나 위험하다고 반대했다.

"그래서 내가 후방을 맡으려고 하는 것이다. 자네들이 뒤를 맡고 내가 앞쪽에 있으면 놈들은 우리 전체의 후퇴를 차단하려고 온 힘을 다할 것이 아닌가. 허나, 내가 뒤쪽에 자리를 잡고 있으면 상대적으로 앞쪽의 움직임에 관심을 기울이기가 힘들 터. 결과적으로 우리가 더욱 빠르게 후퇴할 수 있게 되는 것이지. 그렇다고 나 혼자 막겠다는 것이 아니잖아. 자네들이 내 주위와 행렬의 좌우를 확실하게 맡아줘야 해."

"하지만……."

대주들은 그래도 동조하기가 힘들었다. 일리 있는 말이기는 하지만, 성주가 매우 위험해진다는 사실에는 변함이 없었으니까.

성주는 뒤쪽을 돌아보며 말했다.

"계속 고민만 하고 있을 틈이 없다. 어서 움직여."

대주들은 성주의 생각을 바꿀 수가 없다는 걸 깨닫고 마지못해 각자의 무력대가 있는 곳으로 흩어졌다.

말에서 내린 상관 성주는 호법들, 그리고 보룡대 대원들과 함께 가장 후미에 자리 잡고서 앞쪽을 향해 소리쳤다.

"출발하라!"

*　　　*　　　*

거룡성의 무리가 언덕 위에서 움직이지 않자 얼마 있지 않아서 반룡복고당의 무리도 추적을 멈추고 상황을 지켜보았다. 쉬지 않고 달려야 할 적들이 움직이지 않는 것은 자신들과 싸우려고 하거나, 뭔가 다른 속셈이 있다는 의미로밖에 해석할 수 없었으니까.

"사부님, 놈들이 다시……."

하 당주는 손을 들어 거룡성의 무리가 다시 움직이기 시작했다고 말하려는 소장삼의 말문을 막았다. 이전에는 그가 장님인척 했기 때문에 일일이 설명을 들어야 했지만, 더 이상은 그럴 필요가 없기 때문이었다.

사실 소장삼도 설명을 하는 게 습관화되어서 조건반사적으로 보고를 한 것이었다.

"강 문공."

하 당주의 부름에 강학청이 말을 몰아 다가왔다. 그리고 각 무리의 수뇌들도 계획을 듣기 위해 당주를 중심으로 모여들었다.

"예, 당주님."

"놈들의 의도가 무엇이라 보는가?"

"보이는 그대로인 것 같습니다. 정면대응을 하지 않겠다는 것이겠지요."

"오행궁을 몰아내기 위해 팔공산으로 가는 것도 아닌데, 싸워볼 만한 상황에서 퇴각을 하는 건 상관모응답지 않은 짓이군."

하 당주가 알고 있는 상관 성주는 이런 상황에서 정면대응을 포기하고 물러나는 것과는 거리가 먼 인물이라 의아스러워하는 것이었다.

"아마도 우리가 뒤를 쫓아왔다는 것에 당황했을 것입니

다. 그리고 반 소협과 의리파의 기습으로 홍문한이 다치고 천문당을 모두 잃은 데다, 근거지까지 오행궁에 빼앗겼기 때문에 이전보다 더 조심스러워하게 됐을 가능성이 높습니다."

하 당주는 그럴듯하다는 듯 고개를 끄덕였다. 하지만 혹시라도 함정일지 모른다는 생각이 들어서 무턱대고 쫓아가기가 망설여졌다.

이때 금응쌍도 두 사람이 나서서 거룡성의 무리를 가리키며 질문을 했다.

"강 문공, 놈들이 도주한 거리가 늘어날수록 우리에게 안 좋게 돌아가는 거 아닌가?"

"예전 거룡성이 명광 쪽에 별장을 구입해두었다는 정보가 있었습니다. 어쩌면 그곳에서 전열을 가다듬으려 하는지도 모르지요. 그리고 지금 우리와 싸우지 않으려는 것은 그곳에서 방어를 치고 유리한 싸움을 도모하겠다는 의도일 수 있습니다."

"강 문공의 말대로라면 놈들이 우릴 피해 도망쳐서 그 별장이란 곳에 단단히 방어를 하면 우리에게 매우 불리해진다는 것이 아닌가. 당주, 이건 생각할 것도 뭐도 없지 않겠소. 어서 쫓아갑시다."

"더더욱 서둘러야 하지 않겠소. 당주, 어서 명령을 내려주시오."

하 당주는 금응쌍도의 연이은 다그침에 내심 불쾌감을 느꼈다. 그렇지 않아도 공격밖에는 다른 도리가 없다 생각하고 속도를 최대로 높여 추적하자는 명령을 내리려고 했는데, 마치 자신의 판단이 너무 느리고 여유롭다는 듯 말하고 있질 않은가.

'요즘 당의 분위기는 위계가 유명무실해질 만큼 제멋대로가 됐어. 이건 모두……'

하 당주의 시선은 저 뒤쪽에 방관자처럼 지켜만 보고 있는 반악을 향했다.

반악이 독자적으로 결정하고 그에 대한 징벌이 제대로 내려지지 않으면서 당의 위계질서와 당주인 자신을 대하는 분위기가 이전과 완전히 달라졌다고, 그것도 매우 안 좋은 방향으로 달라졌다고 생각하는 것이다.

하 당주는 눈을 한 번 감았다가 뜨고 입을 열었다.

"반 소협, 자네와 자네의 종자들이 말을 타고 먼저 가서 적의 이동속도를 늦춰보게."

그 말을 듣고 강학청은 내심 아차 싶었다. 잠시 방심하고 있던 사이 또다시 반악을 위험한 상황에 처하도록 만들 기회를 허용하고 만 것이다.

"당주님, 잠시만……"

"지시를 따르겠소."

강학청은 자신이 당주를 만류하기도 전에 대답해버린 반

악을 원망스레 쳐다보았다. 어쩔 수 없이 지시를 따라야 한다면 최소한 도움이 될 만한 숫자의 당원들이라도 데리고 갈 수 있도록 당주를 설득할 생각이었으니까.

하지만 반악은 전혀 문제가 될 게 없다는 듯 미소를 짓기까지 했다.

"거룡성을 공격하는 것은 나의 숙원을 푸는 것이고, 당주께서 이 중요한 시점에 큰 임무를 맡겼는데 어찌 마다할 수 있겠소. 게다가 요 최근의 경험으로 저들의 이동에 훼방을 놓는 데는 다수보다 소수로 움직이는 게 더 편하다는 걸 알았소이다. 그러니 당주님의 지시는 매우 적절하다고 생각하오."

강학청과 비슷한 우려를 하고 있던 수장들이 감탄 어린 말들을 쏟아냈다.

"역시 반 소협이시오! 당을 대표하는 최고 고수다운 배포가 아닐 수 없소이다!"

"또다시 반 소협에게만 무거운 짐을 지게 하는 것 같아서 미안하오! 잠시만 저들의 걸음을 늦춰주시오! 우리도 금방 뒤따라 반 소협과 함께하겠소이다!"

당원들도 너 나 할 것 없이 포권과 함께 고개를 숙이며 이러저러한 말로 경의를 표했다.

당원들의 반응에 강학청은 흐뭇함을 느끼면서도 당주의 반응을 살폈다. 그러나 당주는 별달리 표정 변화를 보이지 않았다.

하지만 강학청은 그래서 더욱 마음이 편치 않았다. 당주의 저런 모습은 이런 분위기에 익숙해져 무덤덤해한다기보다, 너무나 화가 나서 도리어 평온해 보인다는 느낌이었기 때문이었다.

폭풍전야의 고요함이라고 할까.

강학청이 더욱 깊은 우려에 빠진 사이 반악과 견일, 염서성, 그리고 서문유강이 말을 타고 앞으로 달려갔다.

"다시 출발하겠소!"

당주의 눈짓을 받은 소장삼이 크게 외치고, 반룡복고당의 무리도 반악이 달려간 방향으로 이동하기 시작했다.

*   *   *

'상관모웅, 어디에 숨어 있느냐!'

가장 앞에서 말을 몰아가는 반악의 얼굴은 기대감으로 물들어 있었다.

그도 하 당주가 좋지 못한 의도로 자신을 앞장세웠다는 걸 알고 있었다. 하지만 덕분에 상관 성주를 가장 먼저 노릴 수 있는 기회를 얻게 되지 않았는가.

반악은 자신의 왼쪽에서 말을 몰아 달리는 견일과 염서성에게 말했다.

"놈들이 보이면 너희 둘은 각각 좌우 뒤쪽을 공격해. 하지만 깊숙이 치고 들어갈 생각은 하지 말고 차근히 한 명씩 노려라. 적당히 괴롭히며 신경이 좌우로 분산되게 하는 거다. 서문 공자는 양쪽이 균형을 잡을 수 있도록 적당히 도와주시오."

서문유강은 알겠다고 대답하면서 반악은 어느 방향을 공격할 거냐고 물었다.

"난 정중앙을 바로 뚫고 들어가……."

반악은 말을 하다 말고 뭔가 놀랄 만한 것을 목격했다는 듯이 눈을 크게 떴다.

견일 등은 의아해하며 그의 시선을 따라 앞쪽을 쳐다봤다. 거룡성의 무리가 보였다.

'특별히 놀랄 만한 건 하나도 보이지 않는데?'

처음엔 그렇게 생각했다. 하지만 거리가 가까워지고, 적들의 모습이 구체적으로 시야에 들어오자 반악이 놀라는 이유를 알게 되었다.

'성주?'

무리의 가장 선두에 위치하고 있을 거라 예상하고 있었던 상관 성주가, 놀랍게도 가장 후미에서 말을 타지도 않고 등을 보인 채 달리고 있었던 것이다.

도주하는 쪽에서는 가장 위험한, 추적해오는 적에게 가장 먼저 공격당할 수밖에 없는 후미에 있다니.

"무슨 속셈일까요?"

견일은 수작을 부리고 있다고 생각했다. 함정으로 끌어들이기 위해 성주가 직접 미끼 노릇을 하는 거라고 말이다.

그러나 잠시 동안 아무 말 않고 후미를 노려보고 있던 반악은 힐끔 뒤를 돌아보는 상관 성주와 눈이 마주치고 나서 고개를 흔들었다.

"함정이 아니다."

"……?"

"성주가 후방을 맡은 거다."

"진짜요?"

전 천문당원으로서 상관 성주에 대해 잘 알고 있다고 생각했던 견일은 쉽게 믿기가 힘들었다. 성주는 저렇게 솔선수범하여 위험을 자처할 사람이 아니었으니까.

그러나 반악은 자신의 판단을 확신하고 있었다.

왜?

상관모웅의 눈동자와 표정에서 진심 어린 투지를 읽었기 때문이었다.

'상관모웅, 이제야 수장다운 행동을 보여주는구나.'

스스로 내린 결정일까?

아니면 어쩔 수 없는 상황에서 떠밀리듯 취한 행동일까?

'뭐라 해도 상관없지.'

달라졌든 아니든 간에 상관 성주를 죽이겠다는 마음은 변함없을 테니까.

'하늘도 내가 복수하는 것을 원하는 것 같구나!'

"처음 말한 대로 움직인다!"

힘차게 소리친 반악은 고삐를 빠르게 흔들어 말의 속도를 높였다. 견일 등도 그와 속도를 맞추면서 서로 시선을 교환해 각기 맡을 방향을 정했다.

반악을 중심으로 왼쪽에 견일, 오른쪽에 염서성, 그리고 서문유강은 어디로든 움직여 도움을 줄 수 있게 뒤쪽에 자리 잡았다.

*   *   *

'저 개자식들!'

상관 성주는 뒤를 돌아보며 이를 갈았다. 반악 등은, 특히 반악의 경우에는 홍문한에게 심각한 부상을 입혀 사경을 헤매게 만들고, 결과적으로 무리 전체가 퇴각하도록 유도한 장본인이 아니던가.

하지만 끓어오르는 분노를, 수하들에게 뒤로 방향을 틀어 반악 등을 공격하라는 외침이 목젖까지 올라오려는 것을 억눌렀다.

'침착하자.'

이런 상황일수록 흥분을 가라앉히고 냉정하게 대처해야

만 하기 때문이었다.

이전에는 홍문한이 그 역할을 했었으나, 그가 없는 지금
은 스스로 감정을 추스르고 이성적인 판단을 내려야만 하는
것이다.

상관 성주는 그보다 앞쪽에서 달리고 있던 두 대주들을
불렀다.

"손 대주, 법 대주!"

"예, 성주님."

"좌우의 간격을 그대로 유지하고, 공격을 받아도 흐트러
지지 않도록 해라. 내가 부르기 전까지는 무슨 일이 있어도
뒤를 돌아보지 말고, 결코 대열이 무너지는 일이 없도록 해
야 한다."

대주들은 우려하는 마음이 생겼지만 알겠다고 대답했다.
무영편 공전무를 비롯하여 무공이 고강한 열 명의 호법들과
수석조장 맹민노를 포함한 보룡무사 삼십 명이 상관 성주의
좌우에 있기 때문이었다.

그들이 막아선다면 천하 오십삼 명의 고수들 중에서도 상
위에 꼽힐 만큼 실력이 뛰어나지 않고서는 결코 상관 성주
에게 위협이 될 수 없을 테니까.

"온다! 모두 무기를 빼들어라!"

상관 성주의 외침에 대주들과 호법들을 비롯한 무사들 모
두가 칼을 빼들었다.

그리고 거의 동시에 육 장여 떨어진 위치까지 거리를 좁힌 반악의 살기 어린 외침이 들려왔다.

"상관모웅, 쥐새끼처럼 도망치지 마라!"

상관 성주는 절대 듣고 싶지 않은 욕을 들어 너무나 화가 났지만 다시금 흥분을 내리눌렀다.

하지만 그 뒤로 들려오는 말에는 그러한 인내도 한계를 드러내고 말았다.

"네 딸을 죽인 게 바로 나다!"

"……!"

상관 성주의 관자놀이에 힘줄이 불끈 일어났다. 그의 온몸에 힘이 잔뜩 들어갔다. 만약 맹민노가 그의 팔을 잡지 않았다면, 좌우에 있던 공전무와 해두홍이 있을 수 없는 일이라며 반박의 말을 하지 않았다면 그대로 돌아서서 반악을 향해 몸을 날리고 말았을 것이다.

"속지 마십시오! 성주님을 혼란케 하려는 수작입니다!"

"놈의 말을 들을 이유도 없고, 놈이 흉수라는 말도 거짓말일 것입니다!"

물론 두 사람이 진짜 그렇게 생각하고 있는 건 아니었다. 반악이 상관미조를 죽인 흉수일 수도 있다고 여겼다. 하지만 그 진위 여부를 떠나 상관 성주가 정신을 못 차리면 모든 게 끝난다는 절박함 때문에 강하게 부인하고, 아니라고 설득하고 있는 것이다.

상관 성주는 피가 나도록 이를 악물었다.

'참자.'

반악이 상관미조를 죽였다는 게 진짜일지라도 참아야 했다. 지금 참지 못하면 모든 게 끝나버리니까.

허나, 그러한 잠깐의 흥분과 이어진 머뭇거림이 반악에게는 간격을 더 많이 좁히기에 충분한 시간을 주었다.

남은 사 장의 거리.

짧다 할 수 없는 간격이었지만, 반악이 마음만 먹으면 한 번의 도약을 통해 줄일 수 있는 거리였다.

그래서 반악은 안장을 박차고 앞으로 뛰어올랐다.

스악—

새하얀 강기에 휩싸인 박도가 상관 성주를 향해 떨어졌다.

"하압!"

상관모웅은 마주 칼을 휘두르지 않고 앞으로 몸을 날렸다. 대신 그의 좌우에 있던 공전무와 해두홍이 반악과 싸우다 망가진 무기 대신 지니고 있던 각각의 채찍과 창을 휘두르고 내질렀다.

반악은 공중에서 몸을 비틀어 채찍을 피하고, 오른 발끝을 내리찍어 창끝을 튕겨냈다. 그리고 땅에 착지한 그는 그대로 앞으로 돌진하며 빠르게 돌아서서 칼을 휘두르는 상관 성주를 향해 마주 박도를 휘둘렀다.

카캉!

귀가 따가울 만큼의 충격음과 함께 상관 성주의 몸이 쭉 밀려났다. 가슴을 움켜잡고 기침하는 걸 보면 얕은 내상을 입은 게 분명했다.

반악도 반탄력에 밀리며 충격을 받기는 했다. 하지만 좌우에서 자신의 요혈을 노리는 호법들의 무기를 피하고, 보룡무사들의 공격을 막아낼 정도의 여유는 갖고 있었다.

채채채챙ㅡ

보룡무사들의 공격은 별 효과도 없이 쉽게 막혔고, 호법들의 무기는 그들의 명성과 실력에 못 미칠 만큼 허망하게 튕겨졌다.

하지만 단순히 실력의 격차 때문만은 아니었다. 공격에 온 힘을 다하지 않고 적당히 견제하며 성주를 보호하고 물러날 의도를 마음에 품었기 때문이었다.

상관 성주와 호법들, 보룡무사들은 반악이 주춤한 사이 다시 앞으로 달려갔다.

'이러다간 끝이 없겠다.'

반악은 고삐를 당기고 좌우로 넓게 퍼지며 적들 무리의 뒤쪽을 노리고 있던 견일과 염서성의 움직임을 확인하고, 서문유강에게 소리쳤다.

"서문 공자, 저놈들이 나를 방해하지 못하도록 막아주시오!"

견일과 염서성 중 어느 쪽으로 움직일지 고민하고 있던 서문유강은 즉시 반악의 뒤쪽으로 말을 바짝 붙이며, 고삐를 쥐지 않은 오른손으로 철봉을 꽉 움켜잡고 소리쳤다.

"준비됐소! 언제든 공격하시오!"

반악은 공력을 끌어올려 경공의 속도를 높이고 상관 성주를 둘러싸고 있는 호법들과의 간격을 이 장까지 좁혔다. 그리고 때를 맞춰 견일과 염서성이 말에서 뛰어내리며, 무리의 뒤쪽 좌우 끝에서 달리고 있던 거룡성 무사를 향해 몸을 날렸다.

"악!"

"큭!"

고통스런 신음소리를 들은 반악은 곧장 호법들을 향해 공력을 충만하게 주입한 박도를 휘둘렀다.

후앙—

강기가 길게 늘어지며 세 명의 호법들을 한꺼번에 노렸다.

캉캉—

"끄악!"

엄청난 힘과 날카로움을 가진 강기의 줄기였기에 두 명은 간신히 막아내고, 한 명은 무기와 함께 팔이 잘려나가면서 비명을 내질렀다.

하지만 호법들은, 그리고 상관 성주와 보룡무사들은 그러한 상황에 반응하여 달리는 것을 멈추고 팔이 잘린 호법을 돕기 위해 반악을 공격하지 않았다. 오히려 그러한 상황을 이용해 더욱 거리를 벌리려고 했다.

하지만 이번엔 반악 혼자서 공격을 하는 게 아니라 서문유강도 함께했기에 그들의 의도대로 할 수가 없었다.

흥—

철봉을 어깨에 걸친 채 말 등을 박차고 뛰어오른 서문유강의 왜소한 몸이 상관 성주의 오른쪽, 네 명의 호법들이 달리는 곳으로 떨어졌다.

"머리 위다!"

서문유강의 존재감을 가장 먼저 알아챈 호법이 다급히 소리쳤고, 다른 호법들은 즉시 회피 동작을 취했다. 하지만 서문유강의 움직임은 그보다 빨랐고, 호법들의 반응은 반 박자 정도 늦은 상태였다.

퍽!

"윽!"

가장 늦게 반응한 한 명이 철봉의 움직임을 피하지 못하고 등을 가격당하며 앞으로 고꾸라졌다.

그는 쌍검진천(雙劍振天) 벽요였다.

"염병할, 꼬맹이 새끼가!"

벽요는 욱신거리는 등의 고통을 욕지거리로 표출하며 앞으로 굴렀다가 벌떡 일어났고, 곧장 서문유강을 향해 달려들었다.

"흥분해선 안 되오!"

다시 뛰려던 태산검 파종치가 다급히 만류했지만, 벽요는 귓등으로 흘리며 멈추지 않고 서문유강을 향해 맹렬히 돌진하며 양팔을 휘둘렀다.

스사사사사!

양팔의 움직임을 따라 쌍검이 공간을 가르며 날카로운 바람소리가 생겨났다.

두 자루 검이 수레바퀴처럼 휘돌며 눈앞을 가득 채웠지만, 서문유강은 당황하지 않고 철봉의 중간을 잡아 원형으로 돌리기 시작했다.

채채채채챙―

검과 봉이 맞부딪치며 시끄러운 쇳소리가 쉴 없이 터져나왔다.

하지만 어느 쪽이 우세한지는 금방 드러났다. 가까이 있던 호법들은 신장의 차이로 내리찍듯 검을 휘두르는 벽요가 더 유리할 거라 생각했지만, 결과는 서문유강이 전진하며 벽요를 뒷걸음치게 만들었던 것이다.

호법들은 순간적으로 고민했다. 벽요를 도와 서문유강에게 합공을 가해야 할지, 아니면 그냥 계속 달려야 할지에 대해서.

하지만 그사이에 반악이 반대쪽에 있던 호법들과 보룡무

사들의 방어를 뚫고 상관 성주에게 바짝 접근하는 상황이
벌어지자 고민은 간단하게 끝나버렸다.

그들은 곧장 상관 성주 쪽으로 움직였다.

'젠장!'

벽요는 호법들이 자신을 외면해버리자 내심 욕을 하면서
온 힘을 다해 뒤로 물러났다. 서문유강을 이길 자신도 없고
도움도 받을 수 없는 처지니, 자존심이 상하더라도 피할 수
밖에 없었던 것이다.

하지만 서문유강은 그가 그냥 물러나게 둘 생각이 없었
다.

후후훙—

짧은 다리에도 불구하고 전진하는 속도는 전광석화와 같
았고, 일보 일보마다 찔러 들어가는 철봉의 속도는 화살처
럼 빠르고 정확했다.

벽요는 결국 다섯 걸음 만에 쌍검을 놓치고, 상반신 곳곳
을 철봉 끝에 가격당하며 쓰러져 그대로 의식을 잃었다.

서문유강은 벽요를 일별하고 반악 쪽으로 고개를 돌렸다.

'세력의 힘으로 천하의 고수가 되었다는 소문을 들었는
데, 실제로 보니 그 이상의 실력을 가진 고수였군.'

반악의 공격을 막아내며 지속적으로 물러나고 있는 상관
성주의 움직임은 서문유강이라고 해도 승리를 자신할 수 없
을 정도로 뛰어났다.

비록 일곱 명의 호법들과 수십 명의 보룡무사들이 그를 보좌하며 싸우고 있기는 했지만, 그가 지금껏 보아왔던 반악의 실력을 감안하면 상관 성주 등이 유리한 싸움을 하고 있다고 볼 수도 없었다.

또한 상관 성주 등은 반악과 끝을 낼 의도가 없어 보였다. 공격보다는 회피에 집중하며 앞서 달리는 무리들과 간격을 떨어트리지 않으려고 애를 쓰고 있는 것처럼 보이는 것이다.

'아무리 반 소협이라도……'

싸우지 않으려는 상대를, 어떻게든 물러나고자 하는 자들을 상대로는 어쩔 도리가 없는 것이다. 게다가 반악의 대처하는 방식에 있어서 이전과 달리 어설픈 점이 보였다. 경험이 부족한 사람처럼 시야가 좁아 넓게 보지 못하고 있는 것처럼 느껴진다고 할까.

'내가 알려줘야 한다.'

서문유강은 자신이 조력자로서의 역할을 할 때라고 생각했다.

그는 적들 무리의 뒤쪽을 집요하게 공격하는 견일과 염서성에게 별문제가 없다는 것을 확인하고 반악과 상관 성주와의 사이를 차단하고 있는 호법들을 향해 몸을 날렸다.

*　　　*　　　*

'젠장, 젠장.'

반악은 짜증이 났다. 상관 성주와 단둘이 싸우게 되었다 싶으면 방해를 하는 호법들과 보룡무사들 때문이었다.

게다가 상관 성주부터가 맞서 싸우려 하지 않고 틈만 나면 뒤로 돌아 달리고 있어서 결정적인 공격을 가할 기회를 얻기조차 힘이 들었다.

허나, 가장 짜증나는 건 방법을 찾지 못하고 있는 자신의 모습이었다.

'왜 이러지?'

지금의 실력이면 상관 성주를 죽이는 건 문제될 것도 없으리라 생각했다.

일곱 명이나 되는 뛰어난 실력의 호법들이 힘을 합쳐 방해를 하고 있기는 했지만, 과거에도 이들은 자신의 상대가 아니었다. 자신을 두려워하여 똑바로 얼굴을 마주하지도 못하던 자들이었으니 경지가 일취월장한 지금은 더더욱 상대가 될 수 없었다.

수는 많지만 무공 경지에 있어서 호법들과의 격차가 확실한 보룡무사들이야 더 말할 것도 없었다.

그러니 지금의 연이은 실패와 어려움은 상대가 아닌 자신에게 문제가 있기 때문이라고 봐야 했다.

"반 소협!"

반악은 좌우에서 찔러 들어오는 검과 창을 쳐내면서 소년과 같이 여리지만 힘이 담긴 서문유강 특유의 음성이 들리는 쪽을 힐끔 쳐다봤다. 서문유강은 상관 성주 등이 물러나는 쪽으로 움직여 길목을 차단하고 있었다.

서문유강은 상관 성주의 왼쪽에서 물러나고 있던 호법을 향해 철봉을 휘두르며 소리쳤다.

"한 명씩 상대하시오!"

"……!"

반악은 그 외침을 듣고 퍼뜩 깨달았다.

'내가 애송이처럼 너무 조급하게 굴었구나.'

견일 등에게는 차근히 공격하라 해놓고, 자신은 냉철하게 행동하지 못하고 있었던 것이다.

복수심에 눈이 멀어, 이번엔 절대·실패할 수 없다는 생각에 마음이 급해졌기 때문이리라.

'그래, 이제껏 기다려왔는데 잠깐 더 늦춰진다고 해서 조급해할 이유는 없지.'

반악은 의식적으로 상관 성주를 보지 않고 호법들과 보룡무사들에게 시선을 집중했다.

그리고 가장 가까이 있는, 상대적으로 빈틈이 가장 크게 보이는 묵혼도객(墨魂刀客) 계막위를 향해서 크게 걸음을 내딛으며 바짝 접근해 들어갔다.

'뭐, 뭐야!'

계막위는 반악이 자신만 노리고 빠르게 다가오자 깜짝 놀랐다. 자신 혼자서는 절대 감당할 수 없었으니까.

그는 본능적으로 도와주길 바란다는 의미가 진하게 담겨 있는 시선으로 다른 호법들을 쳐다봤다. 하지만 그들은 그 시선을 외면했다. 마치 이때를 기다렸다는 듯 상관 성주와 함께 등을 보이고 달려갔다.

그의 안위 따위는 조금도 생각 않고, 앞을 막아서는 서문 유강을 제치고 지나가는 것에만 집중하겠다는 뜻인 것이다.

'의리도 없는 새끼들!'

계막위는 반악의 박도를 막으며 내심으로 성주와 호법들을 욕했다. 하지만 그러는 그도 조금 전까지 위기에 처한 다른 호법들을 외면하였음을 감안하면 남을 탓할 처지가 아니었다.

결국 지금의 상황은 스스로 초래한 일인 것이다.

카캉!

"큭!"

가까스로 박도를 막아낸 계막위는 손아귀가 찢어지는 고통과 팔에 전해지는 묵직한 충격에 신음을 터트리며 물러났다. 아니, 물러났다고 생각했다.

뻑!

반악의 발끝이 묵직하게 복부를 파고들었다가 떨어지고, 계막위는 피를 토하며 주저앉았다.

내장이 뒤집어지고도 남을 충격을 받은 것이다.

"······?"

피를 울컥 울컥 토하며 힘겹게 숨을 내뱉고 있던 계막위는 의아해하며 고개를 들었다. 이제 죽는구나, 하고 생각했는데 아무런 조짐도 없기 때문이었다.

반악은 보이지 않았다. 그가 더 이상 방해할 상태가 아니라 판단하고, 그를 외면한 채 떠난 상관 성주와 호법들을 쫓아간 것이다.

'살았다. 살았어.'

계막위는 지금껏 한 번도 느끼지 못한 기쁨에 빠져들었다. 큰 내상을 입긴 했지만, 그래도 살 수 있다는 생각에 일어난 환희였다. 그러나 기쁨도 잠시, 하 당주를 비롯한 나머지 반룡복고당의 무리가 어느새 지척까지 이른 걸 보고 얼굴이 창백하게 변했다.

"빌어먹······."

스악!

계막위의 목을 빠르게 베어버린 하 당주가 힘없이 앞으로 고꾸라지는 시체를 일별도 않고 달려가고, 수백 명의 당원들이 시체를 짓밟으며 지나갔다.

*   *   *

'넷.'

반악은 상관 성주와 함께 움직이는 호법의 숫자를 셌다. 계막위를 낙오시킨 후 짧은 시간 동안 두 명을 더 쓰러트린 것이다. 수석조장 맹민노와 여덟 명의 보룡무사들도 그를 막아서려다가 치명적 부상을 입고 쓰러져 저 뒤쪽으로 밀려난 상태였다.

서문유강의 지적을 받아 정신을 차리고 한 명 한 명 공략하는 데 집중한 덕이었다.

'하지만……'

시간이 너무 지체되었다.

그를 앞세우고 한참 뒤에서 따라오던 하 당주와 당원들이 어느새 이십여 장 거리로 가까워졌는데, 지난번의 상황을 생각해볼 때 하 당주가 공을 세우기 위해 그를 제치고 상관 성주를 노리려고 할 가능성이 높은 것이다.

'그럴 수는 없지.'

상관 성주는 자신의 몫이었다. 반드시 자신의 손으로 죽여야만 했다.

반악은 자신의 공격을 가까스로 막아내고 또다시 물러나려고 하는, 이제는 자신을 감당하기 힘들다는 걸 인정하고 그러한 판단에 따라 약간 앞서가며 수하들과 합류할 생각을 하는 상관 성주를 향해 소리쳤다.

"너의 딸은 홍문한과 몸을 섞던 사이였다!"

"……!"

우뚝 멈춰 선 상관 성주가 잡아먹을 듯한 눈빛으로 반악을 노려보았다. 마음이 급해진 호법들은 성주를 잡아끌며 반악을 향해 소리쳤다.

"미친 새끼! 말도 안 되는 개소리하지 마라!"

"천문당원들을 잡아 족치며 알아냈다! 네 의형제라는 놈은 너와 아무런 의리도 가지고 있지 않았다! 네놈 뒤에서 네 딸과 몸을 섞으며 널 비웃고 있었던 거다!"

반악은 계속해서 조롱하고 비웃음을 던지며 정신적 충격으로 꿈쩍도 하지 않는 성주 때문에 물러나지도 못하고 있는 호법들과 보룡무사들을 향해 박도를 맹렬하게 휘둘렀다.

카카카카캉!

내리찍고 옆으로 쳐내고 때론 발길질을 날리며 보룡무사들을 쓰러트리고 호법들을 물러나게 만든 반악은 결국 포위를 완전히 열고 상관 성주에게 치명적인 일격을 가할 기회를 얻었다.

하지만 그 순간, 힘이 풀려 있던 상관 성주의 눈동자가 생기를 되찾았다.

슈사사사―

언제 멍해 있었냐는 듯 상관 성주의 움직임은 빠르고 매서웠으며, 엄청난 힘으로 펼쳐낸 그의 칼은 반악의 상반신을 빼곡하게 뒤덮었다.

반악은 갑작스런 반격에 놀라 아주 미세한 차이로 늦게

반응했고, 그래서 뒤로 물러나며 막아낼 수밖에 없었다.

속은 걸까?

방심하게 만들기 위해 고의로 충격 받은 것처럼 행동한 것일까?

'아니다.'

반악은 상관 성주가 제정신으로 이런 위력을 펼쳐 보이는 게 아니라고 생각했다. 눈동자 가득 맺힌 분노와 살기, 그리고 온몸으로 발출하고 있는 투쟁심은 결코 반악을 향한 게 아니었다.

이곳에 없는, 자신보다 더 안위를 걱정해서 앞서 보냈던 의동생을 향해서였다. 최근 자신이 홍문한의 충성심과 성실함을 몰라주고 속 좁게 굴었던 것에 대한, 결국 생사지경으로 몰아간 것에 대한 미안함과 죄책감이 한순간에 엄청난 분노로 뒤바뀐 것이다.

그리고 그 분노가 잠깐 동안 반악을 강하게 몰아칠 수 있는 힘의 원동력으로 작용한 것이었다.

하지만 그 시간은 길지 않았고, 반악의 실력은 감정적 폭발을 통해 얻은 힘으로 극복할 수 있는 수준이 아니었다.

캉!

쉼 없이 공간을 가르며 폭풍을 일으키던 상관 성주의 칼이 반악의 박도와 묵직하게 맞부딪히고 나서 순간적으로 정지했다.

분노로 빛나던 상관 성주의 눈동자가 당혹감으로 물들고, 반악의 입가를 따라 미소가 감돌았다.

퍽!

칼 안쪽으로 번개처럼 파고들어 들이민 반악의 어깨에 얼굴을 가격당한 상관 성주의 코가 뭉개지고 피가 흘러내렸다. 하지만 연이어 정강이를 걷어차이면서 비틀거린 그는 머리 위로 떨어지는 박도를 피하기 위해서라면 그 정도의 고통은 충분히 참아낼 수 있었다.

"……!"

급히 몸을 틀어 박도를 피한 상관 성주는 왼쪽 어깨살이 뭉텅 베여나가는 고통에도 불구하고 필사적으로 칼을 휘둘러 반악의 허리를 노렸다.

챙!

칼은 너무 쉽게 막혔고, 오히려 무리한 자세를 취하느라 어깨와 머리 쪽에 빈틈을 허용하고 말았다. 그리고 반악은 정확히 그 빈틈을 향해 박도를 휘둘렀다.

"막아!"

상관 성주를 구하기 위해 보룡무사들이 몸을 던져 앞을 막아서고, 호법들은 좌우에서 온 힘을 다해 무기를 찌르고 휘두르고 내리쳤다.

반악은 상관 성주에게 연연하지 않고 먼저 호법들의 공격을 막는 데 집중했다.

카카캉!

연이은 격전과 후퇴 등으로 인해 힘이 많이 빠진 호법들은 처음과 큰 차이가 없는 위력의 박도를 감당하지 못하고 뒷걸음쳤다.

보룡무사들도 채 한 합을 견디지 못하고 쓰러져갔다.

호법들과 보룡무사들 덕에 위험한 상황을 가까스로 모면한, 하지만 다시금 반악의 공격을 받을 위기에 놓인 상관 성주는 필사적으로 물러나며 소리쳤다.

"손 대주-! 법 대주-!"

견일과 염서성, 그리고 두 사람을 지원하는 서문유강의 집요하고 효과적인 방해 속에서도 꾸준하게 앞으로 나아가던 거룡성의 무리는 상관 성주의 절박한 외침을 듣고 바로 이동을 멈추었다.

그리고 손 대주와 법 대주를 필두로 우르르 다시 뒤로 돌아왔다.

'마지막 기회다!'

반악은 있는 힘껏 공력을 끌어올렸다.

적의 무리가 우르르 몰려와 상관 성주를 둘러싸면 그 방어를 뚫기 위해 다시금 많은 시간이 필요하고, 뒤쪽에 가까워진 하 당주와 당원들로 인해 제약을 받게 될 게 분명하기 때문에 이번 공격으로 완전히 끝낼 생각이었던 것이다.

헌데 바로 그때, 생각지도 못한 음성이 오른쪽 저 멀리서 들려왔다.

"주인님!"

견이의 음성이었다.

반악은 머뭇거림 틈이 전혀 없음에도, 딴 곳으로 신경을 분산시키면 상관 성주를 공격할 기회를 완전히 놓치게 된다는 걸 잘 알면서도 견이의 음성이 들려오는 곳으로 고개를 돌렸다.

*   *   *

적의 후미에 바짝 붙은 반룡복고당의 무리는 잠시 동안 승리를 기대할 만한 분위기 속에서 힘껏 공격을 퍼붓기도 했지만, 일각 만에 추적을 포기해야만 하는 상황에 처하고 말았다.

적들이 이동하는 데 집중하면서도 만만치 않은 반격을 하는 데다 명광 별장에 가까워지면서 미리 도착해 방어 준비를 갖추고 있던 적의 무사들이 우르르 몰려나오자 계속 쫓아 들어가기에는 부담스러운 상황으로 변했기 때문이었다.

결국 반룡복고당의 무리는 깊은 실망감 속에서 추적을 멈췄고, 일단 별장을 포위하는 정도에 만족할 수밖에 없었다.

물론, 그러한 상황이 실패라고만 볼 수는 없었다. 그들이 처음부터 기대했던 것에 비해 약간 부족하긴 하지만, 이 정도만 해도 절반 이상의 성과를 이루었다고 봐야 하는 것이다.

그러나 이런 상황에서 긍정적인 측면을 배제한 채 책임여부를 따지는 사람도 있는 법이었다.

하 당주가 바로 그러한 부류에 속하는 인물이었다.

"반 소협은 어디 있는가!"

노기가 가득 서린 큰 목소리였다.

하 당주는 이제껏 한 번도 보여준 적이 없는 격한 태도로 반악을 찾았다.

결정적인 순간 상관 성주에게 치명적인 공격을 가할 수 있었음에도 자처하여 기회를 놓치고, 견일 등과 함께 멍하니 서서 길목을 막아 수하들에게 부축을 받아 도주하는 상관 성주를 쫓으려는 그와 제자들을 방해했으며, 적들을 추적하는데도 뒤따르지 않고 손을 놓아버린 태도 등으로 인해 화가 난 것이다.

하 당주는 저 뒤쪽에서 견일 등과 함께 말을 타고 달려오는 반악을 발견하고 빠르게 걸어갔다.

각 무리의 수장들도 굳은 표정으로 하나둘씩 모여들었다.

"자네가 무슨 짓을 저질렀는지 알아!"

하 당주는 반악이 말에서 완전히 내리기를 기다리지도 않고 버럭 고함을 질렀다.

헌데, 반악은 대꾸도 없이 그를 쳐다보지도 않고 그냥 지나쳐버렸다. 어이가 없고 황당해진 하 당주는 지나쳐가는 반악의 어깨를 붙잡으려 손을 뻗었지만, 견일이 그 사이로 끼어들며 손을 쳐냈다.

"주인님을 방해하지 마시오."

"뭐라! 감히 종놈 따위가 어딜 끼어드는 것이냐!"

하 당주의 평소 모습에선 찾아볼 수가 없던 오만하고 격한 반응이었다. 그만큼 화가 났다는 뜻이고, 반악을 비난하기로 작정했다는 의미였다.

그러나 견일은 하 당주의 그러한 반응에 전혀 위축되지 않았다.

"당신을 위해서 하는 말이오. 지금은 주인님의 심기를 건드려서 좋을 게 없소."

허나, 그런 말에 가만히 있을 하 당주가 아니었다. 오히려 더욱 성난 표정을 지으며 견일을 밀쳐버리고서 강학청에게 다가가 아주 조그만 목소리로 말을 하고 있는 반악에게 성큼성큼 걸어갔다.

그는 손을 뻗어 반악의 팔을 움켜잡았다.

"내가 부르는 소리를 듣지⋯⋯!"

자신 쪽으로 돌아서도록 하기 위해 팔을 잡아당기던 하 당주는 돌처럼 굳어졌다.

고개만 돌려 쳐다보는 반악의 시선으로 인해 두려움을 느꼈기 때문이었다. 단순히 차갑고 매섭다 정도로는 표현할 수 없는, 너무나 위협적인 느낌을 발산하는 시선이었다.

반악은 낮게 깔린 음성으로 말했다.

"놓으시오."

하 당주는 체면이 구겨진다는 생각도 못하고 팔을 잡고 있던 손을 놓았다.

하지만 자신의 모습이 당원들에게 어찌 보일지를 곧바로 자각하고, 헛기침으로 목소리를 가다듬고 노한 표정을 지으며 말했다.

"왜 상관 성주를 죽일 수 있는 기회를 날려버렸는가? 왜 길목을 막고 서서 우리의 추적을 방해했고, 왜 함께 싸우기 위해 뒤따라오지 않았는가? 왜 하필 결정적인 순간에, 이번에야말로 적들에게 치명적인 타격을 줄 수 있었는데, 거룡성을 완전히 무너트릴 기회였는데 모든 걸 망쳐버린 것인가? 당장 해명을 해보게."

반악은 말없이 그를 쳐다만 봤다. 이번에는 위협적인 시선이 아니라, 살짝 힘이 빠진 무미건조한 시선으로.

하 당주는 그 시선에 담긴 묘한 느낌 때문에 움찔했다. 마치 자신을 동정하는 것 같고, 한편으로는 경멸하는 것 같기도 한 이해하기 어려운 감정이 전해져왔던 것이다.

반악은 이제 모든 미련을 떨쳐낸 듯한 한숨을 내쉬며 말했다.

"당신은 정말 많이 변했군. 내 기억을 의심하고 싶을 만큼 많이 변했소."

"……?"

하 당주는 무슨 소리를 하는지 이해가 되지 않았다. 마치 예전의 자신을 알고 있다는 듯, 변했다느니 기억이라느니 하는 말을 하고 있었으니까.

하지만 반악은 그의 반응에 상관없이 계속해서 말을 했다.

"이미 지나간 일을 논해서 무엇을 하겠소. 당신에겐 마음에 들지 않더라도 이미 그렇게 되어버린 것을."

"잘못을 인정하겠다는 건가, 아니면 회피를 하겠다는 건가?"

"마음대로 생각하시오. 어찌 생각하든 상관없으니까. 난 떠나겠소."

"……?"

하 당주 뿐만이 아니라, 가만히 듣고만 있던 무리의 수장들도 모두 이해할 수 없다는 표정을 지었다.

"떠나다니? 어디로 떠난단 말인가?"

"중요한 일이 생겼소."

더더욱 이해가 가지 않는 대답이었다.

거룡성의 무리를 궁지로 몰았고, 반룡복고당의 궁극적인 목표를 이룰 수 있는 기회가 코앞에 있는데, 이보다 더 중요한 일이 어디 있다고 떠난다는 말인가.

묵담향이 나서며 물었다.

"반 소협, 도대체 무슨 일이기에 그러는 건가요? 우리가 이해할 수 있도록 속 시원히 말을 해보세요."

"개인적인 일이오. 끝까지 도움이 되지 못해서 미안하오. 하지만 난 떠나야만 하오."

반악은 포권을 취해 고개를 숙여보이고는 말이 있는 곳으로 돌아섰다. 견일, 견이, 그리고 염서성과 서문유강까지도 그를 따라 움직였다.

"반 소협!"

묵담향이 그를 따라갈 듯 몇 걸음 나아가다 멈춰 서서 안타까운 음성으로 소리쳐 불렀지만, 반악은 절대 돌아보지 않았다.

반악이 자신의 길을 막지 못하도록 눈앞에서 사라져주길 바라왔던 하 당주는 스스로도 정의내리기 힘든 감정 속에서 혼란스러워하다가 버럭 소리쳤다.

"정녕 대의를 저버리고 가겠다는 건가! 복수를 포기하겠다는 건가!"

"......"

"지금 떠나면 다시 돌아올 수 없어! 자넨 반룡복고당의 당원이 아니게 되는 것이야!"

하 당주의 외침에도 불구하고 반악은 끝까지 아무런 반응도 보이지 않으며 말에 올라 견일 등과 함께 서북쪽으로 달려갔다.

"강 문공님은 알고 계시죠? 반 소협이 왜 떠나는지, 어디로 가는 것인지 알고 계시죠?"

묵담향은 굳어진 표정으로 내내 아무 말도 않고 있는 강학청을 돌아보며 물었다. 반악이 떠났다는 사실에 충격을 받은 모든 이들의 시선이 강학청에게 몰렸다.

"그것이……."

강학청은 말을 잇지 못하고 머뭇거렸다.

'설명을 해줘야 할까?'

반악이 떠난 것은 부용설 때문이었다. 거룡성의 총단을 점령한 오행궁에 붙잡혀 있는 그녀를 구하기 위해서 복수를 뒤로하고 떠난 것이다.

하지만 당원들이 그의 결정을 이해해줄까?

여자 하나 때문에 복수와 동료를 저버린 그의 태도에 공감할 수 있을까?

강학청은 이해했다. 아니, 반악의 결정이기에 받아들였다. 그래서 따라가겠다고까지 했다. 하지만 당원들에게 그가 필요하며 이곳에서 해야 할 일이 있기 때문에 남으라고 해서 따라가지 못한 것이다.

하지만 당원들은 달랐다. 거룡성을 무너트리기 위해 모였다고 생각하는 그들에게 반악의 행동은 공감을 얻기가 힘든 것이다.

'어차피 알게 될 일이다.'

반악과 견일 등은 팔공산으로 갈 것이고 그로 인해 피바람이 불 것이니, 안휘 전체에 소문이 퍼지는 건 시간문제가 아니겠는가.

그렇다면 소문을 통해 듣느니 자신의 입을 통해 듣는 게 낫다 생각한 강학청은 반악이 떠난 이유를 당원들에게 차분하게 설명해주었다.

"……."

강학청의 설명이 끝나고 침묵이 감돌았다.

누구도 입을 열지 않았다. 이렇다 할 반응을 보이지도 않았다.

그러다 변화가 일어났다.

툭!

묵직한 주머니가 뒤쪽에서 날아와 강학청의 앞에 떨어졌다. 자연스럽게 사람들의 시선이 뒤로 돌아갔고, 낭인들 무리에 섞여 지켜보고 있던 원비팔봉 울표신이 던졌다는 걸 알게 되었다.

울표신은 낭인들 사이에서 걸어 나오며 말했다.

"그만두겠소. 주머니 안에는 고용되며 받은 돈의 두 배가 들어 있으니, 불만은 없으리라 믿겠소."

울표신은 그 말을 끝으로 반악 등이 사라진 서북쪽을 향해서 경공을 펼치며 빠르게 달려갔다.

사람들의 시선 역시 서북쪽으로 향했다.

하지만 여전히 아무도 입을 열지 않았고, 무리 전체에 침묵만이 더욱 깊게 깔릴 뿐이었다.

第五十八章

'의를 저버린 기분이구나.'

한시라도 빨리 부용설을 구해야 한다는 조급한 마음을 반영하듯 맹렬한 속도로 말을 몰아가던 반악은 뒤를 돌아보고 싶은 강한 충동을 느꼈다.

자신을 믿고 의지하던 사람들을 저버리고 떠나고 있다는 생각에 마음이 편치 않았던 것이다.

하지만 곧 고개를 내저었다.

'나에게 있어서 지금은 용설을 구하는 게 의고 협인 거다.'

반룡복고당에는 자신이 없어도 되지만, 부용설에겐 자신

이 반드시 필요했으니까

아니, 자신에게 부용설이 절대적으로 필요했다. 이젠 그녀가 없는 삶은 상상할 수도 없기 때문이었다.

반악은 조금 더 빠르게 고삐를 흔들었다.

* * *

반악 등은 팔공산으로 가는 길에 위치한 봉양(鳳陽)에 들렀다. 왼손을 잃은 견삼이 그곳 의방에서 치료를 받고 있었던 것이다.

의방에 들어서니 견삼은 가부좌를 하고 앉아서 운기를 하는 중이었다.

붕대로 감은 왼손이 아니라도, 창백한 낯빛이 그의 상태가 좋지 않다는 것을 보여주고 있었다.

"침상에 누워 있어야 한다고 했는데도 계속 저러고 있더이다. 손이 잘린 부위의 고통이 꽤 심할 게 분명한데, 고통을 줄여주기 위해 지어준 약도 몸의 감각을 둔하게 만든다면서 먹지 않고 있소."

골치 아파죽겠다는 듯 얼굴을 찌푸린 의원의 설명에 반악은 가까이 다가가 견삼을 불렀다.

"나 왔다."

견삼의 눈썹이 꿈틀거렸다. 운기 중이라 바로 멈추고 일

어나진 못하지만, 말소리를 들었다는 의미로 약간의 반응을
나타낸 것이다.

반악은 조용히 기다려주었다. 부용설에 대한 걱정으로 촌
각의 시간조차 아까웠지만, 견삼은 부용설을 구하다 왼손을
잃은 게 아니던가.

조금 뒤 견삼이 눈을 떴다. 그리고 즉시 자세를 고쳐 잡고
엎드리며 쿵 소리가 날 정도로 이마를 바닥에 박았다.

"죄송합니다, 주인님. 부 장주님을 구하지도 못하고 도망
쳐왔습니다."

"죽을죄를 지었으니 죽여 달란 말은 안 하네?"

"……."

반악은 견삼의 어깨가 움찔하는 것을 보고 피식 웃었다.
그리고 직접 견삼의 오른팔을 잡고 끌어당겨서 일으켜 세웠
다.

"넌 할 만큼 했다. 솔직히 왼손을 잃은 것은 멍청하게 능
력을 과신해서 생긴 일이라고 생각하지만, 그래도 넌 할 만
큼 했다고 본다."

견삼의 눈동자가 붉어졌다. 언뜻 눈물이 맺히는 것처럼
보였지만, 그는 입술을 악물고 고개를 숙이며 자신의 얼굴
을 보여주지 않았다.

하지만 목소리까지 떨리는 것은 어쩔 수가 없는 모양이었
다.

"죄송합니다."

"임마, 됐어. 같은 말 계속 들으면 짜증난다. 네가 살아 있는 걸 확인했으니 난 이만 가야겠다. 내가 돌아올 때까지 여기서 요양하며 기다려."

"싫습니다."

"뭐?"

견삼은 고개를 다시 들었다.

눈물이라도 쏟아낼 것만 같았던 표정은 사라져 있었다. 대신 강한 의지가 가득했다.

"같이 가겠습니다."

"그런 몸으로는 안 돼."

"무기를 잡는 오른손은 멀쩡합니다."

"네 뒤치다꺼리할 여유 없어."

"바라지도 않습니다. 도움 같은 거 필요 없습니다. 제 힘으로 싸울 겁니다. 공격할 힘이 떨어지면 방패라도 들고 싸우겠습니다. 그것도 안 되면 몸뚱이를 들이밀어 막고, 이빨로 적의 사지를 물어뜯겠습니다. 그러니 데려가주십시오."

"안 돼."

"데려가주십시오. 허락하지 않으셔도 따라갈 겁니다."

"너, 반항하는 거냐?"

반악의 인상이 구겨지면 이전에는 바로 꼬리를 내렸지만, 지금의 견삼은 그러지 않았다.

"주인을 따라다니다 보니 닮아버린 거지요."

반악은 순간 할 말을 잃고 멍한 표정을 지었다.

부용설을 추적하는 과정에서 겪은 일들이 그를 달라지게 한 것일까?

아니면 왼손을 잃어서 겁을 상실한 것일까?

알 수 없었다. 중요한 것은 견삼이 이대로 포기하진 않을 거란 점이었다. 반악이 죽이겠다 협박하고, 진짜 죽이기 전까지는 절대로.

"주인님, 그냥 데려가시죠."

"몸 상태는 저래도 제 몫은 충분히 할 녀석입니다."

견일과 견이까지도 견삼을 거들고 나섰다. 두 사람의 이런 태도도 이전까지는 절대 볼 수 없는 것이었다. 감히 대화에 개입하지도, 자신의 결정에 반하는 말을 하지도 못했었으니까.

게다가 끼어들까 말까 머뭇거리고 있던 염서성까지 결국 견삼의 편을 들었다.

"주인님, 이럴 시간 없잖아요. 그냥 허락하고 얼른 출발하죠."

반악은 단체로 항명에 가까운 발언들을 하자 당혹감을 느꼈다. 하지만 불순한 의도가 아닌, 자신을 돕겠다는 생각에서 나온 말들이라 화를 낼 수도 없었다.

기분 나쁜 항명이 아닌 것이다.

반악은 견삼을 빤히 쳐다보았다. 견삼은 변함없이, 아니, 조금 전보다 더욱 강한 의지가 담긴 눈동자로 자신과 시선을 마주했다.

"조금이라도 방해가 되면 내 손에 죽는다."

"죽을 짓 안 하도록 노력하겠습니다."

반악은 문쪽으로 돌아서며 말했다.

"따라와."

견삼은 히죽 웃으며 얼른 무기를 챙겨들었고, 먼저 의방을 나서는 반악 등을 쫓아 뛰어나갔다.

* * *

털썩.

여인이 침상 밖으로 밀려 바닥에 떨어졌다. 여인의 몰골은 목내이라고 봐도 무방할 만큼 빼빼 말랐고, 머리부터 발끝까지 생기라곤 조금도 찾아볼 수가 없었다.

허나, 일각여 전까지만 해도 여인의 몰골은 이렇지 않았다. 오히려 밝고 생기가 넘치는, 꽃다운 나이의 소녀 모습을 하고 있었다.

하지만 자신의 이득을 위해서 남의 목숨 따위는 조금도 신경 쓰지 않는 사람들에게 붙잡혀 이 방으로 끌려온 순간 끔찍한 운명과 맞닥뜨리게 된 것이다.

그리고 이렇게 모진 운명으로 내몰린 여인이 오늘만 벌써 다섯 명이나 되었다.

백염비는 벌거벗은 채로 침상에서 빠져나와 물로 마른 목을 축이고 나직하게 말했다.

"다음."

밖에서 대기하고 있던 복면의 대궁조 조원이 문을 열고 들어와 목내이처럼 변한 여인을 들고 나간 뒤, 다른 대궁조 조원이 잔뜩 겁에 질린, 벌써부터 눈동자에 눈물이 그렁거리는 소녀를 방 안으로 밀어 넣었다.

백염비는 소녀를 위아래로 한 번 훑어보고는 침상 위로 끌고 올라갔다.

"사, 살려주세요!"

소녀는 울먹이며 애원했다. 하지만 백염비는 냉랭한 시선으로 소녀의 옷을 찢어버릴 듯 거칠게 벗기기 시작했다. 그리고 나신으로 만들자마자 곧장 양 발목을 잡고 가랑이를 좌우로 크게 벌렸다.

이전에는 교합을 원활히 할 수 있도록 애무와 추궁과혈을 병행했지만, 이제는 그런 과정조차 시간 낭비라고 생각하는 것이다.

소녀는 어떻게든 벗어나기 위해 몸부림을 쳤다. 백염비는 짜증이 났다. 그래서 소녀의 뺨을 후려쳤다. 강하게 친 것은 아니었지만, 입술이 터져 피가 나고 더 맞기 싫어 꼼짝도 않게 할 정도의 효과는 있었다.

백염비는 소녀가 덜덜 떨기만 할 뿐 더 이상 반항을 하지 않게 되자 공력을 돋워 자신의 풀이 죽어 있던 양물을 크게 키우기 시작했다.

성욕을 채우기 위해서가 아니라 순수한 음기를 끌어 모아 공력을 키우기 위한 행위였기에 작위적인 방법을 쓰고 있는 것이다.

헌데 막 소녀의 몸 안으로 진입하려는 찰나, 방문을 두드리는 소리가 그를 방해했다.

"방해 말라고 했잖아!"

"비룡지 외곽에 몇 놈이 나타났는데, 궁주님께서 기다리시던 자들로 보입니다."

"……!"

백염비는 잠시 침묵하다 자신을 올려다보고 있는 소녀를 힐끔 내려다보았다. 소녀는 몸을 웅크렸다. 그 시선 속에 담긴 차가움 때문이었다.

백염비는 손을 뻗어 백회혈이 있는 머리 윗부분을 움켜잡았다. 그리고 흡정대공의 수법으로 기운을 뽑아올리기 시작했다.

"끄으……."

눈동자가 뒤집힌 소녀는 사지를 덜덜 떨며 조금씩 말라가기 시작하더니 얼마 있지 않아 목내이처럼 변해서 물에 젖은 솜처럼 축 늘어졌다.

백염비는 눈을 지그시 감으며 아주 살짝 몸서리를 쳤다.

"나쁘지 않군."

채음보양의 수법을 쓴 것도 아니고 소녀가 무공을 수련한 몸도 아닌지라 공력 증진에는 도움이 되지 않았지만 기분이 나쁘지 않았던 것이다.

백염비는 수건으로 땀을 닦아낸 뒤 옷을 입고 검을 챙겼다.

"오늘은 반드시 끝장을 내주마."

그는 다짐하듯 말하며 방을 나섰다.

*   *   *

성문 입구에는 비룡지를 한눈에 내려다볼 수 있도록 높고 넓은 단상이 만들어져 있었다. 백염비가 반악을 맞이하기 위해서 특별히 지시를 내려 설치한 것이다.

백염비가 성문 밖에 도착했을 때는 그 좌우로 이미 모든 오행궁의 무사들이 집합해 있었고, 단상에는 옥존과 부궁주 요월홍이 와서 비룡지 너머를 바라보고 있었다.

"놈들은 어디 있지?"

백염비가 단상으로 오르며 묻자 요 부궁주가 고개를 내저었다.

"아직 보이지 않아요."

"아직? 지금쯤 보여야 하잖아."

"그렇기는 한데……."

백염비는 마치 요 부궁주의 잘못이라도 된다는 것처럼 노려보았지만, 그녀도 의아스럽기는 마찬가지였다. 수하들이 보았다는 위치와 비룡지를 거쳐 성문에 이르는 거리를 감안하면 자신들의 코앞에 서 있어야 정상일 만한 시간이 지났으니까.

'놈이 수작을 부리는 건가?'

열도 되지 않는 숫자라 했으니, 정면 공격을 해오지 못할 거란 생각이 드는 것이다.

그래서 백염비는 요 부궁주에게 수하들을 이끌고 나가서 찾아보라고 명령을 내리려 했다. 하지만 그때 옥존이 입을 열었다.

"나타났다."

모두의 시선이 비룡지 중앙을 가로지르는 대로의 끝으로 향했다.

여섯 마리의 말과 여섯 명의 기수.

백염비는 힐끔 하늘을 올려다보았다. 구름 한 점 없이 맑은 하늘이었다. 피부를 얼얼하게 만드는 차가운 기온과 간간히 불어오는 냉랭한 바람만 아니라면 겨울답지 않게 너무나 좋은 날인 것이다.

'피를 보기 딱 알맞은 날이군.'

그리고 두 번이나 당한 굴욕을 되갚아주기 좋은 날이었다.

"요 부궁주, 가서 환영인사 좀 하고 와."

"예?"

요 부궁주는 당혹스런 표정을 지었다.

직접 맞서본 적은 없었지만, 반악의 실력에 대해서는 그녀도 잘 알고 있었다. 무엇보다 부상당한 몸으로도 일궁주를 죽인 백염비에게 두 번이나 치욕을 안겨준 상대가 아니던가.

그런 자를 사형제들 중에서도 무공 수준이 가장 낮았던 그녀가 어찌할 수 있을 리가 없는 것이다.

'그냥 한꺼번에 공격해서 죽이면 되는 것을……'

요 부궁주는 시간 낭비에 불과한 쓸데없는 짓을 하는 거라고 생각했다.

하지만 백염비의 차가운 눈동자는 거부를 받아들이지 않겠다고 말하고 있었고, 그래서 어쩔 수 없이 앞으로 나설 수밖에 없었다.

'적당히 싸우는 척만 하고 돌아와야지.'

요 부궁주의 손짓을 받은 소궁일조 스무 명은 보이지 않게 좌우로 흩어져 비룡지로 숨어들어갔고, 여궁도 삼십여 명이 그녀를 뒤따라 대로로 뛰어나갔다.

　　　　＊　　　　＊　　　＊

　반악은 고삐를 꽉 움켜잡았다.

　냉정해지지 못할까 봐 이곳까지 급하게 달려오면서 흐트
러진 심신을 가다듬기 위해 비룡지에 들어서기 전 한 식경
이나 운기행공을 하고 나서야 움직인 것임에도, 적들을 눈
앞에 두니 분노 어린 흥분을 억누르기가 힘들었던 것이다.

　'용설을 생각하자. 나의 섣부른 행동이 그녀를 더욱 위험
하게 만들 수 있다.'

　"견일, 견이. 건물에 몸을 감추고 접근하는 자들을 주시해
라."

　"예, 주인님."

　"견삼과 염서성은 내 뒤에서 날 보좌하고."

　"예, 주인님."

　옆에서 나란히 말을 몰아가고 있는 서문유강에겐 따로 지
시하지 않았다. 그는 알아서 제 몫을 할 수 있을 테니까. 사
실 그가 자처해서 이곳까지 따라온 것만 해도 반악에겐 너
무나 고마운 일이었다.

　그런데 지금까지 내내 침묵하고 있던 서문유강이 자신들
을 향해 달려오는 요 궁주와 무리를 보고 한숨을 내쉬며 말
했다.

　"반 소협."

"왜 그러시오?"

"오늘 난 조금 과격하게 싸울 생각이오. 상대가 상대이니만큼 불살생의 계를 지키기가 어려울 것 같구려. 그러니 신념을 저버리고 안위를 먼저 챙기려고 하는 내 이기적인 행동을 비난하지 말아주시오."

반악은 그를 빤히 처다보다가 포권을 취하며 머리를 숙였다.

"서문 공자의 도움은 내 목숨이 다할 때까지 절대 잊지 않을 것이오."

서문유강은 대꾸 없이 그저 빙긋이 웃어보였다.

반악은 다시 앞을 바라보고 박도를 빼들었다. 그리고 십 장 정도로 가까워진 요 부궁주와 무리를 노려보며 벌떡 일어나 안장을 박차고 앞으로 뛰어올랐다.

*　　　*　　　*

요 부궁주는 거의 날다시피 하며 십 장에 가까운 거리를 한달음에 줄이고 자신의 앞을 막아서는 반악의 경공에 압도당했다.

하지만 놀라고만 있을 틈이 없기에 좌우에 있던 수하 두 명을 앞질러가게 했다. 처음부터 적당히 싸우다가 물러날 생각이었으니, 앞장서 싸우며 위험을 자초할 이유가 없는 것이다.

하지만 앞질러 보낸 수하 두 명은 순식간에 쓰러졌고, 반악은 너무도 빠르게 자신을 향해 접근했다.

"뭣들 하느냐! 놈을 막아!"

놀란 요 부궁주는 급히 멈춰 서며 수하들을 다그쳤다. 허나, 그녀의 수하들은 그사이 당도한 견일 등의 공격을 막느라 반악의 돌진을 저지하는 데 어려움을 겪었다.

'병신 같은 것들!'

요 부궁주는 내심 욕을 하며 자신의 지척까지 접근한 반악의 박도를 막기 위해 칼을 휘둘렀다.

쨍!

칼을 두 토막 내버린 박도가 요 부궁주의 미간을 짧고 간결하게 베고 지나갔다가, 목 부위에서 방향을 틀어 좌에서 우로 그어졌다.

'마, 말도 안⋯⋯.'

털썩.

고작 한 번 칼을 휘두르고 당한 요 부궁주의 몸이 바닥으로 허물어졌다. 그녀를 돕기 위해서 모습을 드러낸 소궁일조의 조원들은 반악에게 달려들려다 말고 어정쩡한 자세로 굳어질 수밖에 없었다.

하지만 반악은 수장을 잃은 그들의 당혹감을 안타깝게 여길 마음이 없기에 박도에 강기를 가득히 실어서 힘껏 휘둘렀다.

"악!"

"컥!"

강기의 칼날을 피하지 못한 네 명이 즉사해 쓰러지고, 두 명이 깊은 부상을 입었으며 나머지는 감히 공격할 생각도 못하고 황급히 뒤로 물러났다.

"무, 물러나자!"

요 부궁주가 죽고 나서 소궁일조의 조원들보다 더욱 크게 겁을 먹은 여궁도들이 견일 등과 싸우다 말고 도망치기 시작했다. 소궁일조 조원들도 그녀들을 뒤따라 물러났다.

반악은 그들을 쫓지 않았다. 견일 등에게도 쫓지 말라고 했다. 적들도 반격할 기미를 보이지 않았다. 요 부궁주의 죽음 따위는 조금도 개의치 않는다는 듯, 마치 아무런 상관이 없는 구경꾼처럼 꼼짝도 않고 있었다.

반악은 비룡지 너머에 있는 저 끝 단상을 향해 공력을 실어 소리쳤다.

"용설을 풀어줘라–! 그녀를 자유롭게 놓아준다면 이대로 그냥 물러나겠다–!"

대답은 없었다. 하지만 백염비가 수하들에게 성 안쪽을 가리키며 지시를 내리는 모습이 보였다. 부용설을 데려오라는 지시일 게 분명했다.

'곧 볼 수 있다.'

반악은 성으로 뛰어 들어가고 싶은 것을 참고 또 참으며 부용설이 나타나길 기다렸다. 그리고 반 식경 뒤, 두 명의 궁도들에게 양팔을 붙잡힌 채 단상으로 올라선 부용설을 보게 되었다.

　"아……."

　반악은 가슴 저 깊은 곳에서 흘러나오는 슬픈 탄성을 가늘게 흘리며 앞으로 세 걸음 나아갔다. 하지만 백염비의 외침을 듣고 그는 더 나아가지 못하고 멈춰 서야만 했다.

　"한 걸음만 더 다가오면 네 여자는 죽는다!"

　반악은 돌처럼 굳어졌다.

　손끝 하나 움직이지 못했다. 숨조차 제대로 내쉴 수가 없었다. 부용설이 자신 때문에 티끌만큼이라도 위험해지길 바라지 않았으니까.

　그냥 빤히 쳐다만 봤다. 그리고 그제야 부용설의 모습을, 얼굴을 자세히 보게 되었다.

　"용설……."

　반악의 표정이 어둡게 가라앉았다.

　견삼에게 이미 들었지만, 부용설의 초췌한 모습과 얼굴에 생겨난 상처들을 직접 보게 되니 형용할 수 없을 만큼 슬프고 마음이 아팠던 것이다.

　백염비가 말했다.

　"반악, 네 여자를 살리고 싶으냐?"

"……."

"먼저 꿇어라!"

반악은 반응이 없었다. 그저 충혈된 눈동자로 양팔을 잡고 있는 궁도들에게서 벗어나려고 하는, 자신에게 오기 위해서 몸부림을 치고 있는 부용설을 멍하니 바라볼 뿐이었다.

백염비는 인상을 찡그리며 소리쳤다.

"꿇지 않으면 네 여자의 귀를 잘라버리겠다!"

협박은 제대로 통했다.

반악은 조금씩 무릎을 굽히더니 결국 땅바닥으로 허물어지듯 꿇고 앉았다.

뒤에 서 있는 견일 등은 반악의 행동에 놀라면서도 막을 수가 없었기에 백염비 쪽을 살기와 분노가 어린 시선으로 노려보기만 했다.

서문유강의 경우에는 여인을 볼모로 삼아서 협박하고 조롱하는 것에 대해 할 말이 많았지만, 그런 말을 해보았자 전혀 통하지 않고 오히려 조롱할 구실만 준다는 걸 알기에 끼어들지 못했다.

백염비의 요구는 계속 되었다.

"날 향해 열 번 절을 해라! 이마에서 피가 나지 않으면 여인의 코를 베어버리겠다!"

반악은 그 말을 따라 쿵쿵 소리가 날 만큼 머리를 땅에 박으며 절을 했다. 그의 평생 단 한 번도 해본 적이 없는 행동이었지만, 첫 번째부터 마지막 열 번째까지 조금의 망설임도, 머뭇거림도 없었다.

딱딱하게 얼어 있는 땅이 움푹 들어갈 만큼 강하게 들이받은 결과, 기어이 이마가 찢어져 피가 났다. 미간을 따라 뺨을 타고 흘러내려 가슴 앞섶까지 붉게 물들일 만큼 적지 않은 양의 피가 흘렀지만, 반악은 닦아낼 생각도 않고 단상을, 아니, 눈물을 펑펑 흘리며 울고 있는 부용설을 바라보았다.

반악은 소리쳤다.

"용설을 풀어줘라ー! 그녀를 자유롭게 놓아준다면 너희들의 털끝 하나 건드리지 않고 그냥 물러나겠다ー! 이대로 떠나서 평생 너희들 앞에 나타나지 않겠다ー!"

진심이었다.

부용설의 목숨을 구할 수만 있다면 이대로 무림을 떠나도 후회가 없을 것이었다.

백염비는 미소를 지었다. 잔혹성과 음흉함이 느껴지는 미소였다.

"무림을 떠나겠다고? 하지만 네놈의 말을 믿을 수 없다! 증명해 봐라!"

"어떻게 증명하면 믿을 거냐!"

"다신 무공을 쓰지 못하도록 양손을 자르고, 양 발목의 근맥을 끊어라! 그렇다면 무림에서 사라진다는 네놈의 말을 믿고 여자를 놓아주겠다!"

순간 싸늘한 침묵이 감돌았다. 가만히 보고만 있을 수밖에 없었던 견일 등은 더는 참지 못하고 미친 개소리 하지 말라고, 그딴 요구를 한다는 게 말이 되냐고 소리쳤다.

양손을 자르라는 건 평범한 삶도 포기하라는 것이고, 양 발목의 근맥을 끊으라는 건 걷는 것조차 불가능하게 만들겠다는 것이니 받아들이기 힘든 요구인 것이다.

하지만 정작 반악은 조용했다.

무슨 생각을 하는 걸까?

설마 백염비의 요구를 받아들이려고 하는 걸까?

'용설을 구할 수만 있다면…….'

반악은 심각하게 고민하고 있었다. 아니, 이미 그렇게 하자는 쪽으로 생각이 많이 기울어진 상태였다.

'나 때문에 잡힌 거다. 악심을 품고 있는 놈이 버젓이 살아 있는데 복수심에 치우쳐 제대로 보호해주지 못했고, 저들이 내게 원한을 가지고 있기에 용설을 붙잡아 괴롭히고 있는 거다. 모두 내 잘못이야. 나 때문에 용설을 죽게 할 수 없어.'

반악은 숙이고 있던 고개를 들었다. 그리고 그러겠다고, 요구를 모두 들어줄 테니 부용설을 놓아주라고 말하려 했다.

헌데 바로 그때, 비룡지의 중간 지점, 이젠 아무도 드나들지 않게 된 객잔 지붕 위에 한 사람이 모습을 드러내며 모두의 시선을 끌어 모았다.

"안휘 무림의 도의가 바닥으로 떨어진 것은 알았지만, 이건 정말 미치고 팔짝 뛸 만큼 요상하고 통탄스러운 광경이로구나! 자격도 없는 것이 패자를 자처하고, 약자를 밟고 서있는데도 부끄러움 없이 저 잘났다고 목소리를 높인단 말이냐! 한심스럽구나, 한심스러워! 배운 거 없이 무식하게 날뛰는 산천의 도적놈들도 이러지 않는 것을! 조정의 사기꾼들도 세상눈을 무서워하며 돌고 돌아서 하는 짓거리인 것을! 통탄스럽도다! 안휘 무림의 도의가 바닥을 박박 기다 못해서 땅 속으로 숨어들어가려고 하는구나!"

객잔 지붕 위에 올라서서 새벽녘의 수탉처럼 고개를 치켜들고 일장의 연설을 토해내고 있는 이는 염소수염에 허름한 유생의 옷과 모자를 걸치고 있는 노인이었다.

무인이라기엔 유하고, 유생이라고 하기엔 강한 기세를 발출하고 있었으니, 그는 바로 천이서생 등현목인 것이다.

"저 미친 늙은이는 뭐야?"

천이서생을 한 번도 만난 적이 없었던 백염비에겐 헛소리로 들렸고, 그래서 대궁조 조원에게 없애버리라고 명령하려 했지만, 옥존의 말을 듣고 생각을 바꾸었다.

"저 늙은이는 입을 놀리는 재주밖에 없는 천이서생이다."

백염비는 새삼스런 시선으로 천이서생을 바라보았다.

'그렇다면 죽이지 않는 게 좋겠군.'

무림에서 명성을 얻고 이름을 알리는 것은 결코 쉽지 않은 일이었다. 고강한 무공을 바탕으로 큰일에 얽히는 것도 중요하지만, 그런 모든 것들이 이야기가 되어서 널리 퍼져 나가는 게 그냥 일어나는 건 아니었으니까.

그래서 천이서생의 존재감이 쉽게 무시될 수 없는 것이었다.

"당신이 천이서생 등 대협이시오?"

"이놈아, 아녀자를 붙잡고 협박이나 하는 놈이 협을 입에 올리느냐!"

백염비의 얼굴이 굳어졌다. 하지만 애써 참고 물었다.

"주변 상황 둘러보지 않고 걸쭉하게 뽑아내는 입담을 들어보니 등 대협이 분명하구려. 그런데 이곳에는 어쩐 일로 찾아오셨소?"

"이야깃거리가 될 만한 소란이 이 근방에서 일어난다 하여 들러보았다! 그런데 막상 와 보니 욕지거리 내뱉을 광경만 보여서 후회가 막심하구나!"

천이서생은 백염비를 조금도 두려워 않는 듯 그의 심기를 불편하게 하는 말들을 계속해서 쏟아낸 뒤, 백염비의 일그러진 얼굴에도 아랑곳하지 않고 시선을 돌려 반악을 쳐다봤다.

"반 소형제, 못 보던 사이에 많이 변했구만! 힘들게 발품을 팔고 와서 못 볼꼴만 보았다 후회가 들었는데, 그래도 반 소형제의 달라진 모습을 보니 와보길 잘했다는 생각이 드네!"

"……."

"하지만 반 소형제에게 한마디 하지 않을 수가 없구만! 반성도 좋고 희생도 좋지만, 통하는 것들에게나 써먹을 것들이지, 지키지도 않을 짐승 같은 것들에겐 공염불이고 우이독경이라네! 반 소형제도 모르진 않을 걸세! 오히려 더 잘알고 있으리라 보네! 저것들의 말대로 순순히 따랐다가 그 끝이 어찌 나게 되는지 말이야! 하지만 그래도 어쩔 수 없던 것이겠지. 어떻게든 구하고 싶은 거겠지! 사지를 찢어서라도 살려보고 싶은 것이겠지! 그 기분 이해하네. 그 마음 또한 훌륭하네! 그 역시 의협의 또 다른 모습이 아니겠나! 하지만 그래보았자 소용이 없다네! 그냥 따르기만 해선 달라질 것이 없네! 일말의 희망이라도 품고 싶다면 앞으로 나서게! 반 소형제의 목숨을 그냥 내놓지 말고, 그 목숨을 걸고 싸우시게! 그것만이 저 불쌍한 여인을 구할 수 있는 길일 것이야!"

반악은 천이서생을 멍하니 바라보다 말했다.

"당신은 그때나 이때나 쓸데없이 말이 많은 것은 여전하구려!"

"하하하, 사람이 변하면 죽을 때가 된 거라 했네! 난 아직 그럴 때가 아닌 것이지!"

천이서생은 지붕 처마 끝에 털썩 주저앉아 객잔 주방에서 가져온 술병과 육포를 각각 양손에 집어 들었다. 마치 이제 부터 볼거리가 그득하게 펼쳐질 것이라는 듯이. 그리고 그 의 예상대로 변화가 일어났다.

*　　　*　　　*

반악은 일어섰다.

그리고 단상을 향해, 부용설을 향해 소리쳤다.

"미안하오─!"

반악의 눈동자 가득 눈물이 맺히기 시작하더니 뺨을 타고 흘러내렸다.

울었다. 그는 눈물을 감출 생각도 않고 구슬프게 울면서 미안하다고, 정말 미안하다고 소리쳤다.

"저놈이 미쳤나?"

백염비는 황당해하다가 비웃음을 지었다. 고작 여자 때문 에 모두가 보는 앞에서 눈물을 보이다니.

"사부님, 놈은 제가 생각했던 것만큼 대단한 놈이 아니었 던 모양입니다. 오히려 놈을 높이 평가했던 제 자신이 부끄 러울 지경이군요."

"……."

옥존은 잠시 대꾸가 없다가 궁도들에게 붙잡혀 울고 있는, 아혈이 잡혀 소리도 내지 못하고 하염없이 눈물만 흘리고 있는 부용설을 잡아끌어 단상 끝으로 갔다.

그리고 무슨 의도인지 아혈을 풀어주었다.

옥존은 의아해하면서도 자신을 원망 섞인 시선으로 노려보는 부용설에게 말했다.

"구해달라고 소리쳐라."

"……."

"죽기 싫으니 구해달라고 외쳐라."

부용설은 반악을 향해 소리쳤다.

"악랑! 난 상관 말고 어서 이곳을 떠나요! 꼭 살아남아서 날 기억해주세요! 그것만으로도 난 충분해요! 그러니 어서 떠나요!"

그리고 코웃음을 치며 옥존에게 말했다.

"결코 너희들의 뜻대로는 되지 않을 것이다."

옥존은 손을 뻗어 부용설의 턱을 잡았다. 그리고 아혈부터 시작해 전신 혈도를 눌러 꼼짝도 못하게 만들었다. 그녀가 말을 끝내고 스스로 혀를 깨물어 죽으려 했기 때문이었다.

"널 죽게 놔둘 수는 없지. 최소한 저놈이 죽기 전까지는 말이야. 그리고 결국 내 뜻대로 된 거 같군."

옥존이 자신의 몸을 돌려서 어쩔 수 없이 비룡지 쪽으로 시선이 고정된 부용설은 반악이 걸어오고 있는 걸 보게 되었다.

떠나라는 자신의 말이 반악을 설득시킬 수 없었던 것이다. 아니, 오히려 더욱 강한 의지를 갖게 만들었음이 분명했다.

옥존은 만족스런 눈빛으로 반악을 바라보며 백염비를 불렀다.

"백 궁주."

"예, 사부님."

"저놈을 처리할 수 있겠느냐?"

"할 수 있습니다."

"그래야 내 제자지. 가라. 가서 놈을 죽이고 와라. 지난번 놈에게 당했던 상황을 염두하고 싸우면 큰 도움이 될 것이야. 놈을 죽이고 오면 아직 가르치지 않은 나의 남은 심득을 전수해줄 것이고, 네가 나의 제자임을 무림에 정식으로 공표하여 초씨세가에도 영향력을 행사할 수 있도록 해줄 것이다."

백염비는 기쁜 표정을 지었다.

천하제일이라 불리어도 손색이 없을 절정고수의 심득을 전수받고 호남의 명문인 초씨세가에 영향력을 행사할 수 있는 것도 좋았지만, 옥존에게 완전한 인정을 받을 수 있다는 것이 그를 더욱 기쁘게 한 것이다.

"명심하겠습니다, 사부님."

백염비는 검을 뽑아들고 앞으로 나서서 궁도들을 향해 소리쳤다.

"모두 앞으로 나가 반악을 제외한 나머지 놈들을 공격해 죽여라!"

일제히 존명이라 크게 외친 궁도들이 칼을 뽑아들고 앞으로 뛰어나갔다. 대궁조와 소궁조 역시 은밀히 흩어져 비룡지로 숨어들어갔다.

*   *   *

반악은 얼굴을 문질러 눈물을 닦아내고 자신을 따라 걸어오고 있는 견일 등을 돌아보며 말했다.

"너희들은 지금 떠나라. 서문 공자도 어서 가시오."

견일이 웃으며 말했다.

"전 아무것도 안 해보고 도망치긴 싫은데요. 일단 싸워보고, 안 되겠다 싶으면 그때 도망치겠습니다."

견이와 견삼도 같은 생각이라 말하고, 염서성은 도리어 화를 냈다.

"저 가면 쓴 놈이 옥존이라면서요? 그럼 절대 그냥은 못 가죠. 제 사정을 모두 아시는 주인님이 도망치라고 하시는

342

건 절 모욕하는 겁니다."

반악은 견일 등이 자신과 함께 싸우기로 결심을 했고, 아무리 말을 해도 물러나지 않으리란 걸 분명하게 느낄 수 있었다.

그래서 서문유강을 쳐다봤다.

"서문 공자도 이 녀석들과 같은 생각이란 말은 하지 마시오."

"하지만 이들과 같은 마음이 되는 걸 어찌하겠소. 그리고 반 소협은 이게 개인적인 싸움이라 생각해서 그러는 거 같은데, 그렇지 않소. 그 생각은 틀렸소. 무림인이 함께 어울리다 적을 앞에 두면 그 이유가 무엇이든, 누구로 인한 것이든 간에 함께 싸워야 하는 것이오. 동료를 위해 싸우다 죽는 것이 의협이고, 난 의협을 저버리고 싶은 생각이 조금도 없다오."

서문유강은 더 이상의 대화는 의미가 없다는 듯 성난 파도처럼 몰려오는 오행궁의 무리를 향해 철봉을 겨누며 말했다.

"반 소협, 계란으로 바위를 깨트릴 수 있는지 확인해봅시다."

견일 등도 각자의 무기를 치켜들자 반악은 말했다.

"고맙다. 그리고 미안하다."

반악은 가슴을 뜨겁게 만드는 감격을 웃음으로 대신 표현하고 앞을 쳐다봤다. 그리고 적들 너머 부용설을 바라보며 앞으로 달려갔다.

*   *   *

'이번에는 결코 당하지 않을 것이다!'

백염비는 단상 아래로 뛰어내렸다. 그리고 수하들의 뒤쪽으로 몸을 날렸다.

오행궁의 궁도들은 백염비가 나아갈 길을 열어주기 위해 좌우로 움직였다. 그러자 열린 길로 질주해가는 백염비와 마주 달려오는 반악이 딱 정면으로 마주하게 됐다.

"반악! 내 손에 죽을 준비는 되었느냐!"

허나, 백염비는 곧 분노와 굴욕감으로 인해 얼굴이 일그러지고 말았다. 반악이 그와 상대할 생각도 않고 뛰어넘어 가려고 했기 때문이었다.

"날 무시하다니!"

백염비는 높이 뛰어올라 자신의 머리 위를 넘어가는 반악을 향해 검을 휘둘렀고, 검은 일순간 수십 개의 그림자로 펴져나가며 반악의 하반신을 빼곡하게 찔러 들어갔다.

반악은 당황하지 않고, 마치 기다렸다는 듯 박도를 아래로 내리그었다.

카카카카캉!

검과 도가 마주치며 시끄러운 쇳소리를 연속으로 터트렸다.

백염비는 타격을 주진 못했지만 반악의 이동을 차단했다고 생각하며 만족스런 미소를 지었다. 하지만 미소는 금세 사라졌다. 반악이 땅에 내려서자마자 다시금 단상을 향해 달리기 시작한 것이다.

'저놈이!'

백염비는 다급히 뒤를 쫓았고, 달리는 것으로는 반악의 속도를 따라잡을 수 없다는 판단이 서자 땅을 박차고 뛰어올랐다.

'죽어라!'

백염비는 앞만 보고 달리는 반악의 뒤통수를 향해 검을 찔렀다. 하지만 반악은 순식간에 몸을 돌려 박도를 휘둘러 막았다.

깡-

따가운 울림이 검과 박도를 따라 넓게 퍼져나갔다. 그로 인해 생겨난 반탄력도 작지 않아서 백염비는 땅에 내려서며 어쩔 수 없이 다섯 걸음이나 뒷걸음쳐야 했고, 손의 떨림을 잠시 동안 진정시키지 못해 연속으로 공격을 이어가지도 못했다.

그래서 백염비는 굴욕감과 분노를 다시금 느껴야만 했다. 반악은 아무렇지 않게 그를 향해 달려들며 박도를 내리쳤기 때문이었다.

'비, 빌어먹을!'

백염비는 검으로 막을 생각을 못하고 옆으로 상체를 꺾으며 피했다.

"윽!"

간발의 차이로 피할 수 있었지만 박도에 맺힌 강기로 인해 팔뚝에 상처를 입은 백염비는 신음을 터트리며 다시금 뒤로 두 걸음 물러났다.

그의 얼굴이 와락 일그러졌다. 상처의 고통 때문이 아니었다. 반악이 곧장 그를 외면하고 단상 쪽으로 돌아서서 달리기 시작한 것이다. 마치 그와 싸울 가치도 느끼지 못한다는 듯이.

"개자식이!"

백염비는 욕지거리를 내뱉으며 달려들었고, 그의 검은 초검결의 화려하고 다변한 초식을 가득히 퍼트리며 반악의 전신을 감싸갔다.

반악이 뒤로 고개를 돌렸다. 그리고 그의 입에서 참고 참았던 짜증이 폭발하듯 사자후와 같은 고함이 터져 나왔다.

"꺼져-!"

주변 가득히 울릴 만큼 쩌렁한 고함과 함께 박도가 묵직하면서도 빠르게 좌우로 휘둘러졌다.

'저거다!'

단상 위에서 눈도 깜빡하지 않고 지켜보던 옥존은 저도 모르게 한 발 앞으로 나서며 주먹을 움켜쥐었다.

반악의 박도가 그려나가는 움직임은 그가 꼭 보고자 했던, 그리고 깨트리고자 하는 광존의 일수를 연상케 하는 수법이기 때문이었다.

옥존은 안타까운 마음으로 반악을 바라보며 울고 있는 부용설에게 말했다.

"네 사내가 박도를 휘두르는 게 보이느냐?"

"……"

"넌 잘 모르겠지만, 저건 정말 대단한 수법이다. 무림에서 저런 경지의 움직임을 만들어낼 수 있는 자는 드물다. 아주 드물지. 그래서 놈이 필요한 거다. 난 꼭 저 움직임을 깨트려봐야 하거든."

"……"

"어떨 것 같으냐? 내가 저 움직임을 깨트릴 수 있을 것 같으냐?"

결코 대답을 바란 물음은 아니었다. 부용설이 입도 뻥긋 못하도록 아혈을 짚은 것이 그였으니까.

옥존은 부용설에게 묻듯이 말하고 있었지만, 실상은 독백이나 마찬가지였다. 스스로에게 묻는, 그리고 자신감을 북돋우기 위한 혼잣말인 것이다.

"난 할 수 있다. 충분히 그럴 만한 능력이 되지. 암, 되고 말고. 반드시 깨트릴 것이다. 그러니까……."

"……."

"지금은 저렇게 적수가 없는 것처럼 마음껏 날뛰고 있지만, 네 사내는 결국 내 손에 죽게 될 것이다."

'죽는 것은 당신이야!'

소리를 내서 말을 할 수 없는 부용설은 마음속으로 대신 소리쳤다. 그러나 옥존은 그녀를 쳐다보지도 않았고, 그녀가 무슨 생각을 하고 있는지 관심도 없었다.

'조금 더 달아올라라. 너의 모든 힘을 끌어낼 수 있도록 더 자극받고 더욱 많은 살기를 분출해라.'

백염비를 강하게 몰아세우고 있는 반악을 향한 옥존의 시선 속엔 들뜬 기대감이 충만해 있었다.

*　　　*　　　*

'왜냐!'

백염비는 외치고 싶었다. 최근 그 어느 때보다 초검결을 열심히 수련했고, 대궁조원들을 사방으로 풀어서 납치해온 많은 동정녀들의 음기를 지속적으로 흡수해서 공력도 엄청나게 상승시켰다.

그런데도 반악을 압도하는 것은 고사하고 방어하기에도 급급할 만큼 궁지로 몰리고 있었다. 아니, 지난번보다 더욱 크게 열세함을 느끼고 있었다.

이러다가는 죽겠다는 생각이 절로 드는 것이다.

'아직도 부족하단 말인가.'

이해가 되지 않았다. 재능과 노력, 그리고 최고의 무공을 몸에 지니고도 이길 수가 없다니.

하지만 생각에 빠질 여유가 없었다. 우선 살아남아야 했으니까.

"사부님!"

백염비는 박도를 가까스로 피하고 막으며 크게 외쳤다. 하지만 그렇게 몇 번을 더 외쳐도 옥존으로부터 아무 말도 들려오지 않았다.

그는 옆구리에 상처를 입는 무리수를 두면서 뒤쪽을 돌아보았다.

"……?"

혹시 다른 쪽을 보느라, 뭔가 사정이 있어 자신의 어려움을 모르는 것이 아닌가 하고 생각했던 백염비는 처음과 다름없이 자신 쪽으로 시선을 고정시킨 채 서 있는 옥존을 보고 의아함을 느꼈다.

그리고 의아함은 점차 당혹감으로 변하기 시작했다. 자신이 더욱 힘겨워지고 있음에도 옥존은 아무런 변화도 보여주지 않고 있기 때문이었다.

오히려 자신이 죽기를 바라는 게 아닌가 하는 생각이 들

정도였다.

백염비는 순간 깨달았다.

'사부님은 날 도울 생각이 없다.'

의구심, 분노, 허탈감 등등의 감정들이 샘물처럼 치솟아오르며 복잡하게 소용돌이 쳤다.

결국 백염비는 하나의 결론에 이르렀다.

'난 지금껏 이용당하고 있었던 거다.'

도대체 왜, 무슨 이유 때문에 이용하는 것인가에 대한 해답은 중요하지 않았다. 최소한 지금은 그러했다. 당장은 살아남는 게 우선이었으니까.

백염비는 궁도들 쪽을 봤다.

'아직 한 놈도 죽이지 못하고 뭘 하고 있는 거야?'

아니, 황당하게도 오히려 한 사람이 더 늘어나 있었다. 큰 키와 긴 팔이 특징적인 사내가 양손에 단봉을 하나씩 들고서 견일 등을 돕고 있었던 것이다.

원비팔봉 울표신이었다.

백염비는 난데없이 늘어난 울표신의 정체가 궁금했지만, 역시 그런 것에 신경 쓸 여유가 없었다.

"대궁조! 날 도와라!"

궁도들처럼 직접적으로 맞붙어 싸우고 있지 않았지만, 그 사이에서 특유의 은밀함과 암기술을 바탕으로 활약하고 있던 수십 명의 대궁조원들이 썰물처럼 빠져나와 백염비를 향해 몰려왔다.

쉬쉬쉬쉬쉬-

대궁조원들이 당도하기도 전에 먼저 수십 개의 표창이 반악을 향해 쏟아졌다. 하지만 반악은 박도를 휘두르거나 손을 내저으며 어려움 없이 표창을 막아냈다. 그리고 백염비를 더욱 강하게 압박했다.

박도의 움직임은 화려하지 않았지만 빠르고, 무겁고, 날카로우며, 적절했다. 거기에 강기가 맺혀 있어 기본적인 동작만으로도 엄청난 위력을 뿜어냈다.

백염비도 간간히 강기를 검에 응집시키며 저항하기도 했지만, 지속시간도 위력도 반악의 강기에 비할 바가 아니었다.

짧은 시간 동안 다섯 명의 대궁조원이 죽고, 백염비의 몸에는 더욱 많은 상처가 생겨났다.

아까까지는 그렇게 백염비를 외면하고 단상으로 가려고 하던 반악이었는데, 이제는 그를 완전히 끝장내고 가겠다는 듯 물러나는 그를 집요하게 따라붙었다.

'염병!'

백염비는 대궁조로는 반악을 막아낼 수 없다는 걸 체감하고 궁도들이 있는 곳을 향해 소리쳤다.

"모두 나를 도와 이놈을 죽여라!"

울표신까지 합류하며 큰 힘을 얻게 된 견일 등은 서로 견고하고 짜임새 있게 협력하며 맞섰다. 하지만 수적으로 워낙 열세에 놓여 있는 처지라 점차 크고 작은 부상을 입으며 힘겹게 버텨내고 있었다.

그런데 바로 그때 백염비의 외침과 함께 궁도들이 우르르 빠지자 한숨을 돌릴 시간을 얻게 되었다.

하지만 그 여유가 반악의 활약 덕분이라는 걸 인식한 순간 곧바로 궁도들을 뒤쫓았다. 아무리 반악이라도 수백의 적들을 홀로 상대하여 살아남기는 힘들 테니까.

"잠깐, 서보시오."

앞장서 가던 견일 등은 울표신의 음성을 듣고 의아해하며 돌아보았다.

"왜 그러시오?"

"뒤에서 무슨 소리가 나지 않소? 사람들이 몰려오는 것 같은데."

견일은 얼굴을 찌푸렸다.

울표신이 아무리 천하의 고수라도 심신이 지치고 목숨이 왔다 갔다 하는 위급한 상황에서 시간을 낭비하는 소리나 하고 있다니.

"지금 그런 걸 신경……."

"가만."

서문유강이 손을 들어 견일의 입을 막았다. 그리고 저 뒤쪽을 향해 귀를 쫑긋 세우더니 울표신과 같은 말을 했다.

"나도 들었소. 최소 백 명 이상은 될 것 같은데……."

서문유강까지 같은 소리를 하고, 숫자까지도 거론을 하자 견일 등의 얼굴이 심각하게 굳어졌다. 가뜩이나 수적인 열세로 어려운 상황인데, 적들의 숫자가 수백이나 더 늘어난다면 아무런 희망도 남아 있지 않게 될 테니까.

견일은 마음이 급해졌다.

"적들이 더 늘어나기 전에 서두릅시다."

그러자 염서성이 반론을 제기했다.

"적들이 아닐 수도 있는 거 아니오?"

"적들이 아니면 뭐란 말이냐? 우릴 도울 자들이 없잖아. 그리고 어떤 놈들이 나타날지 모르는데 마냥 기다리겠다는 거야? 그럴 시간이 있으면 차라리 주인님이 단상으로 접근하실 수 있도록 조금이라도 더 많이 적들을 쓰러트리는 게 낫다."

견일의 말에 동감한 무리는 더는 아무 말도 않고 서둘러 궁도들을 향해 뛰어갔다.

*　　*　　*

'네놈도 별수 없구나.'

백염비는 대궁조원들에 이어 궁도들 수백 명까지 가세하자 움직임이 둔화된 반악을 향해 비웃음을 지었다.

사실 조금 전 자신의 상황이 워낙 좋지 않아서 기회가 생기면 바로 물러나려고 했었는데, 지금은 생각이 달라졌다.

'이놈을 죽이고 나서 옥존도 죽이겠다.'

"놈에게 두 걸음 이상 피할 공간을 주지 마라!"

백염비는 수하들이 반악의 기력을 약화시키도록, 그래서 자신이 최종적으로 처리할 수 있도록 하기 위해 압박하라고 다그치고 또 다그쳤다.

그는 이제 체면이건 뭐건 간에 이길 수만 있다면, 최후의 승자가 되될 수만 있다면 조금도 개의치 않았다. 그래서 천이서생이 겁쟁이라느니, 자존심도 없다느니 하며 신경을 긁어대는 말들을 크게 소리치는데도 눈길 한 번 주지 않는 것이다.

"주인님!"

견일 등이 한 박자 늦게 당도해서 궁도들의 뒤쪽을 치고 들어왔다. 하지만 그들의 가세로 포위망에 문제가 생기진 않았다. 수적으로 워낙 극명한 차이가 있으니까.

'조금만 더.'

백염비는 얼마 남지 않았다고 생각했다. 하지만 그의 기대는 길게 이어지지 못했다. 아무리 기다려도 반악에게서 힘이 빠질 기미는 보이지 않았고, 점차 자신을 향해 다가오고 있기 때문이었다.

반악은 빠르진 않지만 차근히 자신을 향해 간격을 좁혀왔고, 상대적으로 죽어나가는 수하들의 수는 꾸준하게 늘어나고 있는 것이다.

그리고 결국 반악은 그에게 위협을 가할 수 있는 거리까지 이르렀다.

'괴물 같은 새끼.'

발목을 노리고 땅에 붙어서 접근하는 대궁조원의 머리를 발로 걷어차 박살낸 반악의 시선을 받은 백염비는 저도 모르게 몸서리를 쳤다.

반악은 온몸이 누구의 것인지도 모를 피로 흥건하고, 금방이라도 심장을 토해낼 것처럼 호흡이 거칠어져 있었지만 눈동자만은 조금의 흔들림도 없었다.

'저놈은 이렇게 불리한 상황에서도……'

어찌 저토록 냉정을 유지할 수 있단 말인가.

백염비는 억누르기 힘들 만큼 강한 두려움을 느꼈다. 갑자기 싸울 자신이, 이길 자신이 사라졌다. 그래서 뒤로 물러났다. 하지만 조금 전까지 그를 유리하게 해주었던 수하들이 그의 움직임을 방해했다. 그리고 상대적으로 반악이 자신을 향해 다가오는 속도가 자신이 물러나는 속도보다 빨랐다.

"저놈을 막아! 놈을 막아!"

백염비는 좌우에 있던 궁도들을 끌어당겨 앞을 막아서게 하며 비명처럼 소리를 질렀다.

당당함과 자신감이 허물어지자 백염비는 한순간에 어이가 없을 정도로 겁쟁이가 되어버렸다. 이렇다 할 고초를 겪지 않고 살아온 그의 정신력이 가진 한계였던 것이다.

반악은 자의 반 타의 반으로 자신의 앞을 막아서는 궁도들을 베고, 가르고, 걷어차고, 내던지면서 백염비에게 바짝 접근했고, 강기를 머금은 박도를 크게 내리그었다.

백염비는 물러나는 것으로는 피할 수 없다는 걸 깨닫고, 본능적으로 그가 알고 있는 가장 강력하고 화려한 초검결의 초식을 펼쳐내 대항했다.

"……!"

중간에서부터 잘려나간 검이 땅에 떨어졌다. 백염비는 왼쪽 눈썹에서부터 오른쪽 팔뚝까지 이어지는 서늘한 느낌에 흠칫흠칫 놀라며 비틀거렸다.

"어, 어떻게 된 거지?"

왼쪽 시야가 어두웠다. 오른팔은 무게감을 잃어서 몸의 균형을 잡기가 힘들었다.

하지만 곧 문제가 무엇인지를 깨달았다. 왼쪽 눈동자는 강기를 감당하지 못하고 터졌고, 오른팔은 팔뚝부터 잘려나가버린 것이다.

"끄아아―!"

뒤늦게 고통을 인식한 백염비는 비명을 지르면서 땅에 떨어트린 반쪽짜리 검을 집으려고 오른팔을 뻗었다. 하지만 잘린 오른손으로 검을 쥘 수 있을 리가 없지 않은가. 그래서 화들짝 놀랐다가 익숙하지 않은 왼손으로 다급히 집어 들고 앞을 쳐다봤다.

하지만 그의 상대인 반악은 이미 그곳에 없었다. 더 이상 그를 상대할 필요가 없기에 단상 쪽으로 달려간 것이다.

"궁주님, 뒤쪽에 새로운 적들이 나타났습니다!"

백염비는 수하의 놀란 외침을 듣고 반사적으로 고개를 돌렸다.

수백의 무리가 그들을 향해 몰려오고 있었다. 누군지는 알 수 없었다. 하지만 자신들을 공격하기 위해 왔다는 것은 분명해 보였다.

백염비는 웃는 것인지 우는 것인지 알 수 없는 표정을 지으며 팔을 지혈할 생각도 않고 땅바닥에 주저앉았다. 그의 부상은 치명적이긴 해도 바로 치료받는다면 죽지 않을 수준이었다.

하지만 그는 모든 의욕을 잃었고, 그건 이미 죽은 것이나 다를 바가 없는 상태였다.

그리고 궁주인 백염비의 그러한 모습은 궁도들 전체의 사기를 가라앉히며, 전력적으로 비슷한 수준인 반룡복고당의

공격에 제대로 대처하지 못하는 치명적인 결과를 초래하고
말았다.

＊　　　＊　　　＊

　"어찌된 거요?"
　견일 등은 반룡복고당의 무리와 함께 나타난 강학청에게
물었다.
　"어찌된 거냐 하면……."
　반룡복고당의 무리는 반악이 떠난 뒤 잠시 동안 충격에서
헤어나지 못하다가 하 당주의 결단으로 곧장 별장을 공격해
들어갔다고 한다.
　하지만 별장은 비어 있었다. 뒷산으로 이어지는 비밀 통
로를 통해 모두 빠져나간 것이다. 아니, 한 사람만은 예외였
다.
　"홍문한의 시체 한 구만 남아 있었소."
　그것도 부상의 여파로 죽은 게 아니라 교살(絞殺: 목을 졸
라 죽임)을 당한 것으로 보여서 모두가 놀랐다는 것이다.
　"아마도 홍문한이 죽은 딸과 깊은 관계였다는 걸 알고 분
노한 성주의 소행으로 예상되지만……."
　진짜 어떤 일이 있었는지는, 누가 홍문한을 교살했는지는
알 수 없는 일이었다.

어쨌든 그래서 반룡복고당의 무리는 다음 행동여부를 결정해야 했고, 당원들 대부분이 거룡성을 쫓기보다 반악을 도와야 한다고 주장한 데다 하 당주도 반대를 하지 않아서 곧장 이리로 달려왔다는 것이다.

"주인님을 도우러 가자!"

하 당주가 반대하지 않았다는 것에 놀라던 견일 등은 홀로 단상을 향해 달려가는 반악의 모습을 발견하고 다급히 몸을 날렸다.

*   *   *

반악의 몸 상태는 정상이 아니었다.

몸 곳곳에 크고 작은 상처가 가득했고, 숨을 들이마실 때마다 온몸을 물들이고 있는 선혈의 비릿하고 텁텁한 향 때문에 기침이 터져 나왔다.

하지만 단상을 향해 걸어가는 그의 걸음은 갈수록 빨라졌다.

옥존은 그런 반악을 바라보며 말했다.

"네 사내를 잘 보거라. 처절하고 섬뜩한 만큼 아름답지 않으냐. 마치 본래의 자신으로 되돌아간 것처럼 자연스럽지 않으냐. 무림인이란 바로 저런 것이다. 무인이란 원래 저래야 하는 것이야. 파괴와 흉포함을 온몸에 덮어쓰고 잔혹한

숨결을 내뱉으며 이기기 위해 홀로 모든 걸 던지는 것이야 말로 진정한 무림인의 자세라 할 수 있는 것이다. 의와 협? 약자를 보호하기 위해 싸워? 흥, 그따위 것들은 들개한테나 줘버리라지. 무인은 처음부터 끝까지 혼자서 살아가는 것이다."

부용설의 등줄기로 식은땀이 흘러내렸다. 옥존의 말이 너무도 섬뜩했기 때문이었다.

차라리 무미건조한 음성으로 말을 했다면 냉혹한 성정이라서 그런가 보다 생각할 수도 있겠지만, 그의 음성은 들떠 있었다.

그는 진정 그렇게 생각하고 있고, 광기 어린 가치관에 열정까지 담아버린 인간이었던 것이다.

'악랑, 이 사람은 미쳤어요. 이 사람은 너무 무서운 사람이에요. 아니, 사람도 아닌 거 같아요.'

부용설은 반악이 이길 수 없을까 봐 너무나 걱정이 되었다. 하지만 반악이 단상에 가까워오고, 그의 얼굴을 선명하게 볼 수 있게 되자 안정을 찾기 시작했다.

반악의 눈동자는 자신을 믿으라 말하고 있었기 때문이었다.

"반악! 나와 싸울 준비가 되었느냐!"

"……."

"살고 싶으냐! 이 여자를 구하고 싶으냐! 그럼 온 힘을 다해 나와 맞서라!"

반악은 사 장의 거리를 두고 멈춰 섰다. 그리고 박도를 앞으로 들어 옥존의 미간을 겨누고 말했다.

"아가리 닥치고 덤비기나 해."

"크하하하!"

옥존은 시원스럽게 웃었다. 그리고 부용설을 옆으로 밀어내고 단상을 박차며 공중으로 뛰어올랐다.

스사사사사-

옥존의 검은 수많은 그림자로 분리되어 하늘을 덮었고, 반악은 고개를 들어 올려다보았다.

'막을 수 있다.'

옥존의 공격은 지금껏 한 번도 본적이 없을 만큼 엄청난 위력과 변화를 보여주고 있었다.

하지만 이상할 정도로 마음이 차분했다.

왜일까?

죽어도 상관없다 생각하기 때문일까?

아니면 부용설을 구하기 위해서는 그래야 한다고 생각하기 때문일까?

알 수 없었다. 알고 싶지도 않았다. 그저 막을 수 있을 거란 확신이 드는 것으로 충분했다.

반악은 살벌한 기운이 가득 퍼져 있는 하늘을 향해 박도를 휘둘렀다.

콰콰콰콰쾅!

검영이 연속으로 깨져나가고, 박도에 담긴 강기도 흩어졌다 모이기를 반복하며 엄청난 굉음과 충격파를 사방으로 퍼트렸다.

'이거다. 이거야!'

옥존의 가면 속 얼굴 가득히 환희의 미소가 생겨났다.

그가 원하던 광존의 일수를 반악의 박도가 거의 완벽하게 재현하고 있었다.

'이걸 깨면 되는 거다.'

옥존은 초심기가 아닌 새로운 심법을 운용하며 기운을 끌어올렸다.

오행기.

그 자체로 공력이며 초식이 되는 오행궁의 비전무공이었다.

백염비는 옥존으로부터 초검결을 배우고 난 이후 무시했지만, 옥존은 백염비를 통해 접한 이후 오히려 놀라운 위력을 가진 무공임을 깨닫고 초검결을 외면한 채 익혀온 것이다.

반악을 찌르고 베어가는 옥존의 검이 변화했다. 감히 눈으로 쫓을 수 없을 만큼의 화려함은 여전하지만, 다섯 가지의 기운이 이리저리 맺히며 이전보다 훨씬 강력한 위력을 발산하기 시작했다.

박도의 움직임이 위축되어갔다. 변화와 힘, 그 어느 것도 옥존의 수준에 미치지 못했기 때문이었다.

하지만 반악은 결코 물러나지 않았다. 몸에 상처가 생겨도, 아찔할 만큼의 위기를 겪어도, 몸 전체에 충격이 전해져 속이 울렁거려도 절대 포기하지 않았다.

허나 의지와는 상관없이 반악은 뒤로 밀려나고 있었다. 점차 늘어나는 심각한 부상이, 그 상처에서 흘러내리는 피의 양이 늘어나며 모든 것들이 약화되고 있었던 것이다.

콰쾅!

"쿨럭!"

반악이 피를 한 움큼 토해내며 휘청거렸다.

'이겼다.'

옥존은 승리감에 도취되었다. 이제 반악을 죽이고 나서 광존을 찾아 떠날 생각으로 머릿속이 가득했다.

"죽어라–!"

수십 개의 검영이 하나로 모아지며 반악의 심장을 향해 내리꽂혔다.

쾅!

"……!"

옥존의 얼굴이 일그러졌다. 그의 공격이 막혔기 때문이었다. 그것도 반악이 아니라 어린아이 같은 외모를 한 자가 휘두른 철봉에 의해서였다.

"감히 어딜!"

옥존은 자신의 검을 막으며 생겨난 반탄력의 여파를 감당하지 못하고 반악의 옆에서 비틀거리는 서문유강을 향해 검을 찔렀다.

그러나 매섭게 공간을 가르며 날아온 두 개의 륜이, 그리고 좌우에서 울표신과 견일, 견삼이 동시에 달려들었고, 옥존은 서문유강을 찔러가던 검을 뒤로 뺄 수밖에 없었다.

거기에 충격의 여파에서 벗어난 서문유강과 되돌아온 륜을 손에 쥔 견이까지 가세하며 반악에게 접근하지 못하도록 방해했다.

옥존은 불쾌하고 짜증이 났다. 견일 등의 합공 정도는 그에게 아무런 위협이 될 수 없었지만, 자신과 반악의 싸움이 더럽혀졌다는 기분이 든 것이다.

"반악! 진정 이런 걸 원하느냐! 넌 이따위 잡것들이 우리의 싸움을 방해해도 괜찮다는 것이냐! 고작 이런 것이 너의 힘이고 능력인 것이냐!"

그사이 충분하진 않지만 짧은 운공을 통해 할 수 있는 만큼 최대한 기혈을 안정시킨 반악은 입가에 묻은 피를 닦아내고, 단상에 서 있는 부용설을 한 번 쳐다보고 나서 옥존을 향해 시선을 돌렸다.

그는 웃었다. 그리고 견일 등의 합공을 거세게 물리치며 자신에게 다가오는 옥존을 향해 소리쳤다.

"동료들이 있다는 것도, 그 동료들과 힘을 합해 싸울 수 있는 것도 나의 힘이고 능력인 거다!"

반악은 견이와 염서성 사이로 뛰어들며 박도를 내리그었다.

광–

검이 만들어낸 수많은 변화를 바탕으로 펼쳐진 검막의 중심이 박도와 충돌하며 일그러졌다. 그리고 그 일그러진 부위를 서문유강의 철봉이, 울표신의 쌍철단봉이 강하게 두드렸다.

콰쾅!

서문유강과 울표신은 무기를 휘두른 만큼 되돌아온 반탄력에 밀려서 날아가 땅을 나뒹굴었다.

"반악!"

아예 멀쩡할 수 없었던 옥존은 입가로 가는 핏줄기를 흘리며 실망스럽다는 듯 소리쳤다. 하지만 그 외침에 반응한 것은 견일, 견이, 그리고 견삼과 염서성의 합공이었다.

카카카카캉–

검막이 강력한 기운을 발산하며 네 명의 공격을 일제히 튕겨냈다. 그리고 네 명은 충격을 다 상쇄시키지 못해 내상을 입고 피를 토하며 정신없이 뒷걸음치다가 주저앉고 말았다.

하지만 그들의 공격은 반악이 지금까지보다 더욱 강하고

정밀한 수준의 공격을 펼칠 시간을 벌어주었다.

묵직하고도 빠르게 휘둘러지는 박도를 따라 강기의 빛이 길게 뿜어져 나오며 옥존을 향해 날아갔다.

스악-

옥존은 이를 악물었다. 그가 오행기의 기운을 최대한으로 끌어올려 검에 담아서 휘두르자 수십 개의 그림자가 생겨났다가 순식간에 수백 개로 늘어나며 정면을 가득히 뒤덮었다.

'넌 끝났다!'

옥존은 확신했다. 이미 힘의 고하는 명확하게 갈린 상황이었기에 가질 수 있는 자신감이었다.

허나, 그는 한 가지 간과한 것이 있었다. 반악은 아까와 달리 홀로 싸우고 있는 게 아니었던 것이다.

"사부님의 원수! 내 공격도 막아봐라!"

검을 회수하기에는 늦어버린 옥존은 그의 오른쪽에서 주먹을 내질러 오는 염서성을 향해 왼손을 활짝 펼쳐 휘둘렀다.

우둑!

"끅!"

공격을 막은 손목이 부러지며 약화된 장력을 가슴에 얻어맞은 염서성은 신음을 터트리며 내동댕이쳐지듯 바닥을 굴렀다.

푹!

"......!"

옥존은 박도가 깊숙이 박힌 자신의 가슴을 내려다봤다. 그리고 어이없다는 시선으로 반악을 쳐다봤다.

"내, 내가 이따위 단순한 공격에……."

뒷말은 이어지지 못했다. 핏물이 그의 입 밖으로 울컥 뿜어져 나온 순간 숨결도 함께 끊어져버린 것이다.

털썩!

박도를 뽑아내자 옥존의 몸이 바닥으로 허물어졌다. 하지만 반악은 시선 한 번 주지 않고 지친 다리를 움직여 단상을 향해 나아갔다.

대신 옥존의 시신 주위로 견일, 견이, 견삼, 그리고 염서성이 모여들었다.

"우리가 옥존과 싸워 이겼다니, 정말 믿기지가 않는군."

모두 같은 생각이었기에 고개를 끄덕였다.

염서성은 허리를 숙여 옥존의 가면을 움켜잡아 벗겨냈다. 그리고 모두 헛바람을 내질렀다.

옥존의 얼굴은 무림에서 손꼽히는 미남이란 명성과 어울리지 않을 만큼 심하게 일그러져 있었기 때문이었다.

"얼굴이 왜 이 모양이지?"

"몸에 맞지 않는 이상한 무공이라도 익혔나?"

"너무 무리를 해서 주화입마에라도 걸렸던 게 아닐까?"

"그럴지도 모르겠군."

"네가 알고 있는 옥존의 비밀이란 게 이 흉측한 얼굴이었냐?"

"아니오."

"그럼?"

"입에 올리기도 싫지만, 죽은 놈에 대해서 그런 이야기를 해보았자 뭐하겠소."

"그래도 궁금하잖아."

"오늘은 그냥 넘어갑시다. 아마도 나중에 지금의 사건을 떠올리며 이야기할 때가 올 거요."

네 사람 사이에는 잠시 침묵이 감돌았다. 그리고 곧 고개를 들고 단상 쪽으로 시선을 돌렸다.

그들은 부용설을 꼭 안고 있는 반악을 보며 미소를 지었다.

견일이 말했다.

"어쨌든, 악인은 죽고 협자는 살았으니 좋은 결말이군."

"주인님이 협자인가?"

"글쎄. 잘 모르겠네. 하지만 죽은 놈이 악인이면 살아 있는 사람은 협자라 해야 하지 않을까."

견이의 대답에 남은 세 사람은 그를 빤히 쳐다보다가 피식 웃었다.

염서성이 말했다.

"굳이 그런 걸 고민할 필요 있소? 그냥 지금 이 기분을 즐 깁시다."

네 사람은 반악과 부용설을 잠시 더 바라보다가 오행궁의 무리를 물리치고 주변을 정리하는 반룡복고당의 무리 쪽으로 돌아섰다.

後

차가운 바람이 불어왔다.

반악은 옆으로 손을 뻗어 부용설의 옷깃을 여며주었다.
그리고 얼굴을 감싸고 있는 목도리와 바람에 흩날린 머리카
락을 정리해주기 위해 손을 올리려는데, 부용설이 고개를
숙이고 살짝 몸을 움츠렸다.

얼굴에 깊이 새겨진 상처로 인해 생겨난 본능적인 반응이
었다.

반악은 안심시키기 위해서 왼손으로 부용설의 어깨를 감
싸 안고, 오른손으로 머리카락을 부드럽게 어루만져주며 자
그맣게 속삭였다.

"사랑하오."

부용설은 숙이고 있던 고개를 들었다. 그리고 반악의 따스한 눈길을 마주하자 안도의 미소를 지으며 말했다.

"미안해요."

"그런 말 마오. 난 그저 당신이 내 옆에 있는 것만으로도 행복하고 기쁘니까."

부용설의 미소가 조금 더 짙어졌다. 눈가를 타고 흐르는 상처가 보기 싫게 일그러졌지만, 반악은 오히려 더욱 따스한 감정을 눈길에 담아서 바라보았다.

"이제 떠나도록 합시다."

반악은 마차의 문을 열고 부용설의 손을 잡아 안쪽으로 이끌었다.

마차는 마부석을 없애고 안쪽에서 비바람을 피하며 몰 수 있게 특별히 주문제작하여 만든 것이었다.

반악이 고삐를 잡자 부용설이 창밖으로 고개를 내밀고 저 뒤쪽을 바라보며 물었다.

"정말 견 소협들과 인사도 없이 가도 될까요?"

"어제 대화를 나눈 것이 작별인사였소."

견일 등은 반악을 따라 떠나지 않았다. 반룡복고당을 도와 거룡성과 싸워야 하기 때문이었다.

그들이 반룡복고당에 남는 건 도움을 받고도 그들을 뒤로하고 부용설과 여행을 떠나는 반악이 부담을 갖지 않도록

하기 위해서였지만, 지난날 천문당원으로 살면서 했던 일들
에 대해서 반성하는 의미이기도 했다.

그에 반해서 염서성과 서문유강은 특별한 이유 없이 그저
시작한 것을 마무리하고 싶다는 마음으로 남은 것이지만.

"나 때문에 악랑이 많은 걸 포기하게 해서 미안해요."

"난 아무것도 포기한 것이 없소."

"……?"

"지난 삶과 기억은 시간의 흐름에 따라 자연스럽게 흘러
간 것이고, 내 삶은 앞으로도 계속되는 거라오. 그리고 더욱
행복한 삶이 되겠지. 세상을 마음껏 둘러보고, 내 능력이 되
는 한 할 수 있는 모든 일들을 하며 살아갈 것이니까."

"나도 함께요?"

반악은 미소 지었다.

"당신이 없는 나의 삶은 상상할 수도 없는데, 함께하는 게
당연하지 않겠소."

두 사람은 더할 수 없이 따스한 시선으로 서로를 바라보
며 웃었다.

"갑시다. 앞으로 우리 둘이 볼 것이 너무나 많이 있소."

"어딜 먼저 갈 건가요?"

반악은 잠시 생각하는 표정을 짓다가 말했다.

"황산의 연화봉으로 갑시다. 그 산은 오르기가 어려우나
그 풍경은 죽기 전에 한 번쯤 봐둘 만한 장관이라오. 일단

그곳부터 시작해봅시다."

　반악은 고삐를 흔들었고, 두 사람을 태운 마차는 황산이 있는 남쪽을 향해 천천히 나아갔다.

<大尾>

『태극검해』, 『화산검종』의 작가!
한성수 신무협 장편소설 『절대검해』
마도의 후예 소진엽과 천마신교의 교주 담대광
두 괴짜의 만남이 무림에 풍랑을 부른다.

절대검해

dream
books
드림북스

Shapiro

샤피로

쥬논 판타지 장편소설
FANTASY STORY & ADVENTURE

『규토대제』,『흡혈왕 바하문트』의 베스트 작가!

쥬논 판타지 장편소설

불사의 비밀을 좇는 샤피료의
처절한 싸움이 시작된다!

잃어버린 기억을 찾아, 자신의 광기어린 복수를 이루기 위해!
깨일 밤 사내는 흑고양이의 심장을 가진 샤피로가 되어
죽음과 환상의 경계를 넘나든다.

dream
books
드림북스

BJ
백묘 판타지 장편소설
FANTASYSTORY & ADVENTURE
비제이
대상인의 동전에는 재물의 행운이,
농부의 쌀에는 풍농의 기운이 서려 있다!
백묘 판타지 장편소설 『비제이(B.J)』
리텐 제국의 신비로운 보물 트레저!
트레저의 봉인이 풀리는 순간, 세상은 혼란에 빠진다!
dream books
드림북스